rororo

Fredrika Gers ist gebürtige Hamburgerin und schreibt, seit sie schreiben kann. Sie lernte Bankkauffrau und arbeitete als Schiffsmaklerin. Folgerichtig ging sie anschließend in die Werbung und textete für namhafte Agenturen in Hamburg, Düsseldorf, Frankfurt und München. Nebenher verfasste sie journalistische Beiträge und Romane. Der großen Liebe wegen zog sie im neuen Jahrtausend ins Berchtesgadener Land. Dort entdeckte sie ihre zweite große Liebe: die Berge. Und schon bald entstand die Idee zu der Berchtesgaden-Krimireihe um Hauptwachtmeister Franz Holzhammer.

«Kann Kluftinger absolut das Wasser reichen.» (Bayern 3)

«Gers' launiger Alpenkrimi liefert ein liebevoll ironisches Porträt der Region.» (Hörzu)

«Ein lustiger Krimi mit viel alpinem Lokalkolorit, spannend dazu.» (NDR 90,3)

Fredrika Gers

FRÜHJAHRS-PUTZ

Holzhammer ermittelt

Ein Alpen-Krimi

Rowohlt Taschenbuch Verlag

3. Auflage Juni 2017

Originalausgabe
Veröffentlicht im Rowohlt Taschenbuch Verlag,
Reinbek bei Hamburg, März 2016

Umschlaggestaltung yellowfarm gmbh, Stefanie Freischem
Umschlagabbildung mauritius images/
ALAMY; Radius Images, Manuel Sulzer, Dietrich Rose/Corbis
Satz Arno Pro, InDesign,
bei Pinkuin Satz und Datentechnik, Berlin
Druck und Bindung CPI books GmbH, Leck, Germany
ISBN 978 3 499 26995 0

Prolog

Plötzlich bewegte sich der Boden um ihn herum. Zuerst wie in Zeitlupe, dann immer schneller. Alles glitt, fiel, stürzte zu Tal. Und er mit. Die zähe Masse riss an ihm und seiner Skiausrüstung. Verzweifelt ruderte er mit den Armen gegen die Naturgewalt an. Ein Ski wurde ihm schmerzhaft vom Fuß gerissen. Der zweite blieb dran und drehte sich in einem unmöglichen Winkel. Noch ein paar Sekunden lang konnte er sich an der Oberfläche halten. Dann verschlang ihn der Mahlstrom. Das Sonnenlicht verschwand, sein Körper wurde über Felsen geschleift. Er registrierte, dass Knochen brachen, aber er fühlte keinen Schmerz.

Dann kam die Welt zum Stillstand. Auch er selbst lag vollkommen still, wie eingegossen in Beton. Keinen Finger konnte er bewegen. In seinem Mund war Schnee. Keine Luft zum Atmen. Alles war schiefgelaufen, alles. Wenigstens wird es schnell gehen, war sein letzter Gedanke. Dieser Idiot! sein allerletzter.

1

«Der Altbauer und der Hirsinger prügeln sich an der Seelände», meldete die Anruferin.

Hauptwachtmeister Franz Holzhammer legte die Leberkassemmel aus der Hand. Zefix, mussten die beiden ihren Streit unbedingt mitten auf der Touristenmeile austragen? «Ist gut, mir kommen.»

Natürlich war mal wieder kein Streifenwagen greifbar. Alle unterwegs, um irgendwo Flüchtlinge einzusammeln. Also machte Holzhammer sich selbst auf den Weg.

Worum es bei der Keilerei ging, konnte er sich denken. Die Sache spaltete ja seit Monaten die ganze Gemeinde. Es ging um das noble Wellnessresort, das unten am Königssee entstehen sollte.

Roman Altbauer war der größte Befürworter. Er besaß ein in die Jahre gekommenes Hotel in unmittelbarer Nachbarschaft des geplanten Neubaus und wollte nur zu gern sein rückwärtiges Grundstück an die Planungsgesellschaft verkaufen. Der Erlös würde ihn sanieren, sodass er das Gleiche mit seinem hundertjährigen Hotel tun konnte. Auf der anderen Seite stand eine Bürgerinitiative, der auch Hirsinger angehörte. Sie wollte den Neubau um jeden Preis verhindern.

In seinem weißgrünen Dienst-BMW fuhr Holzhammer Richtung Königssee. Überall am Straßenrand erinnerten zusammengeschobene Altschneeberge an den vergangenen Winter. Auch die Wiesen trugen noch viele Schneeflecken, wie grün glänzende Tischtücher, auf denen jemand Sprühsahne verspritzt hatte.

Gerade passierte er die neueste Errungenschaft der Berchtesgadener Tourismus GmbH, eine Kombination aus Gästeinformation und Klohäuschen mit eingebautem Geldautomaten. Dahinter begann die Fußgängerzone der Seestraße, wo Andenkenläden, Sport- und Trachtengeschäfte, Cafés und Hotels sich aneinanderreihten.

Der Touristenandrang hielt sich in Grenzen, denn noch bis sechzehn Uhr fuhren die Skilifte, und viele Feriengäste nutzten sie bis zur letzten Minute. Wer dieses Wochenende gekommen war, wollte noch einmal richtig Gas geben. Es ging darum, Abfahrtsmeter zu sammeln, im Tal die allerletzte Gondel vor Betriebsschluss zu erwischen und ein allerletztes Mal auf den Kanten der Carver nach unten zu surfen. Holzhammer war sicher, dass man im Krankenhaus schon ein paar Betten frei hielt für jene Kandidaten, die vor Erschöpfung ihre Beine nicht mehr sortiert kriegten. Gegen Kreuzbandrisse und Schienbeinbrüche war eben noch kein Helm gewachsen.

Am Montag würde die gute alte Jennerbahn für vier Wochen in Revision gehen, und die oberen Sessellifte würden sogar bis zum nächsten Dezember stillstehen. Dann hatten die einheimischen Skitourengeher den Berg ganz für sich.

Wenn im Tal der Schnee schon wegschmolz, begann für sie der Spaß erst richtig. Wer brauchte eine Seilbahn, wenn er Touren gehen konnte?

Auch Holzhammer war früher ein begeisterter Skitourengeher gewesen. Er blickte hinauf zu den steilen Wiesen der Hohen Rossfelder. Sie leuchteten noch in der Abendsonne, während hier am See schon der felsengraue Bergschatten eingefallen war. Fünfundzwanzig Jahre und doppelt so viele Kilo lagen zwischen dem heutigen Tag und seiner letzten Skitour. Schee war's gewesen. Normalerweise war er mit sich, seinem Alter und seiner Figur vollkommen im Reinen. Doch bei diesen Gedanken befiel ihn eine kleine Sehnsucht, die er mit einem Kopfschütteln vertrieb. Im Schritttempo fuhr er weiter durch die Fußgängerzone.

Vor dem alteingesessenen Geschäft Doberer stand ein Sarg. Der war allerdings nicht zu verkaufen. Der Ladenbesitzer hatte das Holzmöbel aus wütendem Protest vor die Tür gestellt. Der Sarg war echt, aber wenigstens leer. Doch wie der Hauptwachtmeister seine Berchtesgadener kannte, hätte genauso gut eine verendete Kuh darin liegen können.

Der Sarg sollte zeigen, was mit dem Geschäft passieren würde, wenn das Landratsamt hart blieb in Sachen Sonntagsschließung. Der meiste Umsatz wurde hier seit jeher am Wochenende gemacht. Und nun plötzlich, nach fünfzig Jahren, sollten alle Geschäfte, die keinen ausdrücklichen Reisebedarf verkauften, am Sonntag schließen.

Neben dem Neubauprojekt war dies der zweite große Aufreger in diesem Jahr, und immer wieder hatte es deswegen handfesten Ärger gegeben. Die neue Anordnung spaltete die Geschäftsleute in solche, die aufgrund ihres Sortiments darunter litten, und solche, die das nicht taten. Einerseits verstand Holzhammer die Anlieger, es ging um ihre Existenz, da durfte man sich schon aufregen. Andererseits sollten sie seiner Meinung nach lieber zusammenhalten und sich nicht auch noch gegenseitig das Leben schwermachen. Und ihm.

Erst nach der letzten Kurve der Seestraße kamen die Raufenden in Sicht. Zefix, vielleicht hätte er doch etwas schneller fahren sollen. Denn das waren ja inzwischen schon drei Personen, die sich da knäuelten.

Holzhammer hielt den Wagen an und ließ die Sondersignalanlage kurz aufheulen. So hieß die Sirene im Polizeihochdeutsch. Aber das Ergebnis war wenig befriedigend. Die drei Raufbolde drehten nur kurz die Köpfe, dann widmeten sie sich wieder ihrer Handarbeit. Ganz schön frech. Meistens reichte schon Holzhammers Erscheinen, um solche Auseinandersetzungen zu beenden. Man respektierte ihn. Durch seine pure Autorität ersetzte er üblicherweise eine ganze Polizeiwagenbesatzung. Deshalb war er auch bedenkenlos allein zum See gefahren.

Sollte er nun Verstärkung rufen oder nicht? Er blickte sich um und versuchte, die allgemeine Gefahrenlage einzuschätzen: Dafür, dass der Hotelbesitzer und der Ladenbesitzer sich seit mindestens zwanzig Minuten im Clinch befanden, sahen sie noch erstaunlich munter aus. Keine geplatzte Augenbraue, keine gebrochene Nase, bis auf kleine Kratzer floss nirgends Blut. Auch der Kampfplatz hatte keinen Schaden genommen. Weder war der etwas wacklige Getränkestand umgekippt, noch hatten die Drehständer mit Plüschmurmeltieren, Edelweißtaschentüchern und Ulkmützen etwas abbekommen.

Nach Holzhammers Ansicht war noch lange nicht jede Rauferei eine Gefährdung der öffentlichen Ordnung. Im Gegenteil, die handfeste Austragung privater Meinungsverschiedenheiten gehörte, sofern alle sich an die althergebrachten Regeln hielten, zum schützenswerten Brauchtum.

Sollte er einfach abwarten, bis sie müde wurden? Ewig konnte es ja nicht dauern, denn da waren nicht gerade Spitzensportler am Werk. Der Große, etwas Beleibte, der die ganze Zeit versuchte, einen der beiden anderen in den Schwitzkasten zu nehmen, war der Hotelier Roman Altbauer, ein Mann Ende fünfzig. Das Hotel Altbauer, nur ein paar Meter entfernt, war von seinem Urgroßvater erbaut, von seinem Großvater aufgestockt und von seinem Vater nochmals erweitert worden. Doch wie auch Altbauer selbst war es inzwischen etwas in die Jahre gekommen.

Der zweite Einheimische war Ladenbesitzer Beppo Hirsinger. Um einiges jünger, kleiner und schlanker als Altbauer, entschlüpfte er dem Hotelier immer wieder und schien sich fast einen Spaß daraus zu machen. Sobald er eine Hand freibekam, boxte er wahlweise Altbauer höchst ineffizient in den gut gepolsterten Bauch oder versuchte, irgendwie den Dritten im Bunde zu treffen.

In seinem Reiseshop verkaufte Hirsinger alles, was ein Feriengast brauchte, um seinen Urlaub am Königssee zu genießen – und auch einiges, was nach Holzhammers Meinung überhaupt niemand brauchte. Goldfarbene Plastikrehe etwa oder Schneekugeln mit einem knallbunten Miniatur-Watzmann darin. Hirsingers Ladengeschäft lag schräg gegenüber von Altbauers Hotel, und genau in der Mitte zwischen den beiden Liegenschaften bewegten sich die Streithähne.

Der dritte Beteiligte war Holzhammer unbekannt. Es konnte sich nur um einen Feriengast handeln. Bekanntlich liebten die Besucher das bayerische Brauchtum und versuchten oft mitzutun beim Schuhplatteln oder Jodeln. Aber dass einer sich für typisch bayerische Nasenstüber begeisterte, kam eher selten vor. Holzhammer sah es schon kommen: Am Ende würde der Touri noch Anzeige erstatten.

Der Hauptwachtmeister war nur eins fünfundsechzig groß und sein Bauchumfang nicht wesentlich geringer. Aber das konnte auch von Vorteil sein. In seiner Jugend war er richtig durchtrainiert gewesen, ein gewandter, drahtiger Bergfex. So etwas ging niemals komplett verloren. Es war nur so, dass seine Marie unglaublich gut kochte und er selbst obendrein gern das eine oder andere nahrhafte Berchtesgadener Jubiläumsbier trank. So hatte Holzhammer im Laufe der Jahre mehr oder weniger Kugelform angenommen. Weder ihn noch Marie störte das auch nur im Geringsten. Auch die Touristen mochten das, dauernd wollten sie Fotos von sich und dem «gemütlichen» bayerischen Polizisten. Auf mindestens vier Kontinente war sein Foto sicherlich schon verschleppt worden, und auf allen lächelte er freundlich, friedlich und tourismusfördernd in die Kamera. Doch wenn es sein musste, konnte er auch anders.

Ruhig und entschlossen schritt er auf die Raufenden zu und bahnte sich unaufhaltsam einen Weg in die Mitte des Knäuels. Mit der linken Hand ergriff er die Hosenträger von Altbauer, mit der rechten die von Hirsinger. Vor Überraschung ließen sie den Fremden los, der schnell ein paar Schritte rückwärts machte.

«Schluss jetzt, spinnt's ihr denn komplett?»

Erst jetzt schienen Altbauer und Hirsinger zu realisieren, wer sie da am Schlafittchen hielt. Während sich die beiden zusehends beruhigten, schimpfte nun der Fremde wie ein schwäbischer Rohrspatz. Offenbar hatte er versucht, die Hitzköpfe zu trennen, worauf sie ihn einfach gleichberechtigt in ihre Handgreiflichkeiten einbezogen hatten. Sein Fehler natürlich, denn in eine zünftige, regelhaft ausgeführte Rauferei mischte man sich nicht ein. Es sei denn, man war von Berufs wegen dazu verpflichtet.

Während der Hauptwachtmeister noch überlegte, ob er die beiden jetzt loslassen konnte, wurde er von einem Blitzlicht geblendet. Kein anderer als der rasende Lokalreporter Bolko Magiera war aus dem Nichts an der Seelände aufgetaucht. Und eigenartigerweise schien die Kamera die Streithähne erneut anzuspornen. Die beiden rissen sich von Holzhammer los und stürzten sich wieder aufeinander.

Seltsam, normalerweise war die Anwesenheit von Kameras ein Grund, sich halbwegs zivilisiert aufzuführen. Während Altbauer und Hirsinger sich noch vor knipsender Kamera herumbalgten, trat der schwäbische Feriengast zu Holzhammer. Er wolle Anzeige erstatten.

Selbstverständlich, aber immer doch. «Dann kommen's am Montag auf die Polizei bitt schön, da nehmen mir alles auf.»

«Was? Am Mondag bin isch scho längschd wieder in Schtuagard.»

«Oh, des duad ma leid.» Tat es ihm wirklich, aber aus anderen Gründen.

Holzhammer wusste genauso gut wie alle anderen im Talkessel, dass die durchschnittliche Aufenthaltsdauer der einzelnen Gäste in den letzten Jahren ständig gesunken war. Vor zwanzig Jahren blieb man zwei Wochen, heute nur noch fünf Tage. Durch die häufigeren Wechsel hatten die Vermieter natürlich mehr Kosten und Arbeit – allein schon durch die häufigere Grundreinigung der Ferienwohnungen.

Als der rasende Reporter genug Bilder im Kasten hatte, steckte er die Kamera weg und zückte ein riesiges Mikrophon: «Ich bitte um eine kurze Stellungnahme zum geplanten Bauprojekt hier unten am Königssee.»

Sofort fand die Rauferei ein Ende. Blitzartig verwandelten Hirsinger und Altbauer sich von ungehobelten Raufbolden in engagierte Lokalpolitiker. Noch etwas außer Atem, Hemdzipfel in Hosen stopfend, stellten sie sich artig zu dem Zeitungsmann.

«Das Projekt widerspricht allem, wofür der Königssee steht», begann Beppo Hirsinger. «Außerdem *mangelt es an der gebotenen Transparenz und Öffentlichkeit für dieses wichtige städtebauliche Entwicklungsprojekt* der Gemeinde Königssee. Da fehlt's doch schon vom Grund weg. Wo ist *das städteplanerische Rahmenkonzept,* bitt schön? Mir san hier die Eingangspforte zu einer der bedeutendsten Naturschönheiten Deutschlands. Unsere Landschaft und die gewachsenen *baulichen Ensembles* müssen erhalten werden.»

Damit hatte der Ladenbesitzer praktisch das komplette Flugblatt vorgetragen, das auch Holzhammer kürzlich in seinem Briefkasten gefunden hatte. Man konnte nur staunen, wie unfallfrei dem Königsseer die ungewohnten Formulierungen über die Lippen kamen.

Dann war Altbauer dran: «Ihr seid Verhinderer und Querulanten, genau das seid ihr!», brüllte er in das Mikro. Und dann etwas ruhiger: «Das Hotel Altbauer ist seit vier Generationen in Familienbesitz, ist das vielleicht nicht erhaltenswert? Ich kann es aber nur fortführen, wenn sich da grundlegend was ändert. Das ist doch sonnenklar.»

«Dann tu halt *sensibel renovieren.* Und verscherbel ned die Hälfte von deinem Grund an diese Haifische», entgegnete Hirsinger.

«Und wie soll ich *sensibel renovieren* ohne ein Geld? Sammelt's ihr dann vielleicht in der Seestraße für mich? Und alles nur, weil ihr Vorkriegsromantiker lieber einen Almkaser mit Sauna wollt, anstatt einem modernen Wellnessresort, das in die heutige Zeit passt.»

«Wir fordern Einstellung der jetzigen Planungen und Abbruch der Verhandlungen mit der Trägergesellschaft. Und zwar sofort. Wir fordern *einen planerischen Neuansatz als Voraussetzung für eine Entwicklung, die auch die Akzeptanz der Bevölkerung findet.*»

Da die öffentliche Ordnung wiederhergestellt war und er den Mist sowieso nicht mehr hören konnte, machte Holzhammer sich an dieser Stelle vom Acker.

Christine sah vom Balkon auf die beiden Männer, die für sie den Frühling ausgruben. Auf den sonnigsten Flecken im Talkessel hatten sogar schon Primeln die Schneeglöckchen verdrängt, und an warmen Waldrändern blühten lila Leberblümchen. Aber hier, im Schatten des Grünsteins, lag immer noch eine kalte Decke auf den Beeten. Also hatte Christine die Gelegenheit genutzt, dass sie und Matthias ausnahmsweise einen Hausgast hatten, und die beiden gebeten, ihr die Blumenbeete freizulegen. Es war zwar geschummelt, aber sie wollte nicht bis zum Mai auf die ersten Blüten warten.

Sie lebte nun schon seit vier Jahren im Talkessel, und ebenso lange war sie mit Matthias zusammen. Für Christine war es kein Geheimnis, dass jeder sie, die quirlige Schnelldenkerin aus Lübeck, und den ruhigen Einheimischen, der auch noch Buddhist war, für ein seltsames Paar hielt. Doch das war ihnen egal: Sie beide wussten, dass es passte. Denn wenn Christine bei ihren Wanderungen allein in den Bergen unterwegs war, pflegte die sonst so Rationale mit den Gämsen zu reden. Und wenn Matthias an seinem Arbeitsplatz in der Bank saß, ging es um Zahlen und Fakten, nicht um Zen. Und wenn er am Wochenende auf seinem schweren Motorrad saß, konnte Matthias auch mal so richtig aufdrehen.

Nun waren sie also plötzlich zu dritt. An Matthias' Namenstag, dem 24. Februar, war überraschend sein Bruder Stefan bei ihnen aufgetaucht. Stefan war seit Jahren nicht in Berchtesgaden gewesen, lebte normalerweise in München und verdiente als Food-Fotograf offenbar ganz gut damit, Suppendosen und Fischstäbchen ins richtige Licht zu setzen. Wie Christine inzwischen gelernt hatte, hieß es in der Werbebranche grundsätzlich «Food», niemals «Essen».

Christine arbeitete als Fachärztin für Psychosomatik und Rehabilitationsmedizin in der örtlichen Rehaklinik. Doch um darauf zu kommen, dass hinter Stefans Besuch mehr steckte als spontanes Heimweh, hätte sie nicht einmal Profi zu sein brauchen. Irgendetwas bedrückte ihren «Schwager». Und was half bei einer kleinen Depression schon besser als ein bisschen sportliche Betätigung an der frischen Luft?

So gesehen war die Schneeschaufelaktion also reinste Therapie. Christine grinste in sich hinein, während sie den Schwitzenden zusah. Die beiden Brüder schafften, hackten und schaufelten, was das Zeug hielt. Fast drängte sich der Verdacht auf, dass hier eine uralte brüderliche Rivalität wiederauflebte.

Von ihr aus konnte Stefan so lange bleiben, wie er wollte. Er war der angenehmste Hausgast, den man sich wünschen konnte. Nicht nur, dass er jeden Morgen seine Bettlaken so exakt zusammenfaltete, als stünde eine Kontrolle durch den Stabsoffizier an – er saugte auch regelmäßig Staub, und zwar mit allergrößter Gründlichkeit. Das Beste aber war, dass er leidenschaftlich gern kochte. Was hatte Stefan in diesen vier Wochen nicht schon alles gezaubert – raffinierte Spezialitäten, die auf dem uralten Esstisch in Eiche rustikal fast ein bisschen deplatziert wirkten. Die Einrichtung der geräumigen Wohnküche stammte noch von den Eltern der beiden Brüder, und sie war der einzige Raum, den Christine bei ihrem Einzug vor drei Jahren nicht komplett umgekrempelt hatte.

Als sie fertig waren – in jeglicher Hinsicht, wie die beiden Brüder versicherten –, darüber ausreichend gejammert sowie anschließend geduscht hatten, fuhren sie los in Richtung Hintersee. Christine hatte einen Ausflug ins Klausbachtal vorgeschlagen, mit Aussicht auf den berühmten Schweinsbraten in der Traditionswirtschaft Auzinger.

Sie fuhren am Hintersee vorbei, dessen romantische Kulisse bereits im 18. Jahrhundert die ersten Landschaftsmaler angelockt hatte. Nachts bildete sich zu dieser Jahreszeit noch immer eine dünne Eisdecke auf der Wasseroberfläche, sodass die Ruderboote, die man im Sommer mieten konnte, noch immer umgekehrt am Ufer lagen. Sie fuhren bis zum Parkplatz am Ende der öffentlichen Straße. Nur wenige Spaziergänger und Jogger waren hinter der Sperrschranke unterwegs, die alles draußen hielt, was mehr als zwei Räder hatte.

Die Luft war das, was ein Hersteller von Lufterfrischern wohl als «frühlingsfrisch» bezeichnen würde. Allerdings hätte er diese Art von Duft niemals hinbekommen. Christine betrachtete die Christrosen, die man noch immer an den schattigen Stellen finden konnte. Sie blühten seit Monaten, schon vor Weihnachten hatten die ersten sich geöffnet. Inzwischen verfärbten sich ihre Blütenblätter langsam von Weiß über Rosa zu Grün, und bald würden nur ihre Blätter übrig bleiben. Die streng geschützte Pflanze wuchs nirgends sonst in Deutschland, denn im schneearmen Flachland überlebte sie nicht. Wer sie ausgrub, wurde in jedem Fall bestraft.

Sie bogen vom Weg ab und liefen über eine freie Wiese. Zu ihren Füßen summten die ersten Hummeln über einem Fleck Schneeheide. Auch zarte, violette Leberblümchen waren zu sehen und vereinzelt kleine Seidelbastbüsche mit duftenden rosa Blüten.

Christine sah nach oben, in der Hoffnung, einen Adler zu erspähen. Die schlauen Vögel bezogen am liebsten Horste an steilen Felswänden unterhalb von Almwiesen. Auf diese Weise brauchten sie die auf der Alm erbeuteten Murmeltiere, mit denen sie ihre Jungen fütterten, nur abwärts zu transportieren. Doch kein Raubvogel ließ sich heute blicken.

Auch Stefan sah nach oben, und plötzlich sagte er unvermutet: «Da kriegt man direkt Lust auf Skitouren.»

«Super, das machen wir», rief Christine schnell.

Es war das erste Mal, dass Stefan von sich aus Interesse an einer Outdoor-Aktivität äußerte. Das musste sie ausnutzen, bevor er es sich anders überlegte. Sogleich holte sie ihr Handy heraus und rief Martin Müllerhuber an.

Der junge Polizeiobermeister war nicht nur der Lieblings-Azubi ihres besten Freundes Franz Holzhammer, sondern seit diesem Winter auch Christines Skitourenpartner und -lehrmeister.

«Servus, Christine.»

«Grüß dich, Martin. Ich hätte hier jemand, der möchte mit uns aufs Dritte Kind. Hast du vielleicht gleich morgen Zeit?» Es gab nur einen, dessen Kinder in Berchtesgaden durchnummeriert wurden, und das war der Watzmann. Das Dritte Kind war das beliebteste Skitourenziel im schneereichen Watzmannkar.

«Mei, das Wetter wär schon perfekt, eine klare Nacht ist angesagt und morgen Sonne. Aber eigentlich hab ich Dienst.» Man hörte ihm das Bedauern an.

«Vielleicht lässt sich das regeln? Ich könnte meine Beziehungen spielenlassen.» Sie sagte das halb im Scherz, aber sie wusste, dass Franz Holzhammer ihr im Ernstfall nichts abschlagen konnte. Sogar mit dem famosen Dr. Klaus Fischer, dem Polizeichef, war sie, sagen wir bekannt. Was Christine und Fischer einmal miteinander gehabt hatten, hingen beide nicht gern an die große Glocke.

«Das wär genial, ich mein, bei dem Wetter ... warum treffen mir uns ned später bei Manu, Holzhammer kommt sicher auch vorbei. Ich frag ihn gleich mal.»

«Gute Idee, dann kann ich dir den Kandidaten gleich

vorstellen. Vielleicht kennst du ihn sowieso, es ist der kleine Bruder von Matthias.»

«Kann mich ned erinnern, aber wenn er von da ist, wird er schon auf Ski stehen können. Bis später dann.»

«Alles klar.» Christine musste grinsen. Dass hier «da» «hier» hieß, hatte sie erst lernen müssen. In ihrer ersten Zeit mit Matthias war deswegen mal eine Verabredung für den gleichen Abend völlig schiefgegangen. «Treffen wir uns da?», hatte sie beim Frühstück in ihrer Wohnküche gefragt. Matthias hatte bejaht und dann vergeblich daheim auf sie gewartet.

Sie steckte das Handy weg. «Es gibt eine Planänderung. Heute Abend gehen wir zu Manu.»

«Was, die gibt's immer noch?», fragte Stefan.

«Sogar die Gäste sind immer noch die gleichen», sagte Christine. Das war ihr Eindruck gewesen, als sie die Kneipe vor drei Jahren das erste Mal betreten hatte: dass Gäste und Mobiliar gemeinsam gealtert waren. Für viele war Manus Etablissement eine Art Wohnzimmer. Nach Christines Meinung eins mit Investitionsstau, aber immerhin.

«Bleibt denn der Rest des Plans bestehen?», fragte Matthias mit leicht ironischem Unterton.

Sie wusste warum, tendierte sie doch gerne mal dazu, das ganze Wochenende durchzuplanen. Er hingegen pflegte Systematik und Planung beim Verlassen seines Arbeitsplatzes komplett abzulegen. Christine neckte ihn gern damit, dass dies im Grunde auch eine Art von Systematik war.

«Ja, warum nicht? Schweinsbraten um achtzehn Uhr siebzehn, Manu um zwanzig Uhr dreizehn», konterte sie daher trocken.

Inzwischen waren sie beim Auzinger angekommen. Drinnen war es in beiden Stuben brechend voll, doch die ersten Gäste zahlten bereits, sodass nach ein paar Minuten eine Ecke am Ofen frei wurde.

Christine beobachtete die Brüder, wie sie nebeneinandersaßen und ihren Schweinsbraten aßen, der seinem Ruf auch diesmal gerecht wurde. Sogar Stefan, der Food-Spezialist, lobte ihn. Dass die beiden verwandt waren, würde wohl kein Außenstehender vermuten. Sie waren so unterschiedlich wie Weihnachtsmann und Osterhase.

Der großgewachsene Matthias pflegte seine buddhistische Gelassenheit und das dazu passende Bäuchlein, war bedächtig und ruhig, für Christines Geschmack manchmal sogar etwas zu ruhig. Oftmals, wenn sie sich über irgendetwas furchtbar aufregte, brachte Matthias sie mit seiner demonstrativen Gelassenheit noch mehr auf die Palme. Da fehlten ihm irgendwie die Spiegelneuronen.

Der sechs Jahre jüngere Stefan hingegen war klein, schlank und hektisch. Alle Klamotten, die Christine bisher an ihm gesehen hatte, waren schwarz, grau, grauschwarz und manchmal sogar dunkelbraunschwarz, das war allerdings schon der Gipfel der Farbenfreude. Matthias hingegen trug entweder sein Bank-Outfit (gezwungenermaßen), Motorradkluft (am liebsten) oder Dinge, die er irgendwo tief im Kleiderschrank vor Christine versteckt hielt, wie zum Beispiel seine orange-schwarz karierten Flanellhemden oder die ausgeleierten T-Shirts mit anstößigen Aufdrucken.

Holzhammer war erstaunt, als Müllerhuber ihn auf eine Halbe einlud. Normalerweise wahrte sein talentierter Adlatus immer noch einen gewissen Respektabstand – was er selbst allerdings vollkommen unnötig fand. Außerdem bot er in dieser Hinsicht noch nicht einmal ein gutes Beispiel, ließ er es doch seinem eigenen Chef gegenüber, dem famosen Dr. Fischer, komplett daran fehlen. Aber vielleicht gab's da doch einen kleinen Unterschied – nämlich, dass er für Müllerhuber ein Vorbild war, Fischer für ihn hingegen höchstens ein Ärgernis.

Auf jeden Fall hatte er sich heute eine Halbe verdient, vielleicht auch zwei oder drei. Als er nach Hause kam, war Marie gar nicht da. Auf dem Küchentisch lag ein Zettel: *Bin singen. Kalter Braten im Kühlschrank.* Holzhammer erinnerte sich. Richtig, der katholische Frauenchor unterstützte neuerdings den evangelischen, weil diesem in letzter Zeit so viele Mitglieder weggestorben waren.

Er fischte einen knallbunten Lieblingspullover und eine ausgebeulte Stretchjeans mit Gummizug am Bund aus dem Kleiderschrank. Das waren die einzigen Hosen, in denen er halbwegs bequem auf den Barhockern bei Manu sitzen konnte, ohne dass es am Bauch zwickte.

Bevor er das Haus verließ, malte er noch ein Bussi auf Maries Zettel und schrieb unter ihr *Bin singen* ein knappes *Bin saufen*. Sie würde schon wissen, wie es gemeint war.

Als er eine halbe Stunde später Manus Kneipe betrat, war der Tresen bereits halb besetzt, nämlich mit Müllerhuber (Helles), Christine (Weinschorle), Matthias (Prosecco) und Stefan (Hugo). Sie rückten auseinander, damit Holzhammer zwischen Müllerhuber und Christine Platz nehmen konnte.

Unaufgefordert stellte Manu ein Berchtesgadener Jubiläumsbier vor ihn hin. Kein Zweifel, sie wusste, dass er bei Außentemperaturen unter zehn Grad vom Weißbier zum Jubi umschwenkte.

«Hast du gehört, die beiden Hübschen wollen morgen schon wieder zusammen auf Tour gehen», sagte Matthias bemüht beiläufig.

Vor Holzhammers geistigem Auge erschien der Dienstplan vom Samstag, auf dem Müllerhubers Name stand. Daher wehte also der Wind.

«Ja, das wäre schön, Stefan will nämlich auch mit, und der ist nur noch wenige Tage da», stimmte Christine ein.

Soso. Holzhammer hatte durchaus mitbekommen, dass Stefan bereits seit Februar in der Schönau weilte. Und von seiner Abreise war bisher nie die Rede gewesen.

«Merkst was, dei Frau will scho wieder mit meinem schönsten Mann losziehen», sagte Holzhammer zu Matthias, ohne eine Miene zu verziehen.

«Ja, ich bin empört», gab Matthias ebenso ernst zurück.

Müllerhuber grinste nur.

«Und ich erst», sagte Holzhammer. In Wirklichkeit vermutete er stark, dass Christine vor irgendwelchen Versuchungen durch den jungen Polizisten absolut sicher war. Und das nicht wegen ihres Alters.

Holzhammer prostete den anderen zu, zum Zeichen, dass hiermit der Dienstplan geändert war. «Immerzu muss ich die öffentliche Ordnung allein aufrecht halten. Grad heut schon wieder.»

«Was war denn heute?», fragte Christine.

«Mei, geschlagen haben sie sich. Der Hirsinger und der Altbauer. Mitten auf der Seestraße.»

«Was, jetzt werden die beiden schon handgreiflich? Normalerweise fetzen die sich doch nur in der Presse.»

«Ja, diesmal war's körperlich. Presse kam aber auch noch. Der Bolko mit seiner Kamera ist plötzlich aufgetaucht. Keine Ahnung, wieso. Jemand muss ihm einen Tipp gegeben haben», sagte Holzhammer. «Jedenfalls geht mir dieser Zirkus langsam auf die Nerven. Es ist ja ned nur, dass die sich prügeln. Die reißen sich auch gegenseitig die Verkaufsplakate obi. Und dann zeigt der eine den andern an. Und des ist des Schlimmste, weil, des macht am meisten Arbeit.»

Holzhammer tat gern alles, was seiner persönlichen Meinung nach zur notwendigen Polizeiarbeit gehörte. Aber gegen überflüssige Arbeit war er allergisch. Und dazu stand er.

«Die zeigen sich an? Weswegen denn?», fragte Stefan, der ganz außen neben Matthias saß und bisher kein Wort gesagt hatte. Klar, der hatte in München von den aktuellen Querelen nur die Hälfte mitbekommen. Nur das Hotelprojekt war durch die gesamte deutsche Presse gegangen. Da hatte es von Ferndiagnosen nur so gewimmelt. Leute, die nie am Königssee gewesen waren, hatten ihren Senf dazugegeben. Die andere Sache war kaum über den Landkreis hinausgedrungen.

«Es gibt außer der Sache mit den Bauplänen noch an zweiten Ärger am See», sagte Holzhammer. Und zu Müllerhuber gewandt: «Erklär du es, ich trink erst amal.»

Folgsam erklärte Müllerhuber: «Die Sache ist die: Seit fünfzig Jahren haben die Geschäfte in der Fußgängerzone am Sonntag geöffnet, und jetzt, nach fünfzig Jahren, ist das

Landratsamt drauf gekommen, dass laut Ladenschlussgesetz eigentlich sonntags nur Reisebedarf verkauft werden darf. Und du weißt ja, wie das Angebot unten am See ist. Da gibt's nicht nur Andenken, sondern auch Sportkleidung, Trachtenzeug, alles Mögliche. Und wenn ein Geschäft neben Wanderkarten und dem üblichen Berchtesgadener Kitsch auch nur einen einzigen winzigen Bikini im Fenster hat, darf es jetzt am Sonntag nicht mehr öffnen. Weil das kein Reisebedarf ist.»

«Und was ist, wenn man im Urlaub baden will?», fragte Stefan.

«Dann hat man Pech», antwortete Holzhammer. «Und Müllerhuber, du musst noch dazusagen, dass es dem Amt ned von allein eingefallen ist.»

«Richtig, es gab eine Anzeige aus dem Markt», sagte Müllerhuber. «Nach fünfzig Jahren ist einem Ladeninhaber drinnen im Ortskern eingefallen, dass die Ladenbesitzer am Königssee ihm Konkurrenz machen.»

«Sehr witzig, die Touristen am See sind doch zu neunzig Prozent Tagesgäste», sagte Christine. «Da nützt es doch dem Geschäft im Markt überhaupt nichts, wenn die Geschäfte an der Seestraße sonntags schließen müssen.»

«Sehr richtig», sagte Holzhammer, der sich inzwischen wieder ausreichend gestärkt fühlte. «Auf jeden Fall gibt es jetzt am See praktisch vier Gruppen. Die einen san für das Hotelprojekt und verkaufen nur Reisebedarf. Die zeigen alle an, die gegen das Hotelprojekt san und sonntags Badekleider verkaufen. Die andern san gegen das Hotelprojekt und verkaufen nur Reisebedarf. Die schwärzen alle an, die für das Hotelprojekt san und sonntags Strümpf verkaufen. Und die sonntags Bergschuh verkaufen und gegen das Hotelprojekt san, reißen denen, die dafür san und sonntags offiziell öffnen dürfen, die Werbetafeln herunter. Dafür werden dann die Schuhverkäufer wieder angezeigt. Und …»

«Verstanden. Krieg am Königssee», sagte Stefan. Richtig, der hatte ja mit Werbung zu tun, da lernte man wohl, knackig zu formulieren.

«Na ja, nackte Existenzangst kann einen schon ziemlich weit treiben», mischte Christine sich ein. «Der Ladenbesitzer, der den Sarg rausgestellt hat, glaubt ja wirklich, dass sein Ruin bevorsteht. Da schlägt man schon mal um sich.»

«Das mag schon sein», sagte Holzhammer. «Aber blödsinnige, überflüssige Delikte und Anzeigen san des allemal. Die Leut' sollen sich halt z'ammraufen und gemeinsam beim Landrat vorstellig werden.»

«Wär besser», stimmte Christine zu.

«Bleibt immer noch das Bauthema», sagte Müllerhuber.

«Am Ende wird gebaut, da wette ich», sagte Matthias.

«Wieso das denn? Die Bürgerinitiative hat doch jetzt schon genug Stimmen für das Bürgerbegehren», sagte Christine. «Da werden sie auch die Stimmen für den Planungsstopp zusammenkriegen.»

«Die Gemeinde wird schon was finden, um das Bürgerbegehren abzuschmettern», entgegnete Matthias. Wahrscheinlich hatte er recht.

2

Roman Altbauer dampfte. Ihm liefen Tropfen in die Augen und Sturzbäche den Rücken hinunter. Er quälte sich das Watzmannkar hinauf, jene gewaltige Naturarena, die vom Watzmann rechts, Frau Watzmann links und den zwischen ihnen aufgereihten Watzmann-Kindern gebildet wurde. Einige der Kinder waren zum Kar hin abgeflacht und daher beliebte Skitourenziele.

Fast senkrecht ragten die graubraunen Felswände zu beiden Seiten auf. Nur auf einigen Speckröllchen von Vater Watzmann, flachen Bändern, die seine Flanke durchzogen, fand der Schnee Halt.

Wenige Minuten Stillstand reichten, und aus Schwitzen wurde Frieren, die Feuchtigkeit auf der Haut wurde zu Eiswasser, und Altbauer fühlte sich wie ein Fußballer in der Eistonne. Ihm war vollkommen klar, was für eine klägliche Figur er abgab. Jeder Überholer hatte so ein verstecktes Grinsen im Gesicht, zumindest kam es ihm so vor.

In seiner Jugend war ihm der Aufstieg durchs Watzmannkar viel kürzer erschienen. Früher. Als er noch jung war, die Gäste noch Trinkgeld gaben und der Portier vom Hotel

Altbauer eine Mütze mit Goldrand besaß. Damals waren die Gäste abends, nach dem Wandern oder Skifahren, belebt und glücklich ins Hotel zurückgekehrt, vielleicht noch kurz in die Sauna gegangen und hatten dann ohne Mäkelei gegessen, was auf den Tisch kam.

Die heutigen Gäste wollten nicht nur ein Zimmer mit Wanne, nein, über der Wanne musste auch noch ein Farbfernseher an der Wand kleben, platt wie eine Flunder und mit mindestens hundert Programmen in Surround-Sound. Als gäbe es nicht direkt vor der Tür die schönste Aussicht der Welt.

Und Wellness wollten sie, jede Menge Wellness, was immer das sein sollte. Verrückte Anwendungen mit Phantasienamen waren gefragt. Je exotischer und idiotischer, desto besser. Früher hatte Altbauer einen mehr oder weniger gelernten, dafür aber gutaussehenden Masseur für die Damen beschäftigt und ein weibliches Pendant für die Herren. Heute wollten die Herrschaften eine Kerze ins Ohr gesteckt bekommen und dazu eine Wambo-Mambo-Massage mit Muschelschnecken. Oder von Kopf bis Fuß mit Steinen belegt werden wie ein Halma-Brett. Gut, das konnte nicht so schwer sein, er würde Monika einen Schnellkurs bezahlen. Dann konnte sie in griechischer Toga als Wellnessfee auftreten und für die halbe Stunde neunzig Euro nehmen.

Roman Altbauer war ja absolut bereit, den Gästen alles zu geben, was sie wollten. Doch dazu brauchte er Geld. Aber der Deal mit der Schweizer Finanzierungsgesellschaft, den er im Herbst schon fest in der Tasche zu haben geglaubt hatte, rückte in immer weitere Ferne. Mit jedem neuen Artikel im *Anzeiger*, mit jeder Mail von auswärtigen Umweltinitiativen, die bisher kaum gewusst hatten, dass der Königssee überhaupt existierte. Ein eckiger Hotelbau würde die benachbarten eckigen Felsblöcke entwerten, schrieben die Umweltschützer. Es war zum Wahnsinnigwerden.

Inzwischen stand es Spitz auf Knopf, dass die Verhinderer gewinnen oder zumindest das Projekt um Jahre verzögern würden. Das konnte er nicht abwarten. So war Plan B entstanden.

Nur ein einziger Spezi wusste davon. Er hatte den Plan quasi mit ausgeheckt und wollte auch bei der Ausführung helfen. Es war ein guter Plan, bei dem es nur ein winziges Problem zu umgehen galt. Und zwar auf Ski.

In seiner Jugend war Altbauer Kaderfahrer gewesen, so etwas verlernte man nicht, auch nicht dreißig Kilo später. Sein Problem war nicht die Abfahrt, sondern der Aufstieg. Nur deshalb hatte er sich die teure neue Ausrüstung zugelegt. Bei jedem Teil, das der Verkäufer angeschleppt hatte, hatte er immer nur nach dem Gewicht gefragt. Er kaufte die leichtesten Rennstiefel, bei denen der Schaft sich bog wie ein Farn im Wind, und die leichtesten Ski, auch wenn sie schlingerten wie ein Reptil auf der Flucht. Sogar die Socken waren extraleicht. Außerdem waren sie laut Etikett «hochtechnisch und bionisch performant», aber das war Roman Altbauer vollkommen gleichgültig.

Nur beim Rucksack hatte er kurz überlegt, ob er wirklich den allerleichtesten nehmen sollte, der sicherlich keinen Sturz überstand. Denn was er darin transportieren wollte, musste auf jeden Fall heil ankommen. Nun, er durfte eben einfach nicht stürzen. Auf seine Fahrkünste konnte er sich hoffentlich immer noch verlassen.

Doch fürs Aufsteigen musste er trainieren. Dass man ihn dabei sah, ließ sich leider nicht vermeiden. Ein Fitnessstudio bot nun mal nichts, was den Anstrengungen einer Skitour auch nur im Entferntesten nahekam. Und trainieren musste er. Schließlich ging es um Leben und Tod. Und um noch viel mehr. Es ging um den Erhalt des Hotels Altbauer, das seit drei Generationen in Familienbesitz war.

Seine Tochter Monika sollte das Hotel übernehmen. Sein Sohn, den er zunächst ganz automatisch als Nachfolger angesehen hatte, war zwar brav ins Hotelfach gegangen und hatte in einigen der besten Häuser weltweit gelernt. Aber leider war er dabei auch auf den Geschmack der großen weiten Welt gekommen und hatte längst signalisiert, dass er nie mehr heimkommen würde. Schon gar nicht, um das alte Hotel am See zu übernehmen. Nicht mal die Drohung, ihn zu enterben, hatte da geholfen.

«Enterben? Wovon denn enterben?», hatte Felix nur zynisch gefragt. Dann hatte er seine Sachen gepackt und war mit dem Taxi zum Flughafen nach Salzburg gefahren. Ein halbes Jahr später war eine Postkarte aus Indien gekommen. Seitdem nichts mehr.

Monika hingegen hatte seit ihrer Kindheit immer gern im Hotel mitgeholfen. Altbauer hatte sie nur früher nie als Chefin gesehen. Das war ein Fehler gewesen. Monika legte viel Engagement an den Tag und hätte am liebsten jetzt schon alles umgekrempelt. Aber das war nun mal eine Finanzfrage.

Und genau deshalb musste er ein letztes Mal seine müden Knochen in Form bringen, sich auf die Ski stellen und dann, wenn er hoffentlich so weit war, eine letzte, ausgedehnte Tour unternehmen.

Inzwischen war er am letzten, steilen Hang angekommen. Vor ihm zog eine ganze Kolonne im Zickzack die Spur hinauf, die einen respektvollen Abstand zum vierten Kind einhielt. Das vierte Kind war dafür bekannt, gern mit Schnee nach den Skifahrern zu werfen. Es war das einzige Mädchen unter den Watzmann-Kindern und wurde auch Jungfrau genannt. Es tropfte im Frühjahr und war schwer zu besteigen.

Christine und ihre Mitstreiter waren gut vorangekommen. Sie hatten den letzten Steilhang hinter sich und standen nun direkt an der Basis des Dritten Kinds. Christine sah zum Gipfelkreuz. Es stand weit vorn, nur wenige Meter von der äußersten Spitze des flach ansteigenden Dreiecks entfernt. Bis dorthin würde sie sich bestimmt nicht wagen. Ihr war schon an der breiten Seite etwas unheimlich. Ein Rutsch zur Seite, und man war weg. Außerdem konnte man nicht genau sehen, wie weit die Wechten über die senkrecht abfallenden Felsränder hinausragten.

Müllerhuber musste ihren unbehaglichen Blick gesehen haben. «Wir können es uns auch da drüben gemütlich machen», sagte er und deutete zu einem Fleck unter dem Gipfel des Vierten Kinds, wenige Meter entfernt.

Christine sah hinüber. Ja, das sah gemütlicher aus, und dort war es auch nicht so voll. Mit dem Rücken an die kleine, sonnenbeschienene Gipfelwand des Vierten Kinds gelehnt, saß nur ein einzelner Mann, und der kam ihr auch noch bekannt vor. Es war kein anderer als der tüchtige Physiotherapeut Lukas Rehbichel, genannt Luggi, der letztes Jahr ihren verdrehten Hals wieder gangbar gemacht hatte.

Sie staksten am Rand des Kars entlang zu dem geschützten Sitzplatz, schnallten die Ski ab und steckten sie senkrecht in den Schnee. Luggi rückte bereitwillig beiseite. Sie zogen ihre warmen Jacken an und setzten sich eng nebeneinander auf kleine Felsvorsprünge, die die Sonne erst vor kurzem aus dem Schnee gemeißelt hatte.

Gesprochen wurde wenig, das musste man nicht erst verabreden. Die spektakuläre Landschaft sowie Tee und Wurstbrot verschlossen allen die Münder. Christines Blick wanderte nach Süden hinaus, über die einsame Hochfläche des Steinernen Meeres hinweg bis zum Alpenhauptkamm. Da war Österreichs Höchster, der Großglockner, der sich immer bis zum Hals versteckte; weiter rechts lagen frei die flachen, weißen Pyramiden der Venedigergruppe.

Immer noch befanden sich Tourengeher im Aufstieg. Eine etwas voluminösere Gestalt, die allein unterwegs zu sein schien, bewegte sich nur im Schneckentempo.

«Der tut sich aber schwer», sagte Christine kauend und deutete mit ihrem Wurstbrot auf den korpulenten Mann.

«Kein Wunder bei der Wampen», diagnostizierte Luggi in seiner gewohnt dezenten Art. Und dann: «Mi leckst am Arsch, ist das der Altbauer?»

Christine konnte dazu nichts sagen, sie kannte den Hotelbesitzer nicht.

Auch Müllerhuber sah nun hin. «Ja wirklich, was ist denn in den gefahren, der ist doch bestimmt seit zehn Jahr ned mehr auf Ski gestanden.»

«Midlife-Krise vielleicht», sagte Christine.

«Der meint das ernst, hat ja eine komplett neue Ausrüstung», staunte Müllerhuber.

Auch Christine konnte nun erkennen, dass Roman Altbauer auf den neuesten Rocker-Skiern unterwegs war, die teuersten Stiefel trug, die für Geld zu haben waren, und ergonomisch gebogene Carbonstöcke, an denen aus Gewichtsgründen sogar ein Viertel der Teller ausgespart war.

«Der hätte sich besser zehn Kilo runterhungern sollen, anstatt tausend Euro mehr für die Ausrüstung auszugeben», befand Luggi.

Bald darauf war die Sonne hoch genug gestiegen, um für eine kleine Stunde ins Kar zu scheinen. Die obersten Zentimeter der eisigen Stellen firnten auf und wurden butterweich. Darauf hatten alle nur gewartet. Das große Abfahren begann, wie Lemminge stürzten sich wohl fünfzig Skifahrer in schneller Folge und teils parallel den Hang hinunter.

Das Dreiergespann ließ sich Zeit. Martin Müllerhuber hätte zwar mit den Schnellsten mithalten können, aber er blieb brav bei seinen Schützlingen. Christine kurvte den ersten steilen Hang in vorsichtiger Umsteigetechnik herunter. Dann wurde es flacher, aber dafür musste man auf Felsen achten, die unverhofft aus dem Schnee ragten. Anschließend kam die schmale Schneise durch den Wald, da wurde es noch einmal haarig. Es galt, den tief eingeschnittenen, engen Kurven zu folgen, die sich im Laufe des Winters gebildet hatten.

Endlich erreichten sie bei der sogenannten Benzinkurve die Straße, und dort war auch der Schnee zu Ende. Manch Tourengeher war bis hierher mit dem Mountainbike gefahren, aber die drei mussten zu Fuß weiter. Wie er es versprochen hatte, nahm Müllerhuber Christines Ski auf die Schulter. Seine eigenen hatte er am Rucksack befestigt.

«Also, nach dem, was ich heute gesehen hab, bist du jetzt fit», sagte er mit ungewohnt feierlicher Stimme.

«Fit wofür?»

«Na für die Große Reibn.»

Christine schluckte. Die anspruchsvolle zweitägige Skitour rund um den Königssee, quer durchs Steinerne Meer, war ihr großer Traum. Nie hätte sie gedacht, dass er schon diese Saison in Erfüllung gehen könnte.

Matthias war nicht begeistert, als Christine ihm abends von ihrer Aussicht auf die spektakuläre Skitour erzählte. «Bist du wirklich sicher, dass du das machen willst?»

«Wenn ich es nicht mache, werde ich es vielleicht ewig bereuen, ich bin ja auch nicht mehr die Jüngste. Und Müllerhuber sagt, dass ich es schaffe. Die Kondition für die Aufstiege hab ich auf jeden Fall.»

«Bleiben noch die Abfahrten», gab Matthias zu bedenken. «Die Einfahrt in den Eisgraben ist steil und mündet auf Felsen. Wenn man da nicht rechtzeitig bremsen kann … Und der Seilergraben ist noch steiler. Außerdem gibt's fast auf der ganzen Tour keinen Handyempfang. Ihr wärt dann ganz auf euch gestellt.»

Christine wusste, dass Matthias sich immerzu um sie sorgte. Auch im Sommer war er bei jeder ihrer Wanderungen in höchster Alarmbereitschaft. Aber mitkommen wollte er auch nicht, und sie wollte es nicht lassen.

«Müllerhuber sagt, die Einfahrt in den Eisgraben ist gar nicht eisig, sondern eher sulzig um diese Zeit. Und wir gehen ja in jedem Fall nur bei besten Bedingungen», beruhigte sie ihn.

«Aber da ist ja auch noch der Seilergraben. Da kommt ihr erst am zweiten Tag hin, da wirst du schon reichlich müde sein. Außerdem ist der extrem lawinengefährlich. Da sind schon Leute umgekommen.»

«Ich verlass mich da ganz auf Müllerhuber. Der hat das im Griff. Und Stefan kommt ja auch noch mit, da können wir uns im Notfall gegenseitig ausgraben.»

«Du machst mich fertig», stöhnte Matthias.

Okay, den Witz hätte sie sich besser verkneifen sollen.

3

Einige Tage später. Die Sonne war gerade aufgegangen und beschien von Osten her das Plateau. Endlich hatte der Wind sich beruhigt. Die letzten Tage waren ungemütlich gewesen. Ein Sturm hatte über das Steinerne Meer gefegt und den letzten losen Neuschnee hoch in die Luft gewirbelt. Selbst für Adler waren das keine Flugtage gewesen. Und daher Hungertage.

Das alte Adlerpärchen saß am Funtenseetauern, reckte die Schwingen der Sonne entgegen und sah sich um. Im Nordschatten der Stuhlwand lag der festgebackene Altschnee immer noch meterhoch. Erst in einigen Wochen würde vielleicht der eine oder andere Gamskadaver zum Vorschein kommen. Auf dem Hochplateau nach Süden hin gab es zwar auch noch eine geschlossene weiße Decke, aber sie war merklich dünner geworden und an einigen Stellen bereits von vielversprechenden dunklen Flecken durchsetzt. Das Steinerne Meer hatte Kahlstellen, und sie wurden größer, wie bei einem alten, räudigen Schneehasen. Leider waren selbst alte Schneehasen schwer zu erwischen, und das war der Hauptgrund, warum man sich als Adler für die Schneelage interessierte. Erst wenn es frisches Grün gab, würden die leckeren Murmeltiere wieder an der Oberfläche erscheinen, und man müsste sich nicht mehr von gefrorenem Fallwild ernähren.

Normalerweise war es um diese Jahreszeit ausgesprochen ruhig im Revier. Die Zeit der großen Schneewanderung der Menschen war fast vorbei, und ihr steinerner Gemeinschaftshorst am Funtensee würde erst im Juni wieder bewirtschaftet. Doch heute Morgen registrierten die Adleraugen gleich mehrere ungewöhnliche Aktivitäten rundumher.

Weit weg, am Gipfelhang des Schneibers saß ein Mann, der schon in der Dämmerung von Österreich heraufgekommen war. Er hatte ein Gewehr auf den Knien und bereits mehrere Schüsse abgefeuert. In der gleichen Richtung, aber weit näher, oberhalb der Saugasse, machten sich zwei Männer mit einem Stahlseil zu schaffen. Ihre Waffe war eine ärgerlich laute Akkubohrmaschine. Auch in der entgegengesetzten Richtung war ein Mensch unterwegs, auf dem Kamm, der das Steinerne Meer vom Blühnbachtal trennt. Er machte keinen Lärm, aber auch er trieb Seltsames. Gegen den Morgenhimmel konnten die Adler deutlich sehen, dass er in der einen Hand einen Topf und in der anderen eine Art kurzen Stock trug, den er in regelmäßigen Abständen in den Topf tauchte, um dann damit die Felsen zu betupfen.

Das Startsignal kam, als Christine schon gar nicht mehr damit gerechnet hatte. Im Tal war der Winter inzwischen weit weg, heftige Regenfälle hatten den letzten Schnee geholt. Doch oben war der Niederschlag als Schnee gefallen.

«Die Verhältnisse sind super, und die Tage sind jetzt so lang, dass wir eine Reserve haben», sagte Müllerhuber am Telefon.

«Aber müssen wir nicht am Ende schon ewig weit tragen?», fragte Christine. Die Aussicht, kaputt und müde, mit wackligen Knien ihre Ski zehn Kilometer weit durch das Wimbachtal tragen zu müssen, war abschreckend.

«Keine Sorge, ich trag dir die Ski, wann immer wir tragen müssen», versprach Müllerhuber.

Damit war die Sache ausgemacht, und am nächsten Tag ging es los. Matthias fuhr alle drei zum Ausgangspunkt am Parkplatz Hinterbrand. Bevor er sie gehen ließ, bestand er allerdings darauf, mindestens dreimal die Funktion der LVS-Geräte zu überprüfen. Die Lawinenverschütteten-Suchgeräte sollten im Falle des Falles die verschont Gebliebenen zu den Opfern führen.

«Und das Gerät immer am Körper tragen, hörst du, der Rucksack wird dir in der Lawine abgerissen.»

Christine nickte so brav, wie es ihr möglich war, und gab ihm einen Kuss auf die Jacke, irgendwo in Höhe des Schlüsselbeins. Höher kam sie nicht ohne Leiter. Da packte Matthias sie unter den Achseln und hob sie hoch – komplett mit Rucksack und Skistiefeln. Doch sofort stellte er sie stöhnend wieder ab. «Au, mein Rücken.»

«Dass du mir gut auf sie aufpasst», sagte Matthias in fast flehendem Ton zu Martin Müllerhuber. Dann ließ er sie endlich ziehen. Müllerhuber lud sich Christines Ski auf, und sie stapften auf dem Wanderweg in Richtung Skipiste davon.

Eine halbe Stunde später konnten sie anschnallen. Eineinhalb Stunden später erreichten sie das Carl-von-Stahl-Haus, das leider seit einigen Jahren von einem rigipsverkleideten Anbau verunziert wurde.

Christine schlüpfte aus der Bindung und stellte ihre Ski an die bereits im Schatten liegende Hüttenwand. Von hier aus sah man den ersten Gipfel, den sie morgen ersteigen würden: Wie der Rücken eines riesigen weißen Wals lag der Anstieg auf den Schneibstein in der Nachmittagssonne.

Sie hatten ihre Lager reserviert, aber das wäre gar nicht nötig gewesen. Heute Abend waren sie die einzigen Gäste. Der Schlafraum, den der Hüttenwirt ihnen zuteilte, lag im ersten Stock. Sie trugen ihre Rucksäcke hinauf und zogen trockene Sachen an.

«Hoffentlich schnarcht ihr nicht», sagte Christine, während sie an ihren Socken roch. Sie hatte nur zwei Paar dabei, übermorgen würde sie ganz schön stinken. Aber das gehörte dazu.

In Jogginghosen gingen sie in die Gaststube hinunter. Zum Essen gab es Gulasch mit Nudeln, ein typisches Hüttenessen.

«Haut ordentlich rein», meinte Müllerhuber. «Morgen könnt ihr's brauchen.»

Seinen eigenen Worten Folge leistend, teilte er sich zum Dessert noch einen Kaiserschmarren mit Stefan.

Um neun krochen sie ins Lager, aber Christine fand kaum Schlaf. Es kam alles zusammen: die Aufregung, das Lager mit der Schaumstoffmatratze, dem Minikissen und den ständig von ihrem Hüttenschlafsack rutschenden Decken, dazu das Schnarchen von Müllerhuber. Immer war ein Hüttenschnarcher dabei, und immer sägte er so laut, dass es durch die jeweils eingesetzten Ohrstöpsel drang. Es schien ein

Naturgesetz zu sein, ebenso unvermeidlich wie die Schwerkraft. Wäre sie allein im Lager gewesen, hätte sie wahrscheinlich selbst geschnarcht – nur um das Naturgesetz zu erfüllen.

Als sie am nächsten Morgen aufwachte, war Stefan schon in Skikleidung, sein Lager geräumt, die Decken akkurat übereinandergelegt. Wenige Minuten später war auch Christine frühstücksfertig. Nur von Müllerhuber und den Hüttenleuten war noch nichts zu sehen.

Sie gingen nach draußen. Die schwarzblaue Ölfarbe der Nacht war bereits einem verwaschenen Grau gewichen, und im Osten verlief über dem Horizont eine verheißungsvolle helle Linie, die zusehends breiter wurde.

Stefan hatte sich umgedreht. «Da», sagte er leise.

Während sie selbst noch im tiefen Schatten standen, hatten die obersten Spitzen des Watzmanns sich plötzlich leuchtend rosa gefärbt. Die Farbe lief im Zeitlupentempo an der Ostwand herunter wie zähe Himbeersoße. Doch bevor Christine auch nur daran denken konnte, ein Foto zu machen, hatte sich das Alpenglühen verloren, und dann wurden sie auch schon selbst von den ersten Sonnenstrahlen getroffen. Als sie wieder hineingingen, schlug ihnen Kaffeeduft entgegen, und aus der Gaststube war Geschirrklappern zu hören. Prompt saß dort Martin Müllerhuber bereits beim Frühstück.

«Draußen war gerade Sonnenaufgang», sagte Christine entschuldigend.

«Drinnen wär's auch etwas eng», antwortete Müllerhuber kauend.

Fünf Minuten vor der geplanten Zeit brachen sie auf. Am ersten kleinen Steilaufschwung lag bereits zu wenig Schnee, sodass sie die Ski kurz tragen mussten. Danach ging es ohne Probleme auf den breiten Schneibsteingipfel, und nun lag das riesige Nirgendwo des Hagengebirges bereits unter ihnen ausgebreitet, das sie heute noch vor dem Mittag durchqueren wollten.

Bald sah die nähere Umgebung nach allen Seiten gleich aus. Nur an den Randbergen und am Sonnenstand konnte man sich orientieren. Doch Müllerhuber kannte die beste Linie und fand sie auch dort, wo die vorgezeichnete Spur verblasen oder geschmolzen war. So konnte Christine sich ganz aufs Gehen konzentrieren, und bald glitten die Kilometer unter ihren Brettern fast unbemerkt vorbei.

Noch zweimal wurden die Felle auf- und abgezogen, dann standen sie unter dem Blühnbachkopf am südlichen Ende des Hagengebirges. Christine sah unbehaglich die gerade noch zu erahnende Aufstiegsspur hinauf, denn zweihundert Meter weiter oben wartete die vielbesprochene heikle Einfahrt in den Eisgraben. Sie sah zu Müllerhuber hinüber, der wieder als Erster mit dem Aufziehen der Felle fertig war und stehend an einem Landjäger kaute. Auch er taxierte den Aufstieg, aber, wie sich herausstellte, aus ganz anderen Gründen.

«Mir halten uns weiter drüben, zwengs der Wachten.» Er deutete auf eine mannshohe weiße Schaumrolle oberhalb der alten Spur, die mehrere Meter überhing. Inzwischen war der Schnee viel weicher geworden, und die malerische Wechte hatte schon den ganzen Vormittag in der Sonne gelegen.

Schließlich waren sie oben und sahen in den kilometerlangen Eisgraben hinab, der wie ein tief eingeschnittenes Flusstal wirkte. Einige große Felsblöcke ragten dort unten wie Treibgut aus dem Schnee. Auf der gegenüberliegenden Seite spitzten die Teufelshörner in die Höhe, deren Überschreitung vor zwei Jahren einem Sportfunktionär zum Verhängnis geworden war. Christine hatte Holzhammer ein wenig bei der Aufklärung des Sachverhalts helfen können.

Die Abfahrt in den Eisgraben war nur an einer einzigen Stelle möglich, und auch die war nicht ohne. Und am unteren Ende hieß es rechtzeitig bremsen, dort mussten ein paar Meter Fels zu Fuß abgeklettert werden. Christine meisterte das alles halbwegs zu ihrer Zufriedenheit, allerdings nur deshalb, weil die Verhältnisse es erlaubten.

Nach der nächsten Abfahrt erfolgte eine lange Querung unterhalb der Teufelshörner. Irgendwo hier lag der Übergang vom Hagengebirge zum Steinernen Meer, dem zweiten Gebirge, das sie auf dieser Tour durchqueren würden. Beide waren Grenzgebirge und hatten schon einiges gesehen. Während der NS-Zeit waren Juden und andere Verfolgte über die unwegsamen Höhen aus Deutschland geflüchtet. Und nach dem Krieg, als die Österreicher ein paar Jahre lang nichts von den Deutschen wissen wollten, waren über die gleichen Pfade Zigaretten und Lebensmittel, ja sogar Liebesbriefe nach Deutschland hineingeschmuggelt worden. Später dann Drogen hinein und Schwarzgeld hinaus.

Nicht nur diese Gedanken verlangsamten Christines Schritte. Sie waren jetzt sieben Stunden unterwegs, ihre Beine fühlten sich schwer an, und das Gewicht des Rucksacks drückte auf ihren Rücken. Immer öfter musste Martin Müllerhuber nun stehen bleiben, um auf sie zu warten. Dabei hatte er doch den weitaus anstrengendsten Part, denn die alte Spur, der sie folgten, war nicht mehr viel wert. Erst

Müllerhubers Schritte ebneten ihren eigenen Skiern einen leichtgängigen Weg.

Schließlich bogen sie auf die Lange Gasse ein, die ihren Namen leider zu Recht trug. Sie waren jetzt rund zweitausend Meter hoch. Christine musste wieder einmal stehen bleiben. Sie blickte zurück, an den Teufelshörnern vorbei, über den Eisgraben hinweg, der schon wieder drei Kilometer entfernt lag.

«Wenigstens ist die Spur jetzt besser», unterbrach Müllerhuber ihre Betrachtungen.

Christine drehte sich wieder nach vorn. Nun sah sie es auch. Plötzlich wirkte die Spur, der sie folgten, viel exakter. Fast wie frisch gezogen. «Oje, dann eilst du uns ja noch schneller davon», sagte sie.

Müllerhuber machte ein schuldbewusstes Gesicht. «Soll ich öfter warten?»

«Nein, passt schon. Wir müssen ja weiter.»

Endlich näherten sie sich ihrem Tagesziel, dem trutzigen Kärlingerhaus. Im Sommer bot es über zweihundert Gästen Platz, aber jetzt war es unbewirtschaftet und nur der Winterraum geöffnet.

Die Schneedecke war hier immer noch einen Meter dick, doch glücklicherweise schien der schmale Eingang, der Zuflucht, Schutz und Wärme versprach, erst vor kurzem freigeschaufelt worden zu sein.

«Das müssen unsere Vorgänger von der Langen Gasse gewesen sein», sagte Müllerhuber.

Christine war es vollkommen egal, wer da geschaufelt hatte. Hauptsache, endlich aus der Bindung steigen. Mit letzter Kraft zog sie die Felle ab und lehnte die Ski gegen die Feldsteinwand. Drinnen würde sie endlich auch die Skischuhe ausziehen können und den Rucksack loswerden.

Fröstelnd schlüpfte Christine ins dunkle Innere des Winterraums. «Stefan, kannst du die Fensterläden öffnen?», rief Müllerhuber irgendwo vor ihr.

Tastend folgte sie der Stimme durch eine Tür auf der linken Seite des Ganges. Kurz darauf fiel Licht herein, und Christine sah sich um. An der rechten Schmalseite standen Stockbetten, unter den Fenstern an der Längsseite führte eine lange Holzbank entlang, davor standen zwei lange Tische und diverse einfache Holzstühle. Links neben der Tür befand sich der Holzherd, Heiz- und Kochstelle in einem. Darüber waren Stangen zum Aufhängen der nassen Kleidung angebracht.

Müllerhuber kniete bereits vor dem Ofenloch und schichtete nach einem ausgeklügelten System Zeitungspapier und Späne hinein.

«Auf dem Ding dauert es bestimmt ewig, bis deine Nudeln gar sind», sagte Christine frustriert.

«Da schon», antwortete Müllerhuber gut gelaunt und schloss die Ofentür. Dann wühlte er aus den Tiefen seines voluminösen Rucksacks einen Benzinkocher hervor. «Fehlt nur noch Nudelwasser.»

«Und Teewasser», sagte Stefan, der gerade durch die Tür getreten war. Er griff sich die beiden größten und den kleinsten Topf aus dem Regal neben dem Herd und verschwand nach draußen.

Christine hatte allmählich das Gefühl, auch etwas beitragen zu müssen, und folgte Stefan. Gemeinsam füllten sie mit Hilfe des kleinen Topfes die beiden großen bis über den

Rand mit Schnee. Der eine wurde auf dem Herd abgestellt, der andere kam gleich auf den Benzinkocher, den Martin mit geübten Handgriffen auf Touren brachte. Einmal in Gang gesetzt, gab das Ding eine Leistung ab, die Christines heimischen Elektroherd Konkurrenz machen konnte. Innerhalb von fünf Minuten hatten sie kochendes Wasser für die Nudeln.

Christine griff sich das großformatige Hüttenbuch von der Fensterbank. «Soll ich uns gleich eintragen?», fragte sie.

«Die Abgangszeit wissen wir aber erst morgen früh», sagte Stefan.

Christine studierte die letzten Einträge. «Die Leute von gestern haben sich gar nicht eingetragen.»

«Saubande», sagte Martin Müllerhuber. «Wegen der paar Kröten Übernachtungsgeld.»

Die Übernachtung im Winterraum kostete sechs Euro und pro «Bündel Holz» drei Euro, wobei jeder mit sich selbst abmachen konnte, was für ihn ein Bündel war. Das Geld warf man in eine Art Spardose, die an der Wand befestigt war.

Müllerhuber hatte nicht nur Nudeln dabei, sondern auch eine fest schließende Dose mit vorgekochter, stark knoblauchhaltiger Soße.

«Wunderbar, ein Gedicht», begeisterte sich Christine nach dem ersten Bissen.

«Ach was, nach so einer Tour schmeckt einem alles», gab Müllerhuber sich bescheiden.

Inzwischen war es draußen dunkel geworden. Sie stellten einige der herumliegenden Kerzenstummel auf dem Tisch auf, was deutlich romantischer war, als sich gegenseitig mit den Stirnlampen zu blenden. Da zog Stefan geheimnisvoll einige flache Alutütchen hervor und holte den Topf mit dem restlichen kalten Wasser auf den Tisch. Aus den silbernen Packungen drückte er eine schmierige rote Paste hinein.

«Instantrotwein», verkündete er stolz und rührte um. «In fünf Minuten trinkfertig.»

«Ich kann's gut erwarten», sagte Müllerhuber grinsend.

«Was, du und Pulverwein?», fragte Christine entgeistert. «Wo ist der Feinschmecker und Spitzenkoch geblieben?»

«Eine Glasflasche war mir zu schwer», antwortete Stefan. «Außerdem habe ich dieses Zeug neulich fotografiert.»

Das erklärte es. Vermutlich verliebte Stefan sich in jedes Produkt, das er vor der Kamera hatte. Nach fünf Minuten füllte er die rötliche Brühe mit großer Geste in drei halbwegs saubere Kaffeehaferl. Christine probierte vorsichtig. Mit viel gutem Willen konnte man tatsächlich erkennen, was die Chemiker im Sinn gehabt hatten.

Und noch etwas stellte sie erstaunt fest: «Das scheint sogar Alkohol zu enthalten.»

«Ja, 9,75 Prozent, wenn ich richtig gemischt habe», sagte Stefan so stolz, als hätte er gerade ein Soufflé aus dem Ofen geholt.

Eine halbe Stunde später merkte man bereits deutlich, dass der Alkohol im Astronautenwein nicht vorgetäuscht war.

«Weißt du eigentlich, dass wir hier am Kältenordpol sind?», fragte Müllerhuber Christine.

«Kältepol, nicht Nordpol», sagte sie automatisch. Ihr eigener Becher war noch halb voll.

Dann schnappte sie sich ihre Stirnlampe und trat hinaus

in den dunklen Gang, um das Klo zu suchen. Die erste Tür, die sie öffnete, führte in einen weiteren Schlafraum. Erst ganz am Ende des Ganges und einmal um die Ecke fand sie das ökologisch wertvolle, DAV-abgenickte, TÜV-geprüfte Plumpsklo, von dem sie schon gelesen hatte. Die Hinterlassenschaften, die hier hinterlassen wurden, durften per Hubschrauber ins Tal fliegen.

Als sie zurückkam, lagen Stefan und Müllerhuber sich singend in den Armen. Und als wäre das noch nicht verblüffend genug, grölten sie auch noch gemeinsam das Lied der Struber Jager: «Auf einem Jagergrab, da blühen keine Rosen – auf einem Jagergrab, da blüht das Edelweiß.»

«Wie wär's, wenn ihr drüben schlaft?», sagte sie. «Dann könnt ihr noch ein bisschen singen und anschließend so viel schnarchen, wie ihr wollt.»

Klaglos ließen die beiden ihr den Platz am warmen Ofen und zogen sich in den Nebenraum zurück. Kurze Zeit später war von dort ein seltsames Rumpeln zu hören. Dann Stille. Es war erst acht Uhr, aber kurze Zeit später schlief Christine fast so tief wie die zahlreichen Murmeltiere unter den schneebedeckten Wiesen ringsum.

4

Dick eingemummelt saß Holzhammer auf der kleinen Veranda seiner Gartenhütte und spielte eine gemütliche Internet-Schachpartie gegen einen mäßigen Gegner, der, wenn er dessen eigenwilliges Englisch richtig verstanden hatte, außerdem ein ostukrainischer Separatist war. Offenbar bewachte er irgendetwas, das sowieso niemand haben wollte, und hatte daher reichlich Zeit. Holzhammer hatte auch schon gegen russische Altkommunisten, amerikanische Vietnamveteranen und einmal gegen einen nordkoreanischen Staatsbediensteten gespielt.

Das Weißbierglas in Reichweite, den Sonnenuntergang im Blick, fühlte Franz Holzhammer den Frieden in sich einkehren wie eine warme Decke. Teilweise lag das natürlich an dem sauteuren Heizpilz, der neben ihm glühte. Den hatten Marie und die Kinder ihm letztes Jahr gemeinsam zu Weihnachten geschenkt – und das trotz Maries umweltfreundlicher Gesinnung. Holzhammers Kinder waren beide erwachsen und aus dem Haus. Heidrun verfolgte eine Bankkarriere, Andi war Zimmerer.

Die letzten Tage waren etwas nervig gewesen, sein Chef

hatte ihm lauter Kinkerlitzchen angeschafft. Und sein bester Mann war auf Skitour. Heute jedenfalls würde er sich aus der bequemen Saunaliege, die ihm als Liegestuhl diente, erst wieder herausbewegen, um ins Bett zu gehen.

Zefix. Das Handy. Holzhammers automatischer Griff zur Brusttasche blieb einen Moment in der Luft hängen. Sollte er wirklich nach Dienstschluss rangehen? Aber nachschauen, wer da anrief, musste er wohl. Erleichtert sah er den Namen von Matthias. Wenigstens kein dienstlicher Notfall. Er wischte zum Annehmen über die grüne Taste und versuchte dann vergeblich, das Smartphone zwischen Kopf und Schulter zu klemmen, um beide Hände für die nächsten beiden Züge frei zu haben – den nächsten Schachzug und den nächsten Zug aus dem Weißbierglas.

«Grüß dich. Gehen wir auf ein Bier? Ich lad dich ein.»

«Du, ich lieg hier grad so kommod, können mir das vielleicht auf morgen vertagen?»

«Oh, äh, heut geht wirklich nichts? Ich hab doch sturmfreie Bude.»

Endlich schaltete Holzhammer. Es ging natürlich nicht um die sturmfreie Bude, sondern Matthias hielt es vor Sorge um Christine daheim nicht aus. Er suchte seelischen Beistand.

«Woast was, kimm doch einfach zu mir. Du findst mich hinten im Garten, bei der Hüttn.»

Holzhammer lud normalerweise niemand in sein Allerheiligstes. Wenn bei Schönwetter Gäste kamen, saß man auf der Terrasse am Haus, dort gab es Stühle, dort stand ein Grill, dort war der Weg zum Kühlschrank nicht weit, dort konnte Marie mit ihren Blumenbeeten prunken. Ihm waren alle Argumente recht, die den Trubel von seinem kleinen Refugium im hinteren Garten fernhielten.

Eine Viertelstunde später erschien Matthias, in der einen Hand hielt er ein Sechserpack Weißbier, in der anderen ein tropfendes Glas, das er am Gartenschlauch ausgespült haben musste.

«Schau mal in die Hüttn, da san Stühle», sagte Holzhammer zur Begrüßung. Er beabsichtigte nicht, sich eigens aus der Liege hochzuwuchten.

Matthias holte sich nur ein Kissen und setzte sich damit auf den Betonboden, den Rücken an die Hüttenwand gelehnt. Mit Hilfe eines Schlüssels öffnete er die Weißbierflasche.

«Ich hab schon dreimal bei Christine angerufen, aber da ist ja nirgends Empfang», sagte er.

«Eh ned. Aber ich kann dir sagen, was die jetzt grad machen. Die sitzen im Winterraum, heizen ordentlich ein und warten, dass 's Nudelwasser kocht.»

«Hoffentlich hast du recht. Aber morgen kommt ja noch der schwierigste Teil. Und Christine ist so unerfahren.»

«Dafür ist Müllerhuber umso erfahrener. Und dein Bruderherz ist ja auch noch da.»

Matthias schien zwar ein bisschen ruhiger zu werden, aber um ihn endgültig von seinen Sorgen abzulenken, musste baldmöglichst ein neues Thema her. Irgendwas aus der Arbeit?

Während Holzhammer noch in seinem Hirn grub, sagte Matthias: «Weißt du noch, damals im Watzmannkar?»

Holzhammer seufzte. Auch das noch. Sie waren beide noch Teenager gewesen. In jenem Winter waren sie beide in die Traudl verliebt gewesen, eine große, sportliche Blondine. Die Traudl hatte den jungen Franz locker überragt, aber genau das hatte er faszinierend gefunden an der Traudl. Matthias und er hatten sich einen fairen Wettbewerb um die Traudl geliefert. Matthias hatte die längeren Beine, aber dafür hatte Franz Holzhammer weniger Gewicht zu tragen und war auch zäher. Sowohl beim Klettern im Sommer als auch beim Tourengehen im Winter lagen sie deshalb fast gleichauf.

An jenem Wintertag waren sie zur Skischarte aufgestiegen, der steilsten Variante im Watzmannkar. Die Lawinenwarnstufe war eigentlich vertretbar gewesen, aber sie hatten den lockeren Triebschnee nicht beachtet, der sich im Windschatten des Vierten Watzmannkinds angesammelt hatte. Bei ihrer Abfahrt waren die Schneemassen in Bewegung geraten und hatten die Traudl unter sich begraben. Die beiden Jungspunde hatten getan, was sie konnten: Matthias, als der bessere Skifahrer, war ins Tal gerast, um Hilfe zu holen, Franz hatte auf gut Glück begonnen, mit den Händen zu graben. Vergeblich. Als nach einer Stunde der Hubschrauber gekommen war, hatte er noch keine Spur von dem Mädchen gefunden. Und es wäre inzwischen auch zu spät gewesen.

Bei jedem Lawinenunglück, von dem er hörte, wurde Holzhammer an diese alte Geschichte erinnert – ganz besonders, wenn es darum ging, ob man noch hätte helfen können. Bei Lawinenverschüttung ging es um Minuten. Da blieb keine Zeit, um auf professionelle Hilfe zu warten. Darum waren die kleinen Suchgeräte so wichtig.

Er selbst war nach jenem Tag nie wieder ohne LVS auf Tour gegangen, und auch seinen Kindern hatte er das von

Anfang an eingebläut. Er hatte ihnen stets die neuesten und besten LVS-Geräte gekauft. Das war ihm die dreihundert Euro im Jahr wert gewesen. Selbstverständlich hatte er Marie dabei voll auf seiner Seite gehabt. Nur die Kinder hatten manchmal gestöhnt, wenn sie unterm Weihnachtsbaum schon wieder die bekannten kleinen Schachteln entdeckten. Aber es hatte ja auch noch etwas anderes gegeben. Matthias tippte ihm auf die Schulter: «Hey, wo bist du denn mit deinen Gedanken?»

Holzhammer war tatsächlich ganz weit weg gewesen. «Tut mir leid, aber du hast mich doch selbst an die alte Geschichte erinnert.»

«Entschuldigung. Aber wahrscheinlich mach ich mir deshalb so viele Sorgen um Christine.»

Holzhammer nickte. Es musste wirklich dringend ein neues Thema her. Also gut, vielleicht konnte sein nerviger Chef aushelfen. Polizeichef Dr. Klaus Fischer war ein beliebtes Thema zwischen ihnen. Zur allgemeinen Erheiterung durfte man auch gern mal ein bisschen übertreiben. Er war vor einigen Jahren von München nach Berchtesgaden strafversetzt worden, und sein Unverständnis für die hiesigen Gegebenheiten war ebenso legendär wie seine mangelnden kriminalistischen Fähigkeiten.

«Hab ich dir eigentlich schon erzählt, was der Fischer wieder für an Stress macht? Ich sag dir, des is ned mehr witzig.»

«Was denn?», musste Matthias nun natürlich fragen.

«Stell dir vor, der will jetzt unbedingt den Schwarzmarkierer fangen.»

«Ausgerechnet jetzt? Ist doch noch gar keine Wandersaison.»

«Na, aber es san wohl neue Markierungen aufgetaucht. Hat der Jager gemeldet.»

Bereits seit Jahren zog der sogenannte Schwarzmarkierer mit einem Farbtopf durch die Berchtesgadener Berge und markierte Steige, die nicht im offiziellen Wegenetz enthalten waren – und zwar keineswegs in dezentem Schwarz, sondern in leuchtendem Rot. Der Unterschied zu den offiziellen Markierungen bestand nur darin, dass er den weißen Außenkreis wegließ. Die unautorisierten Markierungen waren vor allem den Leuten vom Nationalpark ein Dorn im Auge. Von ihnen stammte auch die Anzeige, die seit einem Jahr in der Polizeiwache herumlag. Anfangs hatte der Nationalparkchef jedes Mal, wenn neue Tupfen aufgetaucht waren, ein paar Praktikanten losgeschickt, um sie grau zu übermalen oder mit einem Hammer von den Felsen zu klopfen. Außerdem war gestreut worden, dass diese Markierungen gar keine begehbaren Wege bezeichneten. Aber was hieß das schon, schließlich waren die meisten alten Almsteige steil und gefährlich und trotzdem jahrhundertelang benutzt worden. Noch Holzhammers Großeltern hatten ihr Vieh im Sommer über den Mooseingangsteig auf den Simmetsberg getrieben. Eine Stelle war so absturzgefährdet, dass man die Kühe anseilte. Die Sennerinnen hingegen hatten sich nie angeseilt.

«Und hast du eine Ahnung, wer es sein könnte?», fragte Matthias.

Holzhammer zuckte nur mit den Schultern. Er hatte so seine Theorien, aber ein Polizist musste auch mal was für sich behalten können.

«Vielleicht einer dieser Alpenschamanen», schlug Matthias vor. «Die haben schon den halben Untersberg mit Sonnenrädern und Runen bemalt.»

«Ja, die malen gern. Aber die haben ihre festen Platzerln. Und mehr als zwei Stunden vom nächsten Parkplatz san die eh ned endemisch.»

«Also dann ein Einheimischer, der die alten Steige erhalten will? Viel Freizeit hat er auch, also muss es ein Rentner sein?»

«Sag amal, die Christine färbt ganz schön ab, oder? Du redst ja schon wie der reinste Profiler», sagte Holzhammer.

«Na ja, wir haben uns schon mal darüber unterhalten», gab Matthias zu. «Sie fand's komisch, dass ihr gar keine Hinweise bekommt, wo der Nationalpark doch sogar eine Belohnung ausgeschrieben hat.»

«Fünfhundert Euro. Du glaubst doch ned, dass des in Bercht'sgon einen hinter dem Ofen vorlockt.»

«Aber da gab's doch noch andere Hinweise. Zum Beispiel stand im *Anzeiger*, dass er eine Spezialfarbe verwendet. Die gleiche wie bei den offiziellen Wegmarkierungen.»

«So, tut er das?» Als wenn Holzhammer das nicht wüsste.

«Ja, die muss er doch irgendwo kaufen. Und so viele Malergeschäfte gibt's hier ja auch nicht», sagte Matthias.

«Weißt, ich seh des Problem ned», bremste Holzhammer ihn. «Der markiert ja ned direkt vom Hauptweg weg. Kein Tourist wird vom markierten Weg obi gelockt. Nur wer den Anfang der alten Almsteige eh schon weiß, bekommt ein bisschen Hilfe bei den Abzweigungen. Und die alten Steige zu erhalten ist doch …»

«… der reinste Naturschutz», vollendete Matthias.

Holzhammer grinste ihn an. Endlich hatte sein Spezi begriffen.

An diesem Morgen war Christine die Erste. Es war kühl im Raum, aber nicht eisig. Sie machte Feuer und ging dann hinaus, um Schnee zu holen. Draußen war die Luft allerdings bissfest – garantiert unter null. Ungemütlich, aber trotzdem gut, denn nächtliche Minustemperaturen reduzierten die Lawinengefahr und sorgten dafür, dass später am Tag der ersehnte Firn entstehen konnte.

Mühsam hackte Christine einige Brocken aus dem hartgefrorenen Schnee. Mit schnellem Teewasser war es trotzdem nichts, denn sie traute sich nicht an den Benzinkocher heran. Zum Glück tauchten ein paar Minuten später auch die beiden Männer auf.

«Na, habt ihr gut geschlafen?»

«Super», «Bestens», sagten beide wie aus einem Mund.

Müllerhuber setzte seinen Turbokocher in Gang, und wenige Minuten später konnten sie kochendes Wasser über die Teebeutel gießen. Zum Frühstück gab es Wurstbrote, und dann blies Müllerhuber auch schon zum Aufbruch. Er hatte bereits gestern gesagt, dass sie den Loferer Seilergraben noch am Vormittag erreichen müssten, sonst sei es zu unsicher, da die Lawinengefahr stieg, wenn der Schnee durch die Sonne aufweichte.

Sie trugen ihre Abgangszeit ins Hüttenbuch ein, warfen das Übernachtungsgeld in die Blechdose und schon waren sie zur Tür hinaus und auf der letzten Etappe der Großen Reibn.

Die Spur ihrer Vorgänger war immer noch deutlich, sodass Müllerhuber viel weniger Arbeit hatte als gestern.

Schon bald kam der Große Hundstod in Sicht. Sie überquerten die Hochfläche bis zum Ingolstädter Haus, einer Alpenvereinshütte mitten im Nirgendwo. Kurz darauf ging es hinunter zur Hochwies, im Sommer ein verwunschenes Hochtal mit plätscherndem Bach und frischem Grün. Jetzt bloß eine flache Schneefläche, an deren anderem Ende es wieder hinaufging.

Ein letztes Mal kamen die Felle wieder auf die Ski. Die fremde Spur war immer noch da und schien bei diesem allerletzten Aufstieg sogar noch deutlicher zu werden. Und dann war es so weit: Sie stellten ihre Bindungen in Fahrtposition. Ein Stück ging es noch verhältnismäßig leicht, über breite, mäßig geneigte Hänge. Auch ihre Vorgänger waren hier abgefahren.

Dann kam weiter unten eine Geländekante in Sicht, die Einfahrt in den eigentlichen Seilergraben. Dort schien es ins Nichts zu gehen, so steil kippte der Hang weg. Und mit ihm die beiden Skispuren vor ihnen. Bei dem Anblick blieb Christine automatisch stehen.

Es rauschte, als Müllerhuber in einer Schneewolke neben ihr zum Halten kam. Er deutete auf die Kante, die sich vielleicht hundert Meter vor ihnen befand. «Dort werden wir einzeln abfahren», sagte er.

Christine nickte. Fast gleichzeitig erreichten die drei die Oberkante des Seilergrabens. Erst jetzt konnten sie hinuntersehen. Und was sie sahen, war der nackte, felsige Berghang. Der Schnee war auf ganzer Breite als Grundlawine abgegangen. Es gab keinen Schnee mehr zum Abfahren. Der lag unten. Aufgetürmt zu einem steinharten, knolligen Lawinenkegel, durchsetzt mit Sand und Steinen.

Automatisch trat Christine ein paar Schritte von der Anrisskante zurück. Aber was machte Müllerhuber denn da? In halsbrecherischer Fahrt stürzte er sich das schmale und noch steilere Stück neben dem abgerutschten Hang hinab. Seine Ski hüpften über die harten Lawinenknollen. Erst jetzt realisierte sie, was die Spuren besagten.

«Da liegen welche drunter! Los, mir müssen sie suchen!», schrie der Polizist auch schon von unten.

«Ist gut, wir kommen zu Fuß!», rief Stefan und war schon dabei, seine Ski zu lösen. Christine tat es ihm nach. Sie ließen die Latten allein nach unten holpern und kletterten ihnen hinterher, so rasch es halbwegs sicher ging.

Müllerhuber hatte inzwischen zwei zusammengehörige Ski entdeckt, die im Abstand von einigen Metern knapp aus dem Schnee ragten. Sie waren rasch herausgeholt, denn an keinem von beiden hing sein Besitzer.

«Also gut, wir fangen hier an», bestimmte Müllerhuber. «Also Pieps umstellen und dann zwanzig Meter Abstand.»

Sie verteilten sich und machten sich daran, systematisch den Lawinenkegel abzugehen. Christine war heilfroh, dass Müllerhuber das Kommando übernahm und klare Anweisungen gab. Sie selbst war zu gar keinen klaren Gedanken fähig und versuchte nur, sich innerlich zu wappnen für das, was sie finden würden. Sie kannte die Zahlen: Nach einer Viertelstunde Vollverschüttung betrug die Überlebenschance noch fünfzig Prozent, nach einer halben Stunde nur noch zehn Prozent. Wer immer hier lag, hatte ein Vielfaches davon auf dem Buckel.

Kurz darauf entdeckte sie eine seltsame Mulde in dem kompakten Lawinenschnee.

«Ich glaube, hier lag jemand», rief sie den anderen zu.

Müllerhuber, der in der Mitte ging, eilte herbei. «Tatsächlich, schaut so aus. Da sind Schaufelspuren. Entweder hat er sich selbst ausgegraben oder ist ausgegraben worden.»

Sie sahen sich nach weiteren Spuren um. Wenn einer der beiden Unbekannten freigekommen war, würde er sicher selbst nach seinem Kameraden gesucht haben. Aber hatte er ihn gefunden?

Auch Stefan kam von der anderen Seite heran. Um eine zerklüftete Stelle in den Lawinenknollen zu umgehen, machte er einen Bogen talwärts. «Hier sind Fußspuren», stellte er fest.

«Nicht verwischen!», rief Müllerhuber. Er turnte schnell die paar Meter zu Stefan hinunter und sah sich die Sache an.

«Das war nur eine Person. Und die hat nicht lange rumgetan. Der Kerl ist aus dem Schnee aufgestanden und direkt abgehauen», stellte er fest.

«Der hat gar nicht nach seinem Kameraden gesucht und ist einfach weggelaufen?», fragte Christine ungläubig.

«Vielleicht hat er in der Lawine seinen Pieps verloren. Oder er wusste, dass sein Kumpel keinen dabeihat», mutmaßte Stefan.

«Aber dann hätte er doch zumindest die Bergwacht gerufen, sobald er wieder Empfang hatte. Oder hätte das Notfalltelefon beim Wimbachschloss benutzt», sagte Christine.

«Wie auch immer, die Bergwacht war jedenfalls nicht

hier», sagte Stefan. «Dann würden wir jede Menge Fußspuren und Sondierlöcher sehen.»

«Richtig. Und das heißt, mir machen weiter. Um alles andere kümmern mir uns später», sagte Müllerhuber. «Los, kommt.»

Sie nahmen wieder ihre Plätze ein und gingen langsam bergan, den Blick auf ihre LVS-Geräte gerichtet. Zu dritt konnten sie den ganzen Lawinenkegel abdecken. Wenn irgendwo unter dem Schnee ein Sender lag, würden sie ihn finden.

Wie ein Automat schwenkte Christine ihr LVS-Gerät von links nach rechts und wieder zurück. Sie war fassungslos. Wie konnte man einen Bergkameraden einfach im Stich lassen? Das war doch einfach undenkbar.

«Ich hab ein Signal!», rief Stefan plötzlich.

Sie kreisten das Funksignal ein, bis sie einen Kreuzungspunkt hatten. Mit einem gekonnten Wurf legte Müllerhuber seine Lawinensonde auseinander. Er stieß die Sonde mehrmals bis fast zum Anschlag in den Schnee. Beim vierten oder fünften Mal spürte er Widerstand. «Hier ist was. Ein Meter tief.»

Er ließ die Sonde an der Stelle stecken, und sie begannen, mit ihren Lawinenschaufeln von der Talseite her zu graben. Es war unglaublich anstrengend. Der Lawinenschnee war so schwer und hart, als wäre er mit einer Straßenwalze komprimiert worden. Christine grub tapfer mit, obwohl sie bei jedem Schaufelstich mehr Angst verspürte. Die Chance, nach einer ganzen Nacht noch jemanden lebend auszugraben, war praktisch null. Im Grunde konnte man nur hoffen, dass derjenige gleich während des Lawinenabgangs gestorben war, sodass er seinem Tod nicht mehr minutenlang bewusst entgegensehen musste.

Der steifgefrorene Stoff einer schwarzen Skihose kam zum Vorschein. Die Person lag auf dem Bauch, sehr kalt, sehr steif, die Beine sehr falsch abgewinkelt. Wer immer hier lag, war mausetot.

«Sollen wir vielleicht zuerst das Gesicht freilegen, um ihn zu identifizieren?», fragte Stefan.

«Nein, wir graben ihn im Ganzen aus und drehen ihn dann um», bestimmte Müllerhuber. «Wer es ist, erfahren wir dann immer noch früh genug.»

Müllerhuber wirkte jetzt sehr energisch und zielstrebig. Gar nicht mehr der geduldige, nachsichtige Skilehrer, sondern ganz Polizist im Dienst. Und Stefan? Er war sicher nicht so geschockt wie Christine und gab sich fast wie immer. Doch wie sehr er sich dafür zusammenreißen musste, war ihm nicht anzusehen.

Dann hatten sie die längliche Grube rund um den Toten vollendet. «Packt mal mit an», forderte Martin Müllerhuber sie auf.

Zu dritt drehten sie den Mann um. Seine Augen standen weit offen, der Mund war mit Schnee gefüllt. Dieser Anblick war zu viel für Christine. Sie hatte sich schon überwinden müssen, das Opfer anzufassen. Jetzt taumelte sie ein paar Schritte zur Seite und sank mit abgewandtem Gesicht auf die Lawinenknollen. Nicht umsonst war sie vor Jahren aus dem Krankenhaus mit seinen Unfallopfern, den OPs und dem Blut in die Rehaklinik gewechselt.

Dann ein erstaunter Ausruf von Stefan: «Das ist ja der Altbauer!»

Und Müllerhuber: «Tatsächlich. Was hat den denn geritten? Die Große Reibn war doch nun wirklich nichts für ihn.»

Jetzt reiß dich zusammen, befahl Christine sich selbst. Es war klar, dass die anderen von ihr nun ein professionelles Urteil erwarteten. Sie erwarteten, dass sie sich die Verletzungen des Toten ansah. Schließlich beugte sie sich hinab und betastete die steifen Glieder: Die gebrochenen Unterschenkel sprachen dafür, dass seine Skibindung nicht rechtzeitig ausgelöst hatte. Den Rucksack schien die Lawine ihm ausgezogen zu haben, doch das LVS-Gerät trug er vorschriftsmäßig umgeschnallt am Körper. Nur deshalb hatten sie ihn gefunden. Auch sein Kamerad hätte ihn somit finden können, die Suche hätte allein höchstens ein wenig länger gedauert.

Müllerhuber bestimmte, wie es weiterging: «Horcht zu: Ich fahr ab und lauf weiter, bis ich Empfang habe. Ihr bleibt's bitt schön da. Falls jemand kommt, soll er einen großen Bogen um die Leiche machen.»

Die beiden nickten, und Müllerhuber brauste davon. Kurz bevor er durch die enge Ausfahrt aus dem Seilergraben verschwand, schwang er seinen rechten Stock auffällig zur Seite, als wollte er auf etwas hindeuten.

«Hast du das gesehen? Ich geh mal runter», sagte Christine. So müde sie auch war, auf diese Weise kam sie wenigstens ein paar Meter weg von der Leiche.

Unterhalb des eigentlichen Lawinenkegels lagen immer noch jede Menge einzelner Knollen, einige waren bestimmt zweihundert Meter weit gerollt. Hier, am Auslauf des Grabens, schien bereits die Sonne, während der rein nordwärts ausgerichtete Steilhang noch im Schatten lag.

Dann entdeckte Christine die Schneeschuhspuren, auf

die sie Müllerhuber wohl aufmerksam hatte machen wollen. Sie nestelte ihre Kamera heraus. Die Spuren waren jetzt schon verwischt, nach einer Stunde Frühlingssonne würden sie kaum mehr zu erkennen sein. An der Spur entlang stieg sie stetig knipsend wieder ein Stück hinauf. Die Person hatte sich am linken Rand des Grabens gehalten.

Je weiter sie in den schattigen Bereich kam, desto deutlicher wurde die Spur. Und da sah sie es: Ein Schneeschuhabdruck wurde ganz klar von der Spur eines verirrten Lawinenknollens überdeckt, der ein Stück den Rand hoch und dann erst in Richtung Tal gerollt war. Lag etwa noch jemand in diesem eiskalten Grab?

Christine beschleunigte ihre Schritte. Gleichzeitig gab sie Stefan, der brav bei der Leiche stehen geblieben war, zu verstehen, dass er herunterkommen sollte.

Die Spur war jetzt klar von Lawinenknollen bedeckt und nur noch in kleinen Abschnitten sichtbar. Sie führte hinter einen mannshohen Felsblock, der dem untersten Bereich des Lawinenkegels getrotzt hatte. War der Alleingänger tatsächlich zum Zeitpunkt der Lawine hier gewesen, hatte dieser Stein ihm das Leben gerettet. Aber dann müssten noch weitere Spuren zu finden sein.

Christine zeigte Stefan die Stelle. «Siehst du, hierher ist einer auf Schneeschuhen gekommen. Und zwar vor der Lawine.»

«Oder während der Lawine», ergänzte Stefan.

«Genau. Aber wo ist er jetzt?»

«Auf den harten Knollen sieht man ja nicht unbedingt Spuren, die anderen haben wir auch erst im Auslauf entdeckt», überlegte Stefan.

«Bleibt die Frage, ob wir danach suchen sollen oder lieber auf die Polizei warten.» Christine wusste ganz genau, was sie lieber getan hätte. Gleich mit der Suche beginnen. Schon deshalb, weil sie es nicht gut aushielt, tatenlos herumzustehen.

«Lass uns warten, wie Müllerhuber gesagt hat», bremste Stefan. Natürlich hatte er recht.

5

Wieder einmal stand Franz Holzhammer alleine da. Müllerhuber war auf Skitour, und zwei Streifenbesatzungen nahmen gerade Unfälle auf. Deshalb hatte er selbst ausrücken müssen, als die verschreckte alte Dame anrief, um ein unerlaubtes Betreten ihres Balkons im Bischofswieser Ortsteil Winkl zu melden. Mit einem Besen bewaffnet, trat er dem Eindringling gegenüber: Er war fünf Kilo schwer, hatte einen Schnabel wie eine Blechschere und krallenbewehrte Füße, so groß wie Holzhammers Handflächen. Strotzend vor Testosteron und fehlgeleitet in seiner Leidenschaft, verteidigte der brünstige Auerhahn eine grüne Cordhose, die über einem Stuhl zum Trocknen hing.

Schon seit Wochen terrorisierte der aggressive Riesenvogel die Nachbarschaft am Waldrand. Normalerweise bekam man die unter Naturschutz stehenden Raufußhühner kaum zu sehen, aber in der Balzzeit, wenn ihr Hormonspiegel um das Hundertfache in die Höhe schoss, drehten manche jungen Hähne völlig durch.

«Schsch», machte Holzhammer und versuchte einen Ausfall.

«Görk!», entgegnete der Auerhahn und sprang vom Tisch auf den Besen.

Holzhammer versuchte, ihn abzuschütteln, aber der Auerhahn hielt fest und hackte wie wahnsinnig mit dem Schnabel auf die Borsten ein.

In diesem Moment rappelte Holzhammers Handy. Geradezu dankbar nahm er eine Hand vom Besen, um danach zu greifen. Und kaum hatte Müllerhuber den ersten Satz gesagt, da überließ Holzhammer dem Auerhahn auch schon das Feld, den Besen und überhaupt den ganzen Balkon.

Mit einigen tröstenden Worten verabschiedete er sich von der Wohnungsinhaberin: «Das Wetter wird eh schlecht, da brauchst koan Balkon ned.»

Wie ferngesteuert fuhr Holzhammer zurück zur Wache. Noch während der Fahrt forderte er die Spurensicherung und einen Polizeibergführer an. Auf dem Polizeiparkplatz stieg er in den Allrad um, und weiter ging's in Richtung Ramsau. Hinter der Wimbachbrücke stand Müllerhuber am Wegrand. Er warf seine Ski in den Kofferraum, und gemeinsam brausten sie weiter, den Wanderweg entlang.

Erst jetzt beschrieb Müllerhuber ausführlich die Situation, die sie im Seilergraben vorgefunden hatten. Und urplötzlich traf es Holzhammer wie ein Schlag: Es ging um einen Lawinentoten, dem niemand hatte helfen können. Oder gar helfen wollen? Erst gestern hatte er mit Matthias über das Unglück von damals gesprochen, als sie so hilflos gewesen waren. Und wie er sich geschworen hatte, so etwas nie wieder erleben zu müssen. Nie mehr hilflos zu sein und nie mehr jemanden im Stich lassen zu müssen.

Und jetzt waren da zwei Tourengeher – einer tot, einer

verschwunden. Damals hatten die Hilfsmittel gefehlt, aber heute sollte so etwas nicht mehr vorkommen. Und so leistete Franz Holzhammer im Stillen einen neuen Schwur: Wer immer sich in Zukunft im Seilergraben der unterlassenen Hilfeleistung schuldig machen würde, den würde er kriegen und zur Verantwortung ziehen.

Sie fuhren am Wimbachschloss vorbei, einer beliebten Ausflugsgaststätte. Kurz danach verließen sie den Wanderweg, der nun zu schmal für den Wagen wurde. Weiter ging's direkt in dem breiten Kiesbett. Bald darauf begann der Schnee, und der Allrad bekam alle Reifen voll zu tun. Zum Glück ging es nun nur noch mäßig bergan, und es gab auch einige vage Reifenspuren, an die man sich halten konnte. Schon öfter in diesem Winter hatte die Bergwacht hier hereinfahren müssen.

Kurz vor dem Eingang zum Loferer Seilergraben war endgültig Schluss für das Fahrzeug. Über ihnen dröhnte ein Hubschrauber. Auch er landete außerhalb des Grabens, um keine Spuren zu verwirbeln. Heraus sprangen mehrere Bergwachtler, der Polizeibergführer und ein Hundeführer samt Hund. Müllerhuber erklärte nochmals allen die Situation.

Holzhammer überlegte, ob er sich nun etwa zu Fuß an den Aufstieg in den Graben machen sollte. Ohne Stöcke würde das eine Heidenarbeit werden. Musste er die Leiche unbedingt mit eigenen Augen im Schnee liegen sehen? Außerdem gab es für die anstrengenden Sachen ja auch noch den Polizeibergführer.

Der stieg gerade zusammen mit einem Bergwachtler zum oberen Ende des Seilergrabens auf. Sie fotografierten die diversen Skispuren und die Anrissstelle. Außerdem maßen sie die Anrisshöhe. Dann gruben sie an zwei verschiedenen Stellen nahe der Anrisskante Schneeprofile. Sie suchten nach Gleitschichten und maßen die Schneetemperatur an der Oberfläche, in der Mitte und am Boden.

Auch der Tote wurde nochmals professionell fotografiert, ebenso die Mulde, aus der sich mutmaßlich der andere Skifahrer befreit hatte. Dann wurde die Leiche im Akja zum Wagen transportiert. Alle Fotos würden zur Auswertung an Holzhammers alten Freund Rolf Berg gehen, den Chef der Spurensicherung in Traunstein.

Holzhammers Lieblingsnordlicht kam auf ihn zu. «Müllerhuber hat zwar gesagt, dass wir bei der Leiche bleiben sollen, aber jetzt seid ihr ja da», sagte Christine. «Willst du die Fotos sehen, die ich von den Spuren gemacht habe?»

Freilich wollte er. Und schon klickte sie durch die Digitalbilder auf ihrer Kamera.

«Super, du hast ja auch Bilder von oben.» Christine hatte schon vor der Einfahrt in den Graben einige Fotos gemacht, als die Anrisskante noch gar nicht zu sehen war. «Die Dateien mailst mir, gell? Deine Fotos sind die einzigen, auf denen die Spuren zu sehen sind, bevor ihr drübergefahren seid's.»

«Klar, gerne. Die Anrisskante hab ich aber nur von unten. Oben war ich zu erschrocken, um ans Knipsen zu denken.»

«Das wird sich unser Bergführer eh selber anschauen. Hast du auch den Altbauer fotografiert?»

«Ja, hier.»

Holzhammer betrachtete die Fotos auf dem Display. «Hatte er keinen Rucksack?»

«Nein, der muss ihm abgerissen worden sein. Nur das LVS hatte er um, siehst du, hier.» Sie klickte weiter. «Und hier sind die Skischuhspuren des Zweiten, wie er davongeht. Hoffentlich helfen die Bilder, den Kerl zu finden. Ist ja schon ein starkes Stück, wie der seinen Kameraden im Stich gelassen hat.»

«Ja, das ist mindestens unterlassene Hilfeleistung», sagte Müllerhuber, der in diesem Moment aufgetaucht war.

Holzhammer sagte nichts. Welches emotionale Erdbeben das alles in ihm auslöste, behielt er lieber für sich.

«Hast du auch die Spur der Schneeschuhe, auf die ich beim Abfahren hingedeutet hab?», fragte Müllerhuber.

«Ja klar.» Christine zeigte die Fotos, aber auf dem kontrastschwachen Display war kaum etwas zu erkennen. «Ich frag mich bloß, was der da wollte.»

«Preißn halt», sagte Müllerhuber trocken.

«Ich find's vor allem deshalb seltsam, weil er die Schneeschuhe ewig weit getragen haben muss», sagte Christine. «Eine geschlossene Schneedecke gibt's ja inzwischen erst ab tausend Meter. Es macht keinen Sinn, die Schneeschuhe acht Kilometer weit zu schleppen, nur um dann hier einen Kilometer damit zu laufen.»

«Wieso nur einen Kilometer?», fragte Stefan, der seinen Wachtposten neben der Leiche inzwischen auch aufgegeben hatte.

«Na ja, der wird ja nicht den Seilergraben raufgewollt haben.»

«Vielleicht doch? Vielleicht wollt er auf's Seehorn», schlug Müllerhuber vor.

«Aber doch nicht mehr am Nachmittag», sagte Christine.

«Woher willst du denn wissen, dass es so spät war?», fragte Müllerhuber.

«Weil er genau zum Zeitpunkt der Lawine hier war.»

«Was?», sagten Müllerhuber und Holzhammer wie aus einem Mund.

Aber Christine hatte recht. Sie bewies es anhand ihrer Fotos. «Hier. Seine aufwärtsgerichteten Spuren sind teilweise von Lawinenknollen überrollt worden. Das war also vorher. Aber ich hab auch Fotos, wo er eindeutig über Lawinenknollen drübergegangen ist, als er sich wieder entfernt hat. Das war im Schatten schlecht zu sehen, weil die Knollen so hart waren. Aber weiter unten hat er sich ganz am Rand gehalten, wo die Sonne schon hinkam. Da sieht man es.»

Der Polizeibergführer und der Bergwachtler, die den abgerutschten Hang hinaufgekraxelt waren, gesellten sich zu ihnen.

«Und?», fragte Holzhammer.

Der Polizeibergführer, der Hansi Hofreiter hieß und normalerweise in Reichenhall stationiert war, sah auf die Uhr, bevor er antwortete: «Jetzt haben mir halbe zwölfe. Vor einer Stund war der Hang noch halbwegs sicher zum Fahren, momentan ist er gerade so an der Grenze. Gestern muss es ähnlich gewesen sein, eher noch a Stückerl besser. Je nachdem, wann die beiden da waren, hätten sie es – einzeln vorsichtig abfahrend – durchaus noch schaffen können.»

«Mir haben denen ihre Spuren ja schon bei der Abfahrt in die Hochwies gesehen», sagte Müllerhuber. «Bei uns war es da noch brettlhart, aber die Spuren vom Vortag waren eindeutig in ganz weichen Firn gezogen, fast schon tief. Bereits da hab ich mich gewundert.»

«Wobei ich auch nichts gegen etwas weicheren Schnee gehabt hätte», sagte Christine.

«Aber du siehst ja, was dann dabei aussikimmt», gab Müllerhuber zurück.

In diesem Moment kam ein Bergwachtler mit einem weiteren Ski in der Hand zu ihnen. «Schätzungsweise Größe 43», sagte er.

Der Bergführer nickte und wandte sich an Holzhammer. «Richtig, das hab ich noch vergessen. Die Bindung des anderen Paars war auch auf eine Männergröße eingestellt.»

«Dann war Altbauer jedenfalls ned mit am Gschpusi unterwegs», schloss Holzhammer. Das hatte er eigentlich auch nicht erwartet.

«Außer, sie hat Plattfüße», sagte Müllerhuber.

War ja klar, dass das jetzt von irgendjemand kommen musste. Holzhammer ging darüber hinweg und wandte sich an Hofreiter: «Und, was meinst du? Haben sie die Lawine selbst ausgelöst?»

Der Polizeibergführer nickte. «So ist es ja meistens. Aber wer von beiden es letztendlich war, trau ich mich momentan ned sagen. Es ist halt unklar, in welchem zeitlichen Abstand sie in den Hang einigefahren sind. In einem vernünftigen Abstand oder direkt hintereinander oder vielleicht sogar gleichzeitig. Je nachdem kommen beide als Auslöser in Betracht.»

Holzhammer war alles andere als begeistert, trotzdem nickte er dem Kollegen verständnisvoll zu. Schließlich konnte der nichts dafür. Jetzt konnte man nur hoffen, dass der Rolf in Traunstein noch etwas herausbrachte.

Die Bergwachtler rückten zu Fuß ab, schließlich war keine Eile mehr geboten. Nur die Leiche entschwebte nobel mit dem Hubschrauber, dessen Pilot während der ganzen Aktion cool an seinem Fluggerät gelehnt und eine Zigarette nach der anderen geraucht hatte. Er brachte den Toten nach München in die Pathologie. Das hatte Holzhammer so bestimmt. Mal wieder auf eigene Kappe.

Holzhammer blieb mit dem Polizeibergführer und den drei Skifahrern zurück. Erst jetzt bemerkte er, dass Christine vollkommen fertig war. Sie hatte schon länger nichts mehr gesagt und sah verfroren und blass aus.

«Du setzt dich nach vorn», bestimmte er, als sie zum Wagen gingen, und drinnen drehte er die Heizung schon mal ganz auf, während die anderen noch Rucksäcke und Ski verstauten. Als schließlich alle an Bord waren, rumpelte er in seiner eigenen Spur bergab.

Ein paar Minuten sagte niemand etwas. Dann meldete sich Müllerhuber: «Jetzt weiß ich endlich, wie ich weitermach.»

«Was, womit machst du weiter?» Holzhammer stand auf dem Schlauch.

«Mit meiner Laufbahn. Du glaubst doch nicht, dass ich ewig dein Hiwi bleiben will.»

Natürlich nicht. Holzhammer war der Erste, der seinem besten Mann eine glänzende Karriere wünschte. «Und, was soll's werden? Vielleicht Hubschrauberpilot, wie der von grad eben? Mit verspiegelter Sonnenbrill'n, Bomberjacke und Zigarette im Mundwinkel?»

«Schmarrn, Polizeibergführer. Des wär cool.»

Doch Hansi Hofreiter, der es wissen musste, entgegnete: «Bua, wenn du meinst, des wär a Karriere, liegst du falsch. Des is bloß a schlecht bezahltes Hobby. Glaub mir's.»

«Na gut, dann geh ich halt nach München und werd Polizeipräsident», feixte Müllerhuber und zwinkerte dem neben ihm sitzenden Wahlmünchner Stefan zu.

Holzhammer sah aufmerksam in den Rückspiegel. Martin Müllerhuber schien seltsam aufgedreht, fast wie auf Speed. Genau das Gegenteil von Christine, die mit weißer Nase nach draußen starrte. Dabei war sie normalerweise die Erste, die mit Vermutungen und Schlussfolgerungen bei der Hand war.

Als er Christine und Stefan in der Schönau absetzte, erinnerte er die beiden: «Denkt's dran, dass ihr morgen kurz vorbeikommt. Mir machen die Protokolle bis dahin schon so weit fertig.»

«Gell, Martin?», fuhr er fort, als sich die Autotüren wieder geschlossen hatten.

Seit er Müllerhubers Talent fürs Beamtendeutsch entdeckt hatte, überließ er ihm fast die gesamte Schreibarbeit. Er selbst kannte sich zwar mit dem Computer gut aus, aber er stand mit der Rechtschreibung auf Kriegsfuß und ganz besonders mit den bürokratischen Anforderungen an Stil und Ausdrucksweise. Aus unerfindlichen Gründen schüttelte der junge Kollege das aus dem Ärmel.

Dann ging er in seine Stube und sank schwer auf den altersschwachen Bürostuhl. Der Stuhl ächzte und Holzhammer tat es ihm nach. Nachdem der Hauptwachtmeister eine Weile vor sich hin gestarrt hatte, tippte er im Zweifingersystem in seinen Computer:

Erstens: Wer war der zweite Tourengeher?
Zwoatens: Warum waren die zwoa bei diesen Verhältnissen noch so spät am Seilergraben unterwegs? Der Altbauer war doch koa Depp ned.
Drittens: Wer war der Schneeschuhgeher?
Viertens: Warum hat der Überlebende ned nach seinem Kameraden gesucht? Oder der Schneeschuhgeher? Und warum hat koaner von denen ned amal die Bergwacht gerufen?
A echte Sauerei is des.

Den letzten Satz machte er fett und unterstrich ihn:

A echte Sauerei is des.

Dann verbesserte er:

A Riesensauerei is des.

Er nahm die Hände von der Tastatur, verschränkte sie hinter dem Kopf, schloss die Augen und versuchte, einen Sinn in den Hergang zu bringen. Doch immer wieder schoben sich die alten Bilder von der Lawine im Watzmannkar dazwischen.

So musste er eine ganze Weile dagesessen haben, bis Martin Müllerhuber zur Tür hereinkam. Als er seinen Chef so versunken vorfand, ging er um den Schreibtisch herum, sah auf den Bildschirm und ergänzte: «Fünftens: Selbst wenn der zweite Tourengeher kein LVS dabeihatte, warum hat er dann nicht einmal die Bergwacht gerufen? Und auch der Schneeschuhgeher nicht?»

«Richtig», sagte Holzhammer und nahm die Hände wieder herunter.

«Auf jeden Fall is des a ernsthafte G'schicht», sagte Müllerhuber.

Guter Mann. Den würde er also auf seiner Seite haben – mit oder ohne Trauma. «Eh klar», nickte Holzhammer. «Und deshalb werden mir des von der Priorität her behandeln wie an Mord.»

6

Es war erst halb vier. Um diese Zeit sollte normalerweise auch ihr heißgeliebter Chef an Bord sein. Während sie die zwei Stockwerke zum Allerheiligsten hinaufstapften, wappnete Holzhammer sich für das kommende Gespräch. Es war immer mühsam, wenn noch keine Protokolle vorlagen und er Dr. Fischer mündlich auseinandersetzen musste, was Sache war. In diesem Fall allerdings hätte auch ein schriftlicher Bericht nichts genützt, nicht mal mit drei Durchschlägen. So viel wurde schnell klar.

«Ja und, was soll merkwürdig daran sein, dass die Verunfallten erst nachmittags an diesem Seilergraben ankamen? Haben sich eben Zeit gelassen, die Jungs», sagte Fischer und nahm demonstrativ entspannt einen Schluck Tee aus seiner geliebten Wedgwoodtasse, die Sekretärin Grassl nur von Hand abspülen durfte.

Holzhammer nutzte den Moment, in dem Fischers Augen verklärt auf den Tassenboden gerichtet waren, um kurz in Müllerhubers Richtung den Kopf zu schütteln.

Müllerhuber erwiderte die Geste mit einem leichten Achselzucken und übernahm dankenswerterweise die Antwort. Respektvoller, als es Holzhammer jemals möglich gewesen wäre, erklärte er: «Herr Dr. Fischer, die Sache ist die: Im Frühjahr wird es im Laufe des Tages immer wärmer. Und je wärmer der Schnee, desto höher die Lawinengefahr. Wir Tourengeher nennen das Tagesgang. Im Lawinenlagebericht werden daher um diese Jahreszeit meistens zwei verschiedene Lawinenwarnstufen bekannt gegeben: eine für den Vormittag und eine höhere für den Nachmittag. Aber auch ohne den Bericht zu lesen, weiß das jeder erfahrene Tourengeher. Und genauso weiß jeder, dass die Lawinengefahr umso höher ist, je steiler der Hang. Der Loferer Seilergraben ist extrem steil, dort hat es früher schon oft Lawinentote gegeben. Jeder Einheimische weiß das. Und Roman Altbauer war ein Einheimischer. Ganz gleich, mit wem er auf Tour war, er muss einen besonderen Grund gehabt haben, sich dort um diese Tageszeit herumzutreiben. Wenn die beiden aus irgendeinem Grund zu spät dran waren, dann hätten sie normalerweise die Abfahrt gar nicht versucht, sondern wären von der Kematenschneid weiter aufs Seehorn aufgestiegen und nach Österreich abgefahren. Das ist zwar blöd, weil man dann ohne Auto auf der Kallbrunnalm steht, aber lieber blöd als tot.»

Fischer hatte während dieses epischen Vortrags zwar ungeduldige Gesten gemacht, als wüsste er das alles, aber unterbrochen hatte er Müllerhuber nicht. Denn in Wirklichkeit hatte er natürlich keine Ahnung. Und Holzhammer konnte sich jetzt schon ausmalen, wie der Chef all diese Weisheiten bei nächster Gelegenheit als seine eigenen verkaufen würde. Egal. Hauptsache, er begriff den Ernst der Lage.

«Genau. Da stimmt was ned. Da geht's ned nur um unterlassene Hilfeleistung aus irgendeiner Panik heraus», unterstützte Holzhammer sein begabtes Sprachrohr.

«Schön, schön», sagte Fischer überraschenderweise. «Weiß man schon, ob der Altbauer eine Lebensversicherung hatte?»

«Keine Ahnung. Mir haben ja noch ned amal die Familie informiert.»

«Dann macht das gleich als Erstes und fragt danach. Diese Versicherungsfritzen können nämlich unglaublich lästig sein. Vor ein paar Wochen wollte sogar einer das Polizeipräsidium in München verklagen, weil er wegen Unfall die doppelte Schadenssumme auszahlen musste. Er hätte gern einen Mord gehabt und behauptete, es wären Versäumnisse begangen worden.»

Holzhammer machte sich eine mentale Notiz. Diesen Angriffspunkt musste er sich unbedingt merken, falls er irgendwann mal wieder ein Argument brauchte, um Fischer in Aktion zu versetzen. «Sehr richtig, da sollten mir keine Angriffsfläche bieten. Zuallererst müssen mir den zwoaten Tourengeher finden.»

«Und wie?», fragte Fischer.

Holzhammer hatte längst einen Plan. «Mir fragen Busfahrer und Taxler. A Skifahrer ohne Ski, gut möglich, dass der jemand aufgefallen ist. Der ist doch z' Fuß aus dem Seilergraben fort.»

Müllerhuber ergänzte: «Ein Ski von ihm wurde gefunden, also hat er maximal einen dabeigehabt. Eher gar keinen – ein einzelner Ski taugt ja nur noch als Wandschmuck.»

«Gut, gut», sagte Fischer. «Und was ist mit dem ominösen Schneeschuhegeher?»

«Der wird schwieriger, die vermehren sich ja in letzter Zeit wie die Karnickel», sagte Holzhammer. «Aber mit etwas Glück bekommen mir noch an Bericht über die genaue Marke, vielleicht sogar a halbwegs gute Vermutung über sein Kampfgewicht und sogar seine Größe. Kommt halt drauf an, wie viel Rolf Berg mit den Fotos von der Christine anfangen kann.»

«Was hat denn Christine schon wieder mit der Sache zu tun?» Klar, dass Fischer an der Stelle wieder ausstieg.

«Na die war doch mit uns unterwegs», sagte Müllerhuber. «Während ich abgefahren bin, bis ich Empfang hatte, hat sie die Schneeschuhspuren gefunden und fotografiert. Und weil da noch Schatten war, sind die Spuren auf ihren Fotos viel weniger zerlaufen als auf denen, die eine Stunde später die Einsatzgruppe gemacht hat.»

Holzhammer vermutete stark, dass Müllerhuber eigentlich allen beiden Zurückgelassenen eingeschärft hatte, nicht unnötig herumzulaufen, um keine Spuren zu verwischen. Dass die ungeduldige Christine sich nicht daran gehalten hatte, vielleicht, weil ihr kalt war, vielleicht aber auch, weil sie es nicht ertragen konnte, so lange neben einer Leiche zu sitzen, war pures Glück. Wenn man in so einer Situation überhaupt von Glück reden konnte.

Die traurige Aufgabe, die Angehörigen zu benachrichtigen, fiel natürlich wieder einmal auf Holzhammer. Er rief sich die Altbauer'schen Familienverhältnisse ins Gedächtnis. Altbauer war seit längerer Zeit geschieden und davor nur relativ kurze Zeit verheiratet gewesen. Zweimal. Beide Male hatte er Auswärtige geheiratet, beide waren alleinreisende Hotelgäste gewesen. Und beide Frauen hatten sich das Leben als Hoteliersfrau wohl etwas anders vorgestellt. Geblieben waren zwei erwachsene Kinder aus der ersten Ehe, die offenbar das Hotel-Gen des Vaters geerbt hatten. Wenn er richtig orientiert war, befand der Sohn sich noch in der Ausbildung, irgendwo im Ausland. Antreffen würde er also vermutlich nur die Tochter. War es gut oder schlecht, dass er aller Wahrscheinlichkeit nach nur einer einzigen Angehörigen gegenübertreten musste? Wenn sie halbwegs stabil war, eher gut. Wenn sie zusammenbrach, eher schlecht.

Einen kurzen Aufschub gewährten die Anrufe bei der Taxizentrale und dem Verkehrsbetrieb. Doch das war in wenigen Minuten erledigt. Beide Disponenten versprachen, alle Taxi- und Busfahrer darüber zu informieren, dass jegliche Hinweise auf einen Skifahrer ohne oder mit maximal einem Ski umgehend an die Polizei weitergegeben werden sollten. Hoffentlich kam dabei etwas heraus, immerhin konnte der Unbekannte auch von einer Privatperson abgeholt worden sein. Oder er wohnte in unmittelbarer Nähe der Wimbachbrücke und war einfach zu Fuß heimgegangen.

Wenigstens kam Müllerhuber mit zum See. Inzwischen vergaß Holzhammer nur noch selten, ihn mitzunehmen. Am Anfang war ihm das dauernd passiert, zu lange war er fast immer allein unterwegs gewesen. Erst vor kurzem hatte er den schlauen jungen Kollegen schätzen gelernt – am meisten wegen seiner Fähigkeiten, selbst komplizierte Sachverhalte ratzfatz in perfekte Protokolle zu verwandeln. Inzwischen waren sie ein eingespieltes Team.

«Kannst du mir sagen, was der Altbauer auf der Großen

Reibn zu suchen hatte?», fragte Holzhammer auf dem Weg nach Königssee.

«Das frag ich mich auch schon die ganze Zeit», sagte Müllerhuber. «Ich hab mich schon vor zwei Wochen gefragt, was das soll.»

«Wie? Was denn?»

«Da waren wir doch im Watzmannkar, der Stefan, die Christine und ich», sagte Müllerhuber.

Das Watzmannkar! Holzhammer versuchte, sich nichts anmerken zu lassen. Schon wieder das Watzmannkar – und dann noch im Zusammenhang mit einem Lawinenunglück. Hörte das denn nie auf?

«Und wie mir da so gemütlich am Dritten Kind sitzen, sehen mir plötzlich den Altbauer», redete Müllerhuber arglos weiter. «Mei, hat der geschnauft. In Zeitlupe ist er den letzten Hang hoch, krebsrot im Gesicht. Mir haben alle gerätselt, wozu das gut sein soll. Christine hat auf Midlife-Crisis getippt und ich, dass er a junge Freundin hat.»

«Was im Prinzip aufs Gleiche aussilaufen tät», sagte Holzhammer, der sich wieder gefangen hatte. «Zur Midlife-Krise gehört die junge Prittschn ja quasi automatisch dazu. Aber mit der Theorie haut was ned hin. Angenommen er hat tatsächlich im Watzmannkar trainiert, um später mit seiner Fitness a Freundin zu beeindrucken. Er war doch allein?»

«Ja, nach allem, was mir g'sehen haben.»

«Also. Er trainiert im Watzmannkar, damit er später, auf der Großen Reibn, mit seinem Gschpusi mithalten kann. Warum, bitt schön, war er dann mit am Mann unterwegs?» Das machte für Holzhammer keinen Sinn. Die Bindung an dem einsamen Ski war auf Schuhgröße 43 eingestellt gewesen.

«Vielleicht hat er einfach wieder Lust auf Skitouren bekommen. Viele gehen ja im höheren Alter noch. Bei der Seniorengruppe vom DAV gibt's Rentner, die gehen hundert Skitouren im Jahr.»

«Freilich. Großonkel Sepp ist seine letzte Skitour mit achtundsiebzig gegangen. Abfahren ist besser als obihatschen, hat er immer gesagt. Aber der hat auch ned zwischendrin zehn Jahr lang aufg'hört. Und nie Fett angesetzt. Da wird's zach. Ich würd mich jedenfalls mein Lebtag nimmer auf Ski stellen.» Holzhammer hatte keine Probleme damit, auf sein eigenes unübersehbares Übergewicht anzuspielen.

Sie hatten inzwischen die Fußgängerzone am See erreicht. Neben Drehständern stand immer noch der leere Sarg. Im Schaufenster dahinter waren Messer, Taschenlampen und Herrenslips ausgestellt. Was davon unter Reisebedarf fiel und was nicht, mochten andere beurteilen.

Sie parkten ganz unten am See, zwischen dem Anleger für die Elektroboote und den alten hölzernen Bootshäusern. Der Königssee schimmerte grün, die Elektroboote weiß. Ein Schiff hatte gerade abgelegt, ein anderes lag am Steg. Urlauber sprudelten heraus und verteilten sich über den granitgepflasterten Platz. Noch fuhren die Boote nur bis zur Halbinsel Bartholomä mit der fotogenen Kapelle, doch schon bald würden die Urlauber wieder den ganzen See in Besitz nehmen.

Überhaupt war das ganze Tal in diesen Tagen dabei, auf Sommerbetrieb umzustellen. Die Sportgeschäfte setzten die Preise für Skibekleidung herab, um Platz für Wanderhosen zu schaffen, vor den Cafés wurden Terrassenmöbel und Schirme in Stellung gebracht, und die Autowerkstätten vergaben Termine zum Reifenwechsel mit Wartezeiten wie bei der Papstaudienz. Die italienische Eisdiele gegenüber vom Kartenhäuschen war sogar schon geöffnet, doch für die kalten Tage im wendischen April hielt man auch Glühwein bereit.

Die breite Doppeltür des Hotels war aus Mahagoni und besaß zwei lange, schräge Messinggriffe. Im oberen Teil waren beide Hälften verglast, doch durch die helle Frühlingssonne sah man von außen nur zwei schwarze Löcher. Nach dem Eintreten mussten Holzhammers Augen sich erst einmal an die Dunkelheit gewöhnen. Ihm ging durch den Kopf, dass es nicht nur an der dunklen Täfelung der Hotellobby lag, sondern möglicherweise auch ein bisschen daran, dass hier am Lampenstrom gespart wurde.

Monika Altbauer stand im Dirndl hinter der Rezeption. Sie war groß und hatte ihre vollen, weizenblonden Haare aufwendig hochgesteckt. Mit anderen Worten, sie sah genau so aus, wie man sich die Juniorchefin eines Alpenhotels vorstellte. Genau so, wie sie dastand, hätte Monika auch dem geplanten neuen Wellnessresort oder überhaupt jedem gehobenen Hotel im Alpenrund zur Zierde gereicht. Und dieser Frau musste er jetzt sagen, dass ihr Vater tot war.

«Ja servus, grias di», sagte Monika, als sie ihn erkannte.

«Grias di, Moni», antwortete Holzhammer automatisch. Und nur, um ein paar Sekunden Zeit zu gewinnen, fügte er hinzu: «Des is übrigens mein junger Kollege, der Müllerhuber Martin. Mein bester Mann. Vielleicht kennst du ihn eh.»

Müllerhuber, der sich im Hintergrund hielt, tippte an eine imaginäre Mütze. «Mir san zusammen zur Schul gangen. Aber die Moni war zwei Klassen über mir.»

«Richtig», sagte Moni. «Und, was bringt euch her?»

Holzhammer schaute zur Eingangstür mit den langen Messinggriffen. Doch kein Gast kam des Wegs, dem sie den Vortritt hätten lassen können. «Können mir kurz woanders hingehen?»

Monika verlor urplötzlich ihr Lächeln. «Sicher. Kommt hier herum.»

Sie bedeutete den beiden, dass sie um den Empfangstresen herumkommen sollten, und ging vor, in ein enges, vollgestopftes Büro. Dort gab es nur zwei Stühle – einen hinter und einen vor dem kleinen Schreibtisch, auf dem neben Papierbergen ein uralter Röhrenmonitor prangte.

«Setzt euch», sagte Monika.

«Ich kann stehen», sagte Müllerhuber.

Also setzte Monika sich hinter den Schreibtisch und Holzhammer ließ sich vorsichtig auf dem Besucherstuhl nieder, halb befürchtend, dass der unter seiner Last zusammenbrach. Um ihr Gesicht sehen zu können, musste er seitlich an dem Monitor vorbeischauen. Die zugehörige Tastatur war zum größten Teil von einem Papierberg verschüttet worden. Verschüttet …

«Vater ist für ein paar Tage fort», sagte Monika.

Damit wollte die Juniorchefin sicher ausdrücken, dass für die ganz ernsten Dinge immer noch der Senior zuständig war. Aber Holzhammer horchte aus einem ganz anderen Grund auf. Wusste sie etwa gar nicht, dass ihr Vater die Große Reibn gehen wollte?

Jedenfalls musste es jetzt heraus: «Er ist gefunden worden. Im Seilergraben.»

«Was?»

Das war immer das Schlimmste – wenn die Leute nicht gleich verstanden und er es haarklein erklären musste.

«Er war gestern Nachmittag dort unterwegs. A Lawine hat ihn erwischt. Erst heut Vormittag wurd er gefunden.»

Sie klappte nicht zusammen. Sie sah schockiert aus und traurig. Aber nicht verzweifelt. Das hatte er schon schlimmer erlebt.

«Vater ist also tot», sagte Monika leise, wie zu sich selbst. Eine Feststellung, keine Frage.

Holzhammer nickte sacht.

Sie erklärten ihr die näheren Umstände. Wie sie ihn gefunden hatten. Dass ihr Vater nach allem, was man wusste, gestern Nachmittag mit einem Unbekannten dort unterwegs gewesen sein musste.

«Ich versteh nicht, dass er mir nichts davon gesagt hat.»

«Und was hat er gesagt, wo er hinwill?», fragte Holzhammer.

«Er hat gesagt, er muss mal raus. Jetzt, wo die Sommersaison noch nicht richtig angelaufen ist, wär eh die beste Zeit. Er wollte einfach weg. Vielleicht ein paar Hotels anschauen, Anregungen holen. Hat er jedenfalls gesagt.»

«Er ist also allein weggefahren?»

«Ja. Ich hab's ihm auch gegönnt. Bei dem ganzen Ärger in letzter Zeit ... Dass er seine Ski eingepackt hat, hab ich gar nicht mitbekommen. Aber das war ja sowieso seltsam, wie er diese Saison plötzlich unbedingt wieder Ski fahren wollte. Und wie er diese sauteuren Superbrettln angeschleppt hat, hab ich mich schon aufgeregt. Wofür, hab ich mich gefragt. Als wollt er plötzlich Rennen laufen.»

«Aber gestern war er ned allein, die Spuren waren von zwei Paar Ski. Hast du vielleicht a Ahnung, mit wem er unterwegs gewesen sein könnt? Irgenda Spezi? Vielleicht einer, mit dem er früher schon Touren gangen ist?»

«Nein. Soweit ich weiß, war er den ganzen Winter immer allein unterwegs.»

«Vielleicht war dieser Unbekannte ja gar kein Freund», mischte sich plötzlich Müllerhuber ein. «Immerhin hat er deinen Vater einfach liegen lassen.»

Holzhammer warf seinem vorpreschenden Adlatus einen scharfen Blick zu. Er hatte eigentlich etwas subtiler auf dieses Thema kommen wollen. Aber da es nun einmal ausgesprochen war, hängte er sich dran: «Nun ja, ganz theoretisch könnt es sein, dass die zwoa gar ned gemeinsam unterwegs waren. Dass der andere zum Beispiel erst am Seilergraben aufgeholt hat. Weil, es ist halt a bisserl seltsam, dass der den Unfall ned gemeldet hat. Könnt natürlich der Schock sein.»

«Also, wenn ihr jetzt wissen wollt, ob der Papa Feinde hatte – freilich hatte der Feinde, nämlich die ganzen Deppen von der Bürgerinitiative. Für die war er ein Verräter. Einer, der die Heimat verkaufen will.»

«Wie war das eigentlich genau mit dem Verkauf?», fragte Holzhammer. Er wusste zwar, was alle zu wissen glaubten, aber aus erster Hand hatte er es bisher nicht gehört.

«Die Planungsgesellschaft fand es gut, vorn am See ein traditionelles Haus stehen zu haben. Und der Papa wollte den Grund nach hinten raus nur zu gern verkaufen. Von dem Geld hätten wir dann endlich gründlich renovieren können.»

«Und die zukünftige luxuriöse Nachbarschaft hat ihn gar ned geschreckt?»

«Im Gegenteil. Er hat gesagt, so viele Leut würden direkt am Königssee Urlaub machen wollen, wenn nur die richtigen Hotels da wären – mit Wellness, Suiten und großem Badezimmer. Wo man bei Schlechtwetter einfach im Hotel bleiben und sich verwöhnen lassen kann. Er hat sich auch von der Werbung was versprochen. Die neuen Hotels würden den Königssee groß herausbringen, und davon hätten ja alle was. Davon war er überzeugt und ich eigentlich auch.»

Klang ja auch gar nicht blöd. Holzhammer hatte zwar keine Ahnung vom gehobenen Hotelwesen, seine eigenen Verwandten vermieteten allenfalls Privatzimmer, aber die Argumente, die Monika da im Namen ihres Vaters anführte, klangen ausgesprochen stichhaltig. Aber die meisten Leute hier wollten einfach, dass alles so blieb, wie es schon immer gewesen war. Dazu kam wohl noch eine Portion Neid, weil der Altbauer ja unbestritten finanziell von dem Bau profitiert hätte. Und fertig war die Bürgerinitiative.

Holzhammer schüttelte unwillkürlich den Kopf, was Monika logischerweise auf ihre letzte Aussage bezog.

«Ja, und wer dann doch mehr Romantik sucht, der geht ned in das neue Hotel, sondern kommt zu uns. In unser traditionsreiches, aber dann frisch renoviertes Haus. So hat der Papa es sich gedacht.»

«Ja, versteh schon», sagte Holzhammer. «Und bei der Bürgerinitiative, da war doch der Hirsinger sein größter Gegner, oder?»

«Ja, der Hirsinger hat sich da bei den Protestlern groß aufgespielt. Obwohl er gar ned der Chef war. Und obwohl er meinen Vater von klein auf kennt hat und seit Ewigkeiten unser Nachbar war – äh, ist. Und dann auf einmal haben die beiden sich angefangen zu streiten. Einmal haben sie sich ja sogar geprügelt. Mitten auf der Straße.»

«Ja, sogar mir wurden dazugerufen.»

Eine Pause entstand. Hatte Holzhammer noch etwas vergessen zu fragen? Er sah fragend zu Müllerhuber hinüber.

Der smarte Polizeiobermeister reagierte prompt. Er stieß sich vom Türrahmen ab, an dem er lehnte, und fragte: «Dein Vater ist doch mit dem Auto weggefahren, oder?»

«Ja, natürlich.»

Guter Mann. Holzhammer überließ ihm auch die Anschlussfrage.

«Und was war das für ein Wagen?»

Monika beschrieb ein älteres Modell mit Allradantrieb und gab ihnen das Autokennzeichen. «Super, dann werden mir den Wagen amal suchen gehen», sagte Holzhammer. «Dann hätt ich jetzt nur noch zwei Fragen. Nämlich einmal, wo ist eigentlich dein Bruder? Fabian, so heißt er doch?»

«Der Felix ist in Übersee. Also ned in Übersee am Chiemsee, sondern in Indien. Momentan macht er den Commis de Rang in einen Fünfsternehotel in Kalkutta.»

Holzhammer hatte keine Ahnung, was ein Commis de Rang war, geschweige denn, wie man das schrieb. Aber zum Glück war ja Müllerhuber fürs Protokoll zuständig. Sollte der das googeln. «Und wann kommt er zurück?»

«Eigentlich wollt er bis Juli dort arbeiten. Aber ich werd ihn gleich anrufen, er muss es ja erfahren. Gewiss kommt er dann gleich her, spätestens zur Beerdigung. Dann hab ich wenigstens ein bisschen Unterstützung. Werde ich auch nötig haben.»

Plötzlich wühlte Monika in den Papierbergen herum, als würde sie etwas suchen. Aber Holzhammer hatte den Verdacht, dass sie damit nur von einem heimlichen Schluchzer ablenken wollte. Es ging ihr also doch nahe.

«Gut. Bitte schreib uns trotzdem seine Nummer auf. Nur für alle Fälle.»

Monika nahm das Telefon aus der Ladeschale auf dem Schreibtisch und schrieb aus seinem Telefonbuch eine lange Nummer ab.

Holzhammer steckte den Zettel ein. «Ach ja, mir würden gern auch mit den Angestellten sprechen. Nur so zur Abrundung.»

«Tut euch keinen Zwang an.»

Monika erklärte ihnen, dass die meisten Mitarbeiter nur zu bestimmten Zeiten anzutreffen waren: die Zimmermädchen nur vormittags, die Kellner nach einem komplizierten Schichtsystem, der Koch nur mittags und abends. Außer ihr gab es nur noch zwei Angestellte, die den ganzen Tag anwesend waren. Der erste hieß Waldi und stand kurz vor der Rente. Waldi war eine Art Faktotum, das Glühbirnen auswechselte, Koffer trug, Einkäufe erledigte und Gäste vom Bahnhof abholte. Der andere hieß Holger Biski, war Mitte vierzig und als Hotelkaufmann eigentlich für administrative Dinge ausgebildet. Er half aber auch im Service, servierte Drinks in der Lobby und unterstützte Monika an der Rezeption.

Holzhammer entschied, dass jetzt nicht die Zeit war, mit Aushilfskellnern zu sprechen. Sie würden zunächst nur Waldi und Biski aufsuchen. Sie verließen das kleine Büro, und da in diesem Moment ein Urlauberpaar an die Rezeption trat, machten die Polizisten sich allein auf die Suche nach den beiden.

Sie liefen durch die Katakomben des Hotels, vorbei an ausrangierten Möbeln und verstorbenen Kübelpflanzen. In einem großen, fensterlosen Raum mit Außentür trafen sie auf Waldi, der den Raum gerade von Skikeller auf Fahrradkeller umrüstete. Der langjährige Hausmeister war klein und krumm, aber motiviert und agil. Außerdem, wie sich herausstellte, äußerst gesprächig. Kaum hatten sie sich ausgewiesen, da fing er auch schon an, von den alten Zeiten zu schwärmen, als im Hotel Altbauer noch Könige und Kaiser ein- und ausgingen. Mehrmals habe er sogar den Schah von Persien vom Salzburger Flughafen abgeholt.

«Und heut, wie ist's heut?», fragte Holzhammer.

Waldis Miene verfinsterte sich. «Heut kimmt koa Schah nimmer. Nie nimmer. Scho lang nimmer ned.»

Konkreteres war Waldi über die Jetztzeit nicht zu entlocken. Nur, dass es abwärtsgegangen war. Zum Beweis führte er sie in einen anderen Kellerraum und hieß sie die Hand auf die Wand legen. Sie war feucht. Ja, in diesem Hotel gab es einen Investitionsstau. Was hier fehlte, war eine ordentliche Finanzspritze.

Holger Biski fanden sie nach längerer Suche in seinem Zimmer unterm Dach. Er lag in schwarzem Anzug und weißem Hemd auf dem Bett. Die schwarzen Lederschuhe lagen umgekippt davor, als hätte er sie nachlässig von den Füßen gestreift. Offenbar war er im Dienst und hatte sich für eine kleine Pause hierher zurückgezogen.

Sie behaupteten, dass sie auf eine Anzeige hin irgendwelche arbeitsrechtlichen Dinge überprüfen wollten. So konnten sie Fragen stellen, ohne Biski vom Tod seines Chefs erzählen zu müssen. Sie erfuhren, dass der Norddeutsche seit zwei Jahren hier am Königssee arbeitete. Von allen Angestellten wohnte nur er direkt im Hotel. Er erzählte, dass er hergekommen war, weil er die Berge liebte. Als diese Stelle mit Wohnmöglichkeit frei wurde, habe er zugegriffen, obwohl der Aufgabenbereich ihm nicht hundertprozentig zusagte. Der Umgang mit den Gästen sei eigentlich nicht sein Ding.

«Wussten Sie, dass Ihr Chef in Urlaub gefahren ist?», fragte Holzhammer.

«Sagen wir so, er hat sich bei mir nicht abgemeldet», antwortete Biski etwas patzig. «Ich hab nur gemerkt, dass er die letzten Tage nicht da war.»

«Na gut. Und sonst, das Hotel allgemein? Wie steht's darum?»

«Schlecht.» Einsilbiger konnte man nicht antworten.

«Was heißt das? Meinen Sie die finanzielle Lage? Sie haben doch auch mit der Buchhaltung zu tun, oder?», insistierte Müllerhuber.

«Schön wär's. Obwohl ich gelernter Kaufmann bin, werde ich bloß immer im Service eingesetzt», maulte Biski.

«Aber Sie haben doch sicher etwas mitbekommen?»

«Was soll das, warum fragen Sie mich das? Ich hab keine Ahnung. Bloß, dass der Lohn oft nicht pünktlich kam. Überhaupt eine bodenlose Frechheit.»

Es blieb offen, was Biski mit der bodenlosen Frechheit meinte – den ausbleibenden Lohn oder die Fragen der Polizisten. Jedenfalls war nicht mehr aus ihm herauszuholen.

«Na dann schönen Dank auch», sagte Holzhammer und ließ ebenfalls offen, wie er das meinte. «Pfüat eana.»

Sie ließen den Hotelangestellten auf seinem Bett zurück und gingen wieder hinunter. An der Rezeption verabschiedeten sie sich von Monika. Dann standen sie wieder draußen in der Sonne. Holzhammer war froh, wieder an der frischen Luft zu sein. Am See spazierten Urlauber mit Eistüten. Offenbar hatte die italienische Eisdiele die Sommersaison eröffnet.

«Los, ich spendier eins», sagte Holzhammer, auf die Eisschlecker deutend.

«Dass der Biski nichts über die Finanzen wusste, glaubt doch kein Mensch», sagte Müllerhuber, während sie in der Schlange standen. «Ob der aus Solidarität zu seinem Arbeitgeber so schweigsam war?»

«Weiß ned. Auf den schien er ned grad gut zu sprechen zu sein», antwortete Holzhammer, seine Geldbörse herauskramend.

«Dann ist er vielleicht einfach ein grantiger Fischkopf», schlug Müllerhuber vor.

«Schon möglich. Aber die Frage ist, wie viel Grund er dazu hat», sagte Holzhammer.

Dann waren sie dran. Müllerhuber nahm Maracuja und Zimt, Holzhammer Schokolade und Erdbeer.

7

Als letzte Amtshandlung dieses Tages ordnete Holzhammer die Suche nach Altbauers PKW an. Im ersten Schritt würde eine Streifenbesatzung die üblichen Parkplätze der Tourengeher abfahren. Für die Große Reibn gab es da nur drei Möglichkeiten: Die meisten starteten von Hinterbrand, auf Höhe der Mittelstation. Dorthin kam man allerdings per Ski nicht zurück, deshalb ließ man gern ein zweites Fahrzeug am Endpunkt, der Wimbachbrücke in der Ramsau. Drittens kam noch der Parkplatz an der Talstation in Betracht: Von dort konnte man jetzt im Frühjahr natürlich nur während der Betriebszeiten starten. Es machte keinen Sinn, seine Ski erst mal sechshundert Höhenmeter bergauf zu tragen, bis der Schnee begann. Gerade Roman Altbauer hatte das bestimmt nicht getan.

Dann fuhr Holzhammer heim. Für heute hatte er genug. Erst ein renitenter Auerhahn und dann ein rätselhafter Lawinentoter. Fehlte nur noch …

Schon von weitem sah er, dass die Prüfungen des heutigen Tages noch nicht zu Ende waren. Im Vorgarten des Holzhammer'schen Einfamilienhauses, seinem sonst so komfortablen, kuschligen Heim, standen die zwei Sessel aus dem Wohnzimmer und neben ihnen das Sofa und sogar der elektrisch verstellbare Fernsehsessel auf dem Rasen. Holzhammer wusste, was das bedeutete: Mindestens eine Woche lang würde er nur Würschtl mit Kartoffelsalat zum Abendessen bekommen.

Marie fand er in der guten Stube auf dem Bauch liegend unter einem Bauernschrank. Zumindest vermutete er mit an Sicherheit grenzender Wahrscheinlichkeit, dass es Marie war. Alle Indizien und auch die Form des Hinterteils wiesen darauf hin.

«Grias di», sagte er.

Als Antwort ertönte das typische Geräusch eines von unten gegen einen Bauernschrank schlagenden Hinterkopfes, gefolgt von einem herzhaften «Himmiherrgottsacklzement, musst du mich allweil so erschrecken!»

Marie robbte rückwärts hervor wie eine Riesenraupe mit Kittelschürze. «Zieh gefälligst die Schuh aus. Hier wird geputzt!»

Er würde nie verstehen, was das eine mit dem anderen zu tun hatte. Wenn sie eh putzte, war es doch vollkommen wurscht, ob er vorher noch ein paar weitere Schmutzatome hinzufügte. Aber weil er ein Attentat auf sie vorhatte, nickte er brav.

Marie rappelte sich vom Boden auf, strich die Kittelschürze glatt und tastete nach ihrem Zopfkranz. Der saß nach wie vor makellos, denn es handelte sich um ein unverwüstliches Exemplar aus dem Müllermarkt. In ihrer Jugend hatte Marie die traditionelle Frisur jeden Tag getragen, damals natürlich aus Eigenhaar. Inzwischen waren ihre Haare kürzer und wurden normalerweise mit dem Föhn in Form gebracht. Nur wenn sie dazu keine Zeit fand wie jetzt beim Frühjahrsputz, oder natürlich zur Tracht, kam der strapazierfähige Nylonhaarkranz zum Einsatz.

«Der Altbauer Roman ist tot», bemerkte Holzhammer unvermittelt. Alles, was Marie über das Drumherum zu wissen wünschte, würde sie eh aus ihm herausfragen.

«Der Altbauer? Wie ist er denn gestorben? Hatte er einen Autounfall?»

Kein Erstaunen, kein Schock. Nur Neugier. So kannte er seine Marie. Als Polizistenfrau und eifrige Ratschkathl hatte sie schon alles gehört. Gerade deshalb war sie stets begierig auf neue Geschichten, mit denen sie bei ihren Freundinnen noch punkten konnte. Da in diesem Fall keine Geheimhaltung notwendig war, lieferte Holzhammer bereitwillig die ganze Geschichte.

«Du kannst mir sogar helfen», schloss er. «Wir suchen nach dem Skifahrer, der den Altbauer begleitet hat. Und sobald Rolf Berg was über die Schneeschuhe hat, suchen wir auch deren Besitzer, ganz offiziell. Vielleicht hörst du was.»

Marie strahlte. Trotzdem gab es, wie befürchtet, zum Abendessen nur Würschtl mit Kartoffelsalat. Die waren einfach und jederzeit herzustellen, zur Not sogar von ihm selbst. Deshalb war dies die traditionelle Speise zum Frühjahrsputz. Und am Heiligen Abend, der zwischen Beten, Räuchern, Baumschmücken und Christmette ebenfalls wenig Zeit ließ.

Er kaute gottergeben an einem lauwarmen Wiener. Und wie jedes Jahr überlegte er, ob es nicht irgendeine Möglichkeit gab, den Unbilden des Frühjahrsputzes zu entgehen.

Aber was sollte er machen? Manchmal war es um diese Jahreszeit schön genug, um in sein kleines Refugium bei der Gartenhütte zu flüchten. Aber ein ordentliches Abendessen gab es dort draußen zu Zeiten des Frühjahrsputzes genauso wenig wie hier drinnen.

Traumhafte Bilder von Schweinsbraten, saurem Lüngerl und Hirschragout tanzten vor seinem inneren Auge. Noch quälender waren die entsprechenden Düfte vor seiner inneren Nase. Für solche Speisen sollte es einen Lieferdienst geben. Und nicht nur für blöde Pizza.

Er stand auf und schaute in den Kühlschrank. Nicht einmal Bier war da.

«Im Keller ist noch welches», sagte Marie, die seine Gedanken gelesen zu haben schien.

«Jetzt muss man sich hier als Mann im Haus schon selber das Bier aus dem Keller holen.»

Marie reagierte nicht. Klar, das war ihr zu blöd. Je nach Situation legte sie ihr traditionelles Rollenverständnis an oder ab, genauso wie den Haarkranz. Holzhammer griff sich das Sechser-Tragerl aus Korbgeflecht und schlurfte los. Wenigstens würde das Berchtesgadener Jubiläumsbier genau die richtige Temperatur haben, wenn es frisch aus dem Keller kam.

Auf dem Weg nach unten überlegte er wieder einmal, ob er sich dort nicht einen Hobbyraum einrichten sollte. Aber da gab es mehrere Probleme. Erstens, wenn er den Keller beheizte, wäre das Bier nicht mehr kellerkühl. Zweitens würde Marie ziemlich viele Fragen stellen. Zum Beispiel, welches Hobby er denn da unten eigentlich betreiben wollte. Und er hätte schlecht die Wahrheit sagen können: meine Ruhe haben. Drittens reichte das WLAN nicht bis in den Keller, das hatte er schon früher ausprobiert. Ein vernünftiger Netzanschluss war wichtig, denn sein einziges Hobby, das man halbwegs als solches bezeichnen konnte, war die Computerei. Und das musste er auch noch weitgehend vor der Welt geheim halten. Wenn die Kollegen oder gar sein Chef mitbekämen, wie gut er sich auskannte, wäre er bald der Computerhansel vom Dienst.

Durch die dicke Feuertür ging jedenfalls nichts durch, nicht einmal mit handelsüblichen Repeatern. Er würde Kabel ziehen müssen, und dafür müsste er durch vierzig Zentimeter Beton bohren. Und am Ende hätte er dann einen Hobbyraum, in dem es während des Frühjahrsputzes auch keinen Schweinsbraten gab, in dem außerdem das Bier warm war und der von den Putz-Aktivitäten womöglich nicht einmal verschont bleiben würde.

Als Holzhammer mit dem gefüllten Tragerl zurückkam, war er schon wieder halbwegs entspannt. Schlimmer konnte es heute Abend jedenfalls nicht mehr werden.

Falsch gedacht. Als er sich gerade das zweite Jubi einschenkte, überrumpelte Marie ihn mit einem Blitzangriff: «Du Franz, ich hätt da eine Bitte.»

Wenn sie so anfing, konnte es schlimm werden. Aber so schlimm war es noch nie. Nicht nur, dass er seine wohlverdiente Freizeit für ihre wohltätigen Zwecke opfern sollte. Nein, Marie erwartete auch, dass er sich komplett zum Affen machte. Mitten im Markt, vor aller Augen. Nicht nur vor den Kameras unbekannter Urlauber, sondern auch vor zahlreichen Einheimischen.

Marie und ihre Freundinnen vom katholischen Hilfsverein planten einen wohltätigen Wadlstrümpfwettbewerb. Offenbar hatten sie bereits mit dem Pächter vom Neuhaus gesprochen, der seinen Biergarten für das Event zur Verfügung stellen sollte. Auch die Musik war schon organisiert, das Ox'naug'ntrio hatte sich bereit erklärt, kostenlos aufzutreten. Und ein ortsbekannter Scherzbold würde den Ansager machen. Fehlten nur noch die männlichen Models. Marie erwartete also von ihm, dass er in kurzen Hosen und Wadlstrümpfen auf einen Biertisch stieg, um sich von allen Seiten begutachten zu lassen und gemeinsam mit anderen armen Deppen um die Gunst des Publikums zu buhlen.

«Die Männer der anderen vom Frauenbund san alle dabei», behauptete Marie. «Aber für an g'scheiten Wettbewerb brauchen mir noch mehr. Außerdem, wie schaut des aus, wenn ausgerechnet ich als Vorsitzende den Meinen ned motivieren kann?»

«Unter mir bricht der Biertisch eh z'amm», versuchte Holzhammer sich aus der Affäre zu ziehen. Honoratioren und Spitzbuben gleichermaßen würden sich den Bauch halten vor Lachen. Und deshalb war es vollkommen ausgeschlossen, dass er Marie in dieser Sache nachgab.

«Schmarrn, die san extra dafür konstruiert. Beim Oktoberfest tanzen da fünf Australier gleichzeitig drauf.»

Zefix. Die Sache war brenzlig. Um Zeit zu gewinnen, wischte er mit einem Wurstzipfel sorgfältig alle Senfreste vom Teller. Er stellte sich vor, wie er da auf der Bühne stand, aller Augen auf seine strammen, aber kurzen Wadln gerichtet.

Also gut, er sah ja ein, dass man Wadlstrümpf nur an Mannsbildern vorführen konnte. Und wenn die anderen

Ehemänner tatsächlich alle mitmachten, sollte Marie sich nicht für ihren Drückeberger schämen müssen. Aber wenn er sich tatsächlich breitschlagen ließ, sollte wenigstens etwas für ihn dabei herausspringen. Und er wusste auch schon, was.

«Also guad, ich mach den Zinnober mit. Unter einer Bedingung: Du gehst mit zur Beerdigung vom Altbauer.»

«Zum Altbauer, so a Schmarrn, den kennen mir doch kaum. Außerdem wird des irgendwann am Vormittag sein, da hab ich Dienst.»

«Ist des ned a angeheirateter Vetter dritten Grades von deinem Schwager seiner Schwester? Na also. Verwandtschaft. Mir san quasi verpflichtet.»

«Schmarrn. Außerdem kann ich eh ned weg.»

«Jetzt tu ned so unersetzlich, wenn irgendein Wohltätigkeitsdings ist, kann der Tengelmann ja auch auf dich verzichten.»

«Wenn du da unbedingt hinwillst, dann geh halt allein.»

«Na, des würd viel zu dienstlich aussehen. Ich brauch dich als Deckung.»

Sofort wurde Marie gnädiger. Die Rolle schien ihr zu gefallen. «Ich könnt auch viel besser die trauernden Frauen ausflascheln als wie du», überlegte sie. «Nachher beim Leichenschmaus, wenn die alten Tanten beisammensitzen.»

Das könnte tatsächlich hilfreich sein. Kein Mensch würde sich über neugierige Fragen von Marie wundern, sie war schließlich als Ratschkathl bekannt. Die Supermarktkasse, an der sie halbtags saß, war einer der größten Umschlagplätze für Klatsch und Tratsch im ganzen Talkessel.

«Also abgemacht.»

«Fein. Wie hat die Moni das eigentlich aufgenommen, dass ihr Vater tot ist?»

«Ziemlich gefasst war sie. Nach dem ersten Schock hat sie nur ganz sachliche Fragen zum Hergang gestellt. Und was wir jetzt unternehmen werden.»

«Das passt. Die sollen ja einen Riesenstreit gehabt haben.»

Wäre Holzhammer ein Dackel, hätte er jetzt die Ohren aufgestellt. «Hast du des etwas genauer? Weswegen gab's Streit? Wegen Geld?»

«Na, wegen ihrem Freund. Die Monika hat sich doch so an Ökofritzen angelacht, an Auswärtigen, vom BUND.»

«Von der Bundeswehr?»

«Schmarrn, vom Bund für Naturschutz. Du weißt schon, die im Radio Interviews geben und gegen des neue Hotel san.»

Woher sie diese Dinge nur immer wusste ... Dabei hatte sie eben noch darauf gepocht, mit den Altbauers gar nichts zu tun zu haben. Wurscht. Es war ein neuer Gesichtspunkt. Noch kein Indiz, aber ein Hinweis, ein klarer Richtungspfeil, dem man nachgehen sollte.

«Du meinst, deswegen war sie in Wirklichkeit gegen den Verkauf? Gegen das neue Hotel? Uns hat sie g'sagt, sie steht voll hinter ihrem Vater.»

«Des sagt man gern, wenn einer tot ist.»

«Kann schon sein.» Dann fiel ihm etwas ein. «Sag amal, wann ist denn eigentlich dieses Wadlschaulaufen?»

«Sonntag.»

«Welchen Sonntag?»

«Nächste Woch'.»

«Na.»

«Aber freilich. In acht Tagen, vierzehn Uhr beim Neuhaus.»

Er stöhnte. «In Gottes Namen. Aber dann find mir bis dahin wenigstens den Namen von diesem Ökofritzen aussi.»

«Sag ich dir, wenn du gewonnen hast», beschied ihn Marie.

Am Samstagmorgen flüchtete Holzhammer gleich in der Früh aus dem Eigenheim, und das obwohl er keinen Dienst hatte. Marie hatte nämlich beschlossen, gleich nach dem Aufstehen – und zwar ihrem Aufstehen – das Schlafzimmer einer Grundreinigung zu unterziehen. Während ihr Gatte noch selig an der Matratze lauschte, begann sie ungerührt, rund um ihn herum feucht zu wischen. Er erwachte vom scharfen Geruch eines Reinigungsmittels. Wenn er liegen blieb, musste er fürchten, noch vor dem Frühstück desinfiziert zu werden. Allerdings gab's gar kein Frühstück.

Zum Glück hatte sein Lieblingsmetzger schon geöffnet. Mit einer großzügigen Kalorienzahl in Form von Leberkassemmeln versorgt, erreichte der Hauptwachtmeister eine Stunde vor der Zeit seinen Arbeitsplatz. Kauend und mit dem üblichen steinölartigen Polizeikaffee nachspülend, dachte er darüber nach, was er aus der Information über Monika Altbauers Öko-Lover machen sollte. Falls sie wirklich über ihre Einstellung zum Hotelprojekt gelogen hatte, dann hatte sie das ausgesprochen souverän getan. Da würde ein zweites Gespräch wenig Sinn machen – zumindest nicht, bevor man irgendetwas in der Hand hatte.

Das interne Telefon surrte. «Da ist a Taxler für di», meldete die langjährige Polizeisekretärin, Frau Grassl, und stellte auch schon ungefragt durch.

«I hab g'hört, ihr sucht an Skifahrer ohne Ski?», sagte eine tabakgegerbte einheimische Stimme.

«Richtig. Hast du einen gefahren?»

«Gibt's a Belohnung?»

«Na, aber die Lizenz darfst behalten, wenn du jetzt zur Sache kommen dadst.»

«Also guad. Den Hirsinger Beppo hab ich gefahren. Der stand vorgestern Abend an der Wimbachbrücke. In Tourenschuh, aber ohne Ski und Stecken. Ned amal an Rucksack hat er g'habt. Des war schon komisch.»

Der Hirsinger! Altbauer sollte ausgerechnet mit seinem Erz- und Lieblingsfeind gemeinsam auf Skitour gegangen sein? Oder hatte Hirsinger ihm etwa aufgelauert? Woher aber sollte ausgerechnet der erfahren haben, dass Altbauer die Große Reibn gehen wollte, wo es doch nicht einmal seine eigene Tochter gewusst hatte? Oder hatte Monika auch in diesem Punkt gelogen?

«Und hast du ihn gefragt, wo er seine Sachen hat?»

«Freilich. Er hat gemeint, dass er die beim Schloss gelassen hat. Weil er so müd war. Hab ich natürlich ned glaubt. Ski abstellen, guad, das lass ich mir eingehen. Aber Rucksack und Stecken? Blödsinn.»

«Wie hat der Hirsinger dich überhaupt gerufen?»

«Per Handy. Das hatte er wohl ned im Rucksack, sondern in der Jopp'n. Und zwar hat er direkt bei mir daheim angerufen, also ned über die Zentrale. Deshalb hat die Zentrale von der Fahrt auch nix gewusst.»

Das war nichts Ungewöhnliches. Die Taxifahrer im Talkessel meldeten sich zwar bei der Zentrale, wenn sie offiziell im Dienst waren, aber wenn jemand bei ihnen daheim anrief, dann sprangen sie auch schon mal direkt aus dem Fernsehsessel ins Auto.

«Und wann genau war des? Und wo hast du den Hirsinger dann hingefahren?»

«Angerufen hat er so um siebene auf d'Nacht. Und komischerweise wollt er ned heim, sondern zu seinem Lad'l, in die Seestraße. Dabei war der doch schon lang zu.»

«Verstehe. Also, dank dir recht schön. Und kimm demnächst amal kurz vorbei, dass d' mir des unterschreibst, gell.»

Der Taxler versprach's.

Der Hirsinger also. Was mochte da abgelaufen sein? Unversehens malte Holzhammer sich die wildesten Szenarien aus. Zum Beispiel könnte ja der Hirsinger diesen ominösen Öko-Freund von der Monika kennen. Wenn die nun zusammen ein Komplott gegen den Altbauer … womöglich unter Mitwisserschaft von der Monika … dann stammten die Schneeschuhspuren vielleicht von dem Öko-Fritzen?

Auf jeden Fall musste er sich den Hirsinger umgehend zur Brust nehmen. Und den Namen von Monikas Lover herausfinden. Und ob der Schneeschuhe besaß. Und ob die Spuren passten. Apropos, was war eigentlich mit der Spurensicherung los, wo blieben die Ergebnisse? Machte sein Schulfreund, der sonst so fleißige Rolf Berg, etwa Urlaub oder was? Na gut, vielleicht war es noch zu früh, der würde ja erst irgendwelche Schneeschuhexperten auftreiben müssen. Vermutlich gab es von Schneeschuhspuren keine fix und fertigen Datenbanken wie von Reifenspuren.

Er zog seine Jacke an und rief Müllerhuber aus dem Bereitschaftsraum. «Kimm amal, mir fahren zum See.»

Unterwegs brachte er den jungen Kollegen auf den neuesten Stand.

«Was, der Hirsinger? Kein Wunder, dass der den Altbauer hat liegen lassen», sagte Müllerhuber.

Natürlich war es Christine gewesen, die ihre beiden Männer zum Besuch des traditionellen Gaudi-Skispringens am Hochschwarzeck animiert hatte. Aber sie hatte leichtes Spiel gehabt, zumal der eigentlich anvisierte Faschingsumzug in der Schönau ausgefallen war.

Ein paar Tage zuvor war nämlich der Vorsitzende des Schönauer Karnevalsvereins abends in bester Faschingslaune auf sein Hausdach gestiegen, um es vom Schnee zu befreien. Dabei war er ins Rutschen gekommen und heruntergefallen, mitten in einen Schneehaufen. Als ihn seine Frau morgens fand, war er bereits steifgefroren wie das Lächeln eines bayerischen Politikers beim Derblecken am Nockherberg. Aus Pietät hatte man daraufhin den Faschingsumzug abgesagt.

In dem kleinen Skigebiet am Hochschwarzeck hingegen waren alle putzmunter. Neben dem kleinen Schlepplift am Hochschwarzeck war eine Schanze aus Schnee aufgeschüttet, und rundherum herrschte reges Faschingstreiben.

Sie waren gerade angekommen.

«Hey, es gibt Stachelbier», rief Stefan und deutete auf eine Feuerstelle neben dem Bierausschank.

«Gell, so was Gutes habt ihr in München nicht», sagte Matthias und stapfte Stefan hinterher.

«Wusstest du eigentlich, dass diese Lifte einem Hamburger zu verdanken sind? Schlieker hieß der», sagte Matthias zu Christine, während sie auf ihr Bier warteten.

«Was? Der Werftbesitzer, der dann pleitegegangen ist?» Obwohl das etwas vor ihrer Zeit gewesen war, kannte Christine die Geschichte in groben Zügen.

«Keine Ahnung, jedenfalls hatte er hier ein Haus, und als die Bergbauern ihm beim Schafkopfen vorjammerten, dass sie im Winter mit dem Geld nicht hinkommen, hatte er die Idee mit dem Skigebiet. Dabei konnte er selbst überhaupt nicht Skifahren.»

«Kaum zu glauben, dass er das tatsächlich durchgezogen hat.»

«Ja, fast ein Wunder», mischte Stefan sich ein. «Am Anfang wollte natürlich kein Bauer auch nur einen Meter für die Zufahrtsstraße hergeben. Und am Ende hat er nicht nur das Land, sondern auch das Geld zusammenbekommen. Und hat alles klargemacht, mit Genehmigungen und so weiter.»

Sie holten sich jeder einen Krug Bier und gingen dann zur Feuerstelle, um es «stacheln» zu lassen. Der Berchtesgadener Braumeister persönlich nahm die Veredelung vor. Dazu legte er ein flaches Eisen in die Holzkohle, bis es rot glühte. Dann wurde es kurz abgeklopft und für ein oder zwei Sekunden ins Bier getaucht, das daraufhin stark schäumte und ein Karamellaroma annahm. Der Schaum verfärbte sich bräunlich, und natürlich wurde das Bier durch die Behandlung auch etwas erwärmt.

So versorgt, stapften sie neben dem Schlepplift ein paar Meter den Hang hinauf, bis sie die Schanze erreichten. Links und rechts davon standen mit Schaufeln bewaffnete Yetis. Erfahrungsgemäß würde die Schanze bei fast jedem Sprung in Mitleidenschaft gezogen werden.

Doch die Yetis waren nicht nur für die Schanze zuständig, sondern auch für eventuelle Verletzte. Neben den verkleideten Helfern lagen die typischen Rucksäcke der Bergwacht. Christine stellte sich vor, wie es einem Verletzten zumute sein musste, der, aus einer Ohnmacht erwachend, in so eine haarige Fratze sah.

Teilnehmen durfte alles und jeder. Jeder, der oder die sich traute. Auch der Phantasie bei Kostümen und Untersätzen waren keine Grenzen gesetzt. Ob allein, zu zweit oder in der Gruppe, ob per Ski, auf dem Fahrrad oder im Bollerwagen, es galt einzig, die Schanze zu überwinden und dabei eine möglichst gute Figur zu machen. Bewertet wurde nicht die Weite, sondern ausschließlich Kreativität und Haltung.

Als Erstes fuhr ein mit mehreren als Matrosen verkleideten Jungspunden besetztes Schlauchboot inklusive Behelfssegel auf die Schanze zu. Es schluppte wacklig herüber, fast wie über eine Welle im Ozean. Alle Schiffbrüchigen schafften es, an Bord zu bleiben. Nur der Mast brach ab.

Als Nächstes kam King Kong, der eine holde Maid an der Leine führte. Beide sprangen höchst elegant und synchron. Anschließend schwebte ein phantasievoll gestaltetes Ufo herab und ging bei der Landung komplett zu Bruch. Danach kam ein Indianer auf einem Pferd, das sich bei näherem Hinsehen als aufwendig verkleidetes Fahrrad herausstellte.

Schließlich schoben vier Piraten eine gusseiserne Badewanne an den Start. Wollten sie damit tatsächlich über die Schanze springen? Christine sah, dass die Wanne innen mit Schaumstoff ausgepolstert war. Das würde aber nicht viel helfen. Der Aufprall musste verheerend auf die Steißbeine der tollkühnen Piloten wirken. Sie schoben die Wanne an und sprangen hinein wie in einen Bob. Die Wanne gewann an Fahrt und nahm die Schanze. Den folgenden Aufsetzer konnte Christine fast physisch spüren.

Und tatsächlich, als es ans Aussteigen ging, blieb der hinterste Insasse mit schmerzverzerrtem Gesicht sitzen. Seine Mitfahrer winkten zum Pistenrand. Schon kamen die Yetis heran. Blitzschnell war ein Akja zur Hand, die Rutschtrage, mit der man Verletzte auf Schnee abtransportierte. Der Verunfallte wurde von der Badewanne in die flache Wanne des Akjas umgeladen und zur Straße transportiert. Doch schon einige Minuten später sah Christine, wie der verletzte Pirat sich aus dem Akja erhob.

Als zehn Minuten später der rote Hubschrauber landete, war niemand zum Transportieren mehr da. Der Pirat war mit dem Auto davongefahren – hoffentlich in die Klinik zum Röntgen, dachte Christine. Mit Rückenverletzungen sollte man nicht spaßen. Der Hubschrauber blieb noch ein bisschen und wirbelte Schneekristalle durch die Luft, und es kam Christine fast so vor, als wäre er eigens zur Unterhaltung der Feriengäste zu dem Spektakel gerufen worden.

Dann war Pause, und die Artisten flickten ihre Gefährte

notdürftig für den zweiten Durchgang zusammen. Nur die Badewanne hatte ihre Fahrt unbeschadet überstanden.

Christine fragte sich gerade, ob die Restbesatzung der Badewanne nun genug haben würde, als an der Straße ein wohlbekanntes Fahrzeug hielt, aus dem sich zwei ebenso wohlbekannte Gestalten schälten.

Es stellte sich heraus, dass Holzhammer sie ganz bewusst hier oben aufgesucht hatte. Er wusste, dass Christine keine Brauchtumsveranstaltung ausließ.

«Und, gibt's was Neues über den Unfallhergang?», fragte Christine.

Der Hauptwachtmeister berichtete, dass der zweite Tourengeher von einem Taxifahrer als Beppo Hirsinger identifiziert worden sei und sie den Ladenbesitzer daraufhin gleich heute Vormittag in seinem Ladengeschäft dazu befragt hätten. «Den Rest soll ruhig der Müllerhuber erzählen, dann kann er sich das gleich alles fürs Protokoll zurechtlegen.»

«Na gut», übernahm das Protokollgenie und fiel prompt in perfektes Beamtenhochdeutsch. «Warum er ausgerechnet mit seinem erklärten Feind beisammen war, erklärt Hirsinger wie folgt: Sie seien beide separat auf Skitour gewesen und hätten sich rein zufällig im Winterraum am Funtensee getroffen. Hirsinger sei auf direktem Weg zum Kärlingerhaus gewesen, um von dort noch ein paar Touren ohne viel Feindberührung zu machen.»

«Feindberührung?», fragte Christine.

«Damit meint der Skifahrer Steine», erklärte Müllerhuber. «Hirsinger wollte also angeblich von dem hohen Ausgangspunkt aus noch ein paar lockere Touren machen, zum Tauern, zum Viehkogel, vielleicht aufs Selbhorn. Und dann kam eben am letzten Abend der Altbauer zur Tür herein. Sie verhielten sich bergkameradschaftlich, tauschten sich am Herdfeuer sachlich und konstruktiv über die Probleme am Königssee aus und gingen am nächsten Morgen gemeinsam Richtung Seilergraben.»

«Klingt komisch», sagte Christine.

«Ja, glaubt kein Mensch», stimmte Holzhammer ihr zu.

Müllerhuber fuhr fort: «Sie seien an dem Morgen recht langsam vorwärtsgekommen, weil der Altbauer einfach nicht so schnell fahren konnte. Altbauer habe aber trotzdem unbedingt durch den Seilergraben abfahren und nicht den Umweg übers Seehorn nehmen wollen. Hirsinger selbst habe darin zwar ein gewisses Risiko gesehen, aber gedacht, durch das Einhalten von Abständen sei es beherrschbar. Immerhin sei der Untergrund den ganzen Winter über befahren worden und sollte deshalb eigentlich komprimiert und fest genug sein. Aber weil Altbauer derjenige war, der unbedingt diesen Weg nehmen wollte, habe er ihn eben vorfahren lassen. Altbauer habe dann die Lawine ausgelöst. Deshalb habe sie ihn voll erwischt, während Hirsinger nur in den oberen Rand geraten sei. Nur ein klein wenig zu nah sei er zum Stehen gekommen, genau am Abriss. Der Schnee sei unter ihm weggebrochen, und dann sei es für ihn wie im Fahrstuhl abwärtsgegangen. Angeblich rauschte er genau über die Stelle hinweg, wo er den Altbauer hatte verschwinden sehen. Als er selbst schließlich zum Stillstand kam, sei nur noch wenig Schnee nachgekommen. Teilverschüttung bis zum Arsch. Nur sein Rucksack war weg.»

«Und wie hat er erklärt, dass er seinem angeblichen Bergkameraden nicht geholfen hat?», fragte Christine.

«Er will halt sein LVS im Rucksack gehabt haben», erklärte Müllerhuber. «Und der wurde ihm ja abgerissen. Genau deshalb soll man das Ding ja am Leib tragen. Machen aber viele nicht.»

Holzhammer übernahm: «Das Entscheidende an der Story ist, dass Hirsinger erst ein paar Sekunden später erwischt worden sein will als der Altbauer, weil er oberhalb stand. So rodelte er quasi auf der Lawine und konnte zusehen, wie der Altbauer verschüttet wurde. Das stimmt so weit auch mit den Spuren überein. Und ned nur sein LVS war weg, sondern logischerweise auch die Lawinenschaufel, die am Rucksack war. Daher hat er schon ewig gebraucht, um sich selbst zu befreien. Angeblich hat er teilweise mit seinem Outdoorhandy gegraben. Und als er es nach einer Stunde endlich geschafft hatte, sich zu befreien, hat er für den Altbauer null Chancen mehr gesehen. Und die Chance, ihn ohne LVS und Sonde zu finden, war noch weniger als null.»

«Und wenn er schon nicht selbst helfen konnte, warum hat Hirsinger dann nicht wenigstens einen Notruf abgesetzt?», fragte Christine.

«Zum einen war er sicher, dass Altbauer tot war», sagte Müllerhuber. «Und zum anderen gibt es an der Unfallstelle bekanntlich keinen Handyempfang. Als er, verletzt, wie er war, nach zwei Stunden endlich am Wimbachschloss ankam, sah er in dem Anruf keinen Sinn mehr. Und er hat auch ganz klar zugegeben, dass er Angst hatte, man würde seine Schilderung anzweifeln, eben wegen ihrer bekannten Feindschaft. Das habe er sich ersparen wollen.»

«Okay, das ist menschlich halbwegs verständlich», sagte

Christine. «Trotzdem wird's wohl jetzt eine Anzeige wegen unterlassener Hilfeleistung geben?»

«Aber mindestens», knurrte Holzhammer. «Ich sag euch nämlich eins: Die Sache stinkt zum Himmel. Vui z' vui Zufälle. Und ned nur, dass sich die drei Hanseln da getroffen haben.»

«Ja, beim Altbauer fragt man sich ja überhaupt, was den geritten hat», ergänzte Müllerhuber. «Wenn er schon unbedingt wieder Touren gehen wollte, warum musste es ausgerechnet die Große Reibn sein? Und warum allein? Und warum dann jetzt, wo man schon so weit tragen muss?»

«Und habt ihr auch gefragt, ob Hirsinger diesen ominösen Schneeschuhgeher gesehen hat?», fragte Matthias.

«Freilich», sagte Holzhammer. «Aber nichts will er gesehen haben. Keinen Menschen, keine Spuren. Und des ist einfach Blödsinn. Von Christines Fotos wissen mir, dass der Schneeschuhgeher schon vor der Lawine gekommen und erst nach der Lawine gegangen ist. Selbst wenn er den Mann ned gesehen hat, muss Hirsinger dem seine Spur gesehen haben. So dicht, wie Hirsingers Fußspur und die Schneeschuhspur beieinanderlagen. Teilweise ist der Hirsinger ja sogar direkt auf der Schneeschuhspur gelaufen.»

«Vielleicht lügt er nicht bewusst», sagte Christine. «Es kann durchaus sein, dass er die Spur gar nicht wahrgenommen hat. Hirsinger muss ja einen gewaltigen Schock gehabt haben. Und außerdem auch noch ziemliche Schmerzen. Dazu noch die Angst, dass man ihm was anhängt.»

«Anhängen? Freilich werd ich dem was anhängen», grummelte Holzhammer. «Vielleicht gibts nämlich noch a ganz andere Connection. Dabei fällt mir ein, ich muss kurz mei Frau anrufen.»

Die anderen schauten erstaunt. Der Hauptwachtmeister war normalerweise nicht so ein Ehemann, der dauernd daheim anrief. Und Marie nicht die Frau, die das erwartete.

«Servus. Du hattest mir doch den Namen von diesem Öko-Fritzen versp... Dominik Wohlrabe? Alles klar, dank dir.» Das Gespräch hatte garantiert nur eine Einheit gekostet.

«Der Freund von der Monika», erklärte Holzhammer den anderen. «Das ist so ein Umweltschützer von außerhalb. Der hat letztes Jahr ein Praktikum im Nationalpark gemacht, in der Zeit haben sie sich kennengelernt. Persönlich kennt Marie ihn auch ned, aber sie hält's für möglich, dass dieser Öko-Stecher die Monika vielleicht bekehrt hat.»

«Die Monika soll uns dermaßen dreist belogen haben?», zweifelte Müllerhuber.

«Mich würd's ja auch wundern», stimmte Holzhammer zu. «Auf der anderen Seit'n: Die Erbin hat an Umweltschützer, und a anderer Umweltschützer war bei dem Unglück anwesend. Nämlich der Hirsinger, der die Heimat unbedingt vor dem neuen Wellnessresort schützen will. Da sollte man zumindest mal nachhaken.»

«Stimmt. Und die Monika ist ja außerdem praktisch Alleinerbin», sagte Müllerhuber.

«Praktisch? Was soll das denn heißen?»

«Na ja, ihr Bruder, der Felix, hat zwar das Hotelfach gelernt», Müllerhuber zögerte, bevor er fortfuhr: «Aber er hat kein Interesse dran, ins Hotel am Königssee zurückzukehren. Der ist glücklich in der weiten Welt. Der wird nicht einmal zur Beerdigung auftauchen, glaubt's mir. Trotzdem liegt ihm die Familientradition natürlich am Herzen. Deshalb würde er nie darauf bestehen, dass die Monika ihn auszahlt, anstatt das Geld in die notwendigen Renovierungen zu stecken.»

Jetzt sah Holzhammer verblüfft aus. «Woher bitt schön willst du denn des ois wissen? Den hat doch hier seit Jahren keiner mehr gesehen.»

«Ich weiß es halt.» So wortkarg war Müllerhuber sonst nicht.

Bevor Holzhammer weiter nachfragen und Martin Müllerhuber womöglich in Verlegenheit bringen konnte, sprang Christine ein: «Kann man den Hirsinger wirklich als Umweltschützer sehen? Was der schützen will, ist doch hauptsächlich sein Geschäft. Er hat doch nur Angst vor der schicken neuen Ladenpassage, die zusammen mit dem Hotelkomplex entstehen soll.»

«Klar. Trotzdem haben sie nun einmal in dem Punkt das gleiche Ziel», sagte Holzhammer. «Jedenfalls werden mir klären müssen, wo dieser Wohlrabe zur Tatzeit war und ob der Hirsinger den kennt. Und außerdem die Monika auf ihren Lover ansprechen. Mal schaun, was ihr dazu einfällt.»

Über ihrer Diskussion hatten sie komplett den zweiten Durchgang verpasst. Die Badewanne hatte gewonnen.

8

Die Beerdigung von Roman Altbauer fand drei Tage später statt. Marie hatte zwar ursprünglich keine Lust gehabt, als Staffage mitzukommen, aber dann war sie offenbar zu der Auffassung gelangt, dass jede Gelegenheit, ihren Gatten in eine Kirche zu bringen, als positiv betrachtet werden musste. Möglicherweise sogar von Gott gesandt.

Marie hatte sich für Tracht entschieden, Holzhammer für seinen dunkelblauen Anzug. Ein schwarzer Anzug wäre übertrieben gewesen, da er dem Toten nicht so nahestand. Tracht ging natürlich immer, aber die vermied er bekanntlich, sofern ihn nicht höhere oder weibliche Mächte zwangen.

Sie fuhren in Maries Polo, weil der Dienstwagen zu viel Aufmerksamkeit erregen würde, wobei es sich allerdings als keine leichte Aufgabe herausstellte, sowohl Maries ausladendes Kleid als auch seine eigene Wenigkeit darin unterzubringen.

Er war ewig nicht in der Kirche gewesen, zuletzt, als in der Stiftskirche der Opferstock aufgebrochen worden war. Als sie in die Kirche traten, wollte er sich ganz automatisch neben Marie in die Bank schlängeln, doch die wedelte ihn weg. Richtig, man saß getrennt. Frauen links, Männer rechts. Sie ließen sich in der letzten Reihe nieder, wo auch die entfernteren Verwandten und die Dorfbewohner, die hauptsächlich wegen des Leichenschmauses gekommen waren, Platz genommen hatten. Bei einem Hotelier, so illiquide er auch sein mochte, würde es schon etwas Gutes geben.

Es waren überhaupt viele Menschen gekommen. Holzhammer ging alle Hinterköpfe einzeln durch. In der ersten Reihe links saß Monika Altbauer, in Schwarz gekleidet und ganz allein. Die erste Reihe rechts war frei. Da hätte ihr Bruder sitzen müssen. War der tatsächlich ferngeblieben? Monikas Freund, den Oberöko, konnte Holzhammer auf den ersten Blick nicht finden. Sollte er doch anwesend sein, dann hielt er sich zumindest im Hintergrund. In den folgenden Reihen identifizierte Holzhammer diverse Schönauer Gemeinderäte, hauptsächlich von der CSU. Zwei Reihen vor sich erkannte er die beiden Angestellten, die sie im Hotel befragt hatten. Und da, halb verdeckt, sah er einen Hinterkopf, der ihm bekannt vorkam. War das nicht Beppo Hirsinger? Der traute sich was, wo doch jeder von seiner Feindschaft mit dem Toten gewusst hatte!

Hinter dem Pfarrer standen drei Mann in Tracht mit der Vereinsfahne und einer Trauerschärpe am Arm. Holzhammer kannte von ihnen den Schriftführer und den zweiten Vorsitzenden der Schönauer Weihnachtsschützen.

Holzhammer versuchte, der Messe zu folgen, aber er konnte sich einfach nicht konzentrieren. Teils auch deshalb, weil der Pfarrer mit starkem polnischem Akzent sprach. Geistesabwesend stand Holzhammer immer dann auf, wenn alle aufstanden, und wenn die Gemeinde dem Pfarrer antwortete, klappte er seinen Mund auf und zu wie ein Karpfen. Er saß ganz außen am Gang. Ein taktischer Fehler, den er allerdings erst bemerkte, als der Pfarrer mit dem Leib Christi direkt vor ihm stand. Besser wäre es gewesen, einen Platz rechts außen gewählt zu haben. Nun war es zu spät. Wohl oder übel ließ er sich die Oblate verabreichen.

Direkt im Anschluss fuhren alle in ihren Autos zum Friedhof.

«Hast du g'sehn, der Hirsinger war da», sagte er während der Fahrt zu Marie.

«Freilich hab ich's g'sehn. Und beide Bürgermeister waren da, der Altbürgermeister und der neue.»

Marie hatte die zahlreichen Honoratioren also auch bemerkt. Er musste daran denken, wie er auf Anordnung von Fischer vor zwei Jahren den Altbürgermeister, damals war er noch im Amt, hatte verhaften müssen. Nicht einen einzigen Tag hatte der alte Haudegen es ihm nachgetragen.

«Und die arme Moni stand da ganz allein, ned amal der Felix ist da, um ihr beizustehen», fuhr Marie fort.

«Kannst dich ja a bisserl um sie kümmern», sagte Holzhammer listig.

«Jetzt langt's aber. Erst soll ich deine Tarnung sein und dann auch noch für dich spitzeln», gab Marie zurück.

«So a bisserl herumhorchen ist doch nix Schlimmes, das machst du doch allweil und ganz freiwillig», antwortete er ungerührt.

«Ich weiß halt gern, was los ist, im Talkessel», sagte Marie spitz. Aber nach dreißig Jahren Ehe wusste er genau, dass sie dabei innerlich gluckste. Außerdem wusste er nun sein Anliegen in besten Händen. Die professionelle Klatschbase an seiner Seite würde ihres Amtes walten und spätestens beim Leichenschmaus alles herausbekommen, was ohne ausgefeilte Foltermethoden herauszubekommen war.

In der Aussegnungshalle sortierten sich die Menschen wieder nach dem Grad ihrer anzunehmenden Trauer, diesmal im Stehen. Und wieder stand Monika Altbauer allein ganz vorne. Um den Sarg waren die Kränze aufgebaut. Holzhammer trat näher heran, um die Aufschriften auf den Schleifen lesen zu können. Der größte Kranz war von Monika. Er war groß, aber geschmackvoll, mit einheimischem Grün und Gartenedelweiß. Die anderen Kränze stammten von den Weihnachtsschützen, dem Trachtenverein und dem Tourismusverband. An der Seite standen einige Gestecke und Schalen von Freunden und entfernteren Verwandten. Eine Schleife trug die Aufschrift «Dein Beppo».

Marie war kurzfristig auf die Empore verschwunden, um den Frauenchor zu unterstützen, der mit dünnen Stimmchen zwei Kirchenlieder und zum Schluss das Lied vom «Guten Kameraden» zum Besten gab. Holzhammer hatte sich unauffällig in der Nähe von Beppo Hirsinger platziert, und zwar so, dass er diesmal nicht nur seinen Hinterkopf sehen konnte. Beim «Guten Kameraden» zog Hirsinger ein Stofftaschentuch hervor, um sich verstohlen zu schnäuzen.

Während der Prozession zum Grab beobachtete Holzhammer besonders die beiden Angestellten. Der alte Waldi, das langjährige Faktotum der Familie Altbauer, humpelte in einer schlotternden Hirschledernen still vor sich hin. Er schaute genauso drein wie vor zwei Wochen im Hotel. Wahrscheinlich waren Beerdigungen in seinem Alter schon Routine.

Auch Holger Biski war da. Er trug einen schwarzen Kellneranzug und darüber einen dunkelblauen Anorak, wie man ihn sonst nur noch an den Teilnehmern von Kaffeefahrten sah. Holzhammer hätte sich nicht gewundert, wenn es sich tatsächlich um ein liegengebliebenes Stück aus dem Restaurant handelte. Holzhammer beobachtete ihn genau, um herauszufinden, wie er mit dem Verlust seines Chefs zurechtkam. Er ging aufrecht und trug den Kopf hoch, wie ein gebrochener Mann verhielt er sich jedenfalls nicht. Er sah nicht nur gleichgültig aus, sondern fast, als sei eine Last von ihm genommen. Sollte Altbauer wirklich so ein schlechter Arbeitgeber gewesen sein? Wieso war Biski dann geblieben, Servicekräfte wurden überall gesucht. Irgendwas war doch faul mit dem Kerl.

Am Grab hielt noch ein Vertreter der Weihnachtsschützen eine kurze Grabrede. Es war der Bauer, dem die an das Hotelgrundstück grenzenden Wiesen gehörten. Auch er wollte einen Großteil seines Grunds an die Planungsgesellschaft verkaufen, hatte also mit Altbauer an einem Strang gezogen. Altbauer sei immer ein guter Nachbar gewesen, sagte der Mann, den Hut in der Hand. Instinktiv erwartete Holzhammer nach der Rede drei Schüsse, aber dafür war Altbauer zu jung gewesen, geschossen wurde nur bei Kriegsteilnehmern.

Dann wurde der Sarg abgesenkt, Monika Altbauer warf ein Schäufelchen Erde darauf und eine Rose hinterher. In diesem Moment konnte Holzhammer deutlich ihr Gesicht sehen. Ja, seiner Meinung nach war sie ehrlich betrübt über den Tod ihres Vaters.

Es folgte das Defilee der Trauergemeinde mit Händeschütteln und Beileidsbekundung. Einer der Ersten war Beppo Hirsinger. Ernst schüttelte er Monika die Hand und entfernte sich nur zögernd. Auch Marie war jetzt weiter vorn und blieb nach dem Händeschütteln wie schützend hinter Monika stehen. Wirklich seltsam, dass sich sonst niemand gefunden hatte, der die junge Frau hätte begleiten können.

Holzhammer hatte keine Eile. Er ließ jeden vor, der wollte: Altbauers Kollegen aus der Gastronomie, die Ladenbesitzer von der Seestraße, die Weihnachtsschützen, die Trachtler, den Bürgermeister und jede Menge alte Tanten, wie sie bei allen Beerdigungen auftauchten.

Der Einzige, der noch weniger Lust auf das Ritual zu haben schien als er, war Holger Biski.

«Ich brauch das auch nicht», sagte er, als der Hauptwachtmeister ihm per Handzeichen den Vortritt lassen wollte.

«Der Tod von Ihrem Chef geht Ihnen ja ned besonders nahe», stellte Holzhammer fest.

«Warum auch?», antwortete Biski reichlich knapp.

«Genau des hätt ich gern gewusst», sagte Holzhammer und zog den Mann am Ärmel seines Anoraks ein paar Schritte zur Seite.

«Ist mir doch egal, ob der lebt oder tot ist» sagte Biski. «Ich hab mit dem nichts am Hut. Nie gehabt.»

Holzhammer bekam immer mehr das Gefühl, dass hier etwas nicht stimmte. Ein schlechtes Gewissen schien Biski allerdings nicht zu haben. Eher eine Art Wut auf den Verstorbenen. Bei ihrem ersten Gespräch war das nicht so deutlich gewesen. Oder hatte sich dieser Groll erst danach entwickelt? War Biski in den letzten Tagen auf etwas gestoßen? War ihm irgendein Licht aufgegangen? Seltsam. Holzhammer hielt immer noch Biskis Ärmel fest. Jetzt schüttelte er daran wie an einem Apfelbaum.

«Also gut, Sie mochten den Altbauer ned, des wär jetzt geklärt. Aber zu seinem Tod fällt Ihnen ja vielleicht trotzdem was ein. Ist denn gar nichts Besonderes vorgefallen an den Tagen, bevor er weggefahren ist?»

«Nur, dass der Hirsinger einmal da war. Sie haben im kleinen Büro miteinander geredet. Ich war an der Rezeption, da habe ich das mitbekommen. Verstehen konnte ich nichts, sie haben die Tür zugemacht. Aber auf jeden Fall haben sie gestritten.»

«Mehr als sonst?»

«Die haben doch immer gestritten. Das waren Todfeinde. Hirsinger hatte irrsinnige Angst, dass ihm die neuen Läden das Geschäft wegnehmen. Und nun lassen Sie mich endlich», sagte Biski und zog den Arm weg.

Holzhammer ließ Biskis Anorak los. Todfeinde ...

«Sonst noch was?», fragte er ohne große Hoffnung ein letztes Mal nach.

«Das Gehalt war mies und kam oft zu spät, und ich musste Arbeit machen, für die ich nicht bezahlt wurde. Aber das hab ich alles schon gesagt.»

Richtig, und außerdem war das alles nichts Ungewöhnliches in der Gastronomie. Trotzdem ließ Holzhammer das Gefühl nicht los, dass sich in den letzten Tagen irgendwas an Biskis Einstellung verändert hatte. Plötzlich war viel mehr Aggression im Spiel. Aber mehr war momentan nicht aus ihm herauszubekommen.

In dem Moment kam Marie angefegt. «Musst du mich eigentlich immer blamieren?»

Er war so in das Gespräch mit Biski vertieft gewesen, dass er nicht bemerkt hatte, dass die Beileidsbekundungen bereits abgeschlossen waren. Und er hatte sich nicht beteiligt. «Ich kann ja immer noch hingehen», sagte er. «Es gibt jetzt doch noch ein Essen, oder?»

Ja, es gab ein Essen, aber nicht jeder sollte daran teilnehmen. Monika hatte Marie instruiert, wer informiert werden sollte. Die Bürgermeister und sonstigen Funktionsträger waren dabei, nicht jedoch die alten Tanten, die gar keine Tanten waren. Erstaunlicherweise hatte Monika das Essen nicht im eigenen Hotel ausgerichtet, wo es sie weitaus am billigsten gekommen wäre, sondern im Berggasthof Vorderbrand. Vielleicht wollte sie den Hotelgästen nicht mit einem Leichenschmaus die Stimmung verderben? Aber das konnte eigentlich nicht der Grund gewesen sein, denn so wahnsinnig traurig pflegten diese Essen nicht zu sein. Vielleicht wollte sie einfach an diesem Tag ihre Ruhe haben und nicht riskieren, von einem Gast wegen einer durchgebrannten Glühbirne belästigt zu werden. Oder von einem Hilfskellner, der Schwierigkeiten mit der Kasse hatte.

Ein paar Minuten später saßen Holzhammer und Marie wieder im Auto und fuhren bergauf. Beerdigungen waren eine einzige Rallye. Zu diesem Eindruck trug auch Maries Fahrweise bei. Sie legte den Oberkörper in die Kurven, als wäre ihr Polo ein Gokart.

«Hast du die Monika schon gefragt, wo ihr sauberer Freund steckt?», fragte er.

«Angeblich hat sie sich getrennt», sagte Marie. Durch ihre Stimme schimmerte Zweifel, und er wusste warum. Es war eine Information aus erster Hand und daher mit Misstrauen zu betrachten. Längst nicht so zuverlässig wie die Schwarmintelligenz der Gerüchteküche.

«Ich weiß schon, ich bleib dran», fügte sie nach einem Seitenblick hinzu. Dann riss sie das Steuer herum und heizte nach links auf den Parkplatz des Gasthofs.

Die Wirtsleute hatten auf der Terrasse eingedeckt, und tatsächlich war es inzwischen fast warm genug, um draußen sitzen zu können. Holger Biski schien nicht mit heraufgekommen zu sein. Faktotum Waldi hingegen hockte sich in seiner zwei Generationen alten Lederhose wie selbstverständlich direkt neben Monika. Zu Monikas Linker platzierte sich Marie. Holzhammer selbst suchte sich einen Platz zwischen diversen Anliegern der Seestraße, also alles Nachbarn von Altbauer. Wenn jemand etwas mitbekommen hatte, dann die.

Niemand gab sich besonders traurig. Nur die Frauen, die um Monika herum saßen, wahrten zunächst noch eine gewisse Zurückhaltung. Doch spätestens, als Monika selbst das erste Mal lachte, war das Eis gebrochen. Als sie beim Hauptgang angekommen waren, hätte man nicht mehr unterscheiden können, ob es sich um eine Beerdigung oder eine Hochzeit handelte.

Die Gespräche an Holzhammers Tisch drehten sich um den Tourismus, und natürlich wurde ausgiebig über die Sonntagsschließung gejammert. Aber auch die Gastronomen fanden Gründe zum Jammern, obwohl jeder wusste, dass die vergangene Wintersaison aufgrund der guten Schneelage ausgesprochen günstig verlaufen war. Jammern gehörte nun mal zum Handwerk, genauso wie Falschaussagen über die Wetteraussichten. Wollte ein missmutiger

Gast wegen des schlechten Wetters abreisen, hieß es «morgen wird's besser». War es einem zu heiß, hieß es «morgen wird's kühler». War einer vom Alpenglühen begeistert, hieß es «das haben wir hier jeden Tag».

Natürlich wusste jeder am Tisch, wer Holzhammer war, doch offiziell war er heute als Trauergast unterwegs. Deshalb wäre es auch nicht geschickt gewesen, aus heiterem Himmel mit gezielten Fragen anzufangen. Die Leute um ihn herum waren alles keine Dummköpfe, die sich nach Belieben ausflascheln ließen. Er musste warten, bis sich das Gespräch in eine passende Richtung entwickelte. Vielleicht würde auch der steigende Promillepegel seine Tischnachbarn mit der Zeit etwas gesprächiger machen.

Währenddessen widmete er sich seinem eigenen Bier und bald darauf einem feinen Braten. Fest stand jedenfalls, dass bisher noch gar nichts feststand. Was hatte es nur mit dieser Skitour auf sich? Biski hatte die beiden Nachbarn als Todfeinde bezeichnet. Und nun saß Hirsinger mit einer roten Nase am Nebentisch. Ob das alles bloß Tarnung war? Wo waren die beiden wirklich zusammengetroffen? Vielleicht waren sie von Anfang an gemeinsam gegangen. Aber von wo waren sie dann gestartet? Und warum?

Vielleicht hatte Hirsinger auch irgendwie von Altbauers geplanter Tour erfahren und sie als perfekte Gelegenheit für einen Mord angesehen? Dann hätte Hirsinger aber tagelang im Winterraum des Kärlingershauses auf seinen Feind warten müssen, nur um Altbauer am Seilergraben unter einer Lawine zu begraben. Die Möglichkeit, absichtlich eine Lawine auszulösen, bestand durchaus. Manche machten das aus Gaudi, aber ungefährlich war es nicht.

Man müsste halt herauskriegen, wann Hirsinger zuletzt gesehen worden war. Wenigstens dazu sollte doch dieser Leichenschmaus gut sein. Und heute Nachmittag oder spätestens morgen würde er sich um den ominösen Schneeschuhgeher kümmern. Vielleicht sollte er mal im Wimbachschloss fragen, ob die jemanden gesehen hatten. Die Gaststätte hatte zwar noch nicht durchgehend geöffnet, aber die Wirtsleute waren sicher schon dabei, alles für die Sommersaison vorzubereiten.

Mit einer Identifizierung des Unbekannten ausschließlich über die Machart der Schneeschuhe war es nämlich Essig. Rolf Berg hatte zwar inzwischen das in Frage kommende Modell herausbekommen, aber leider war es sehr beliebt. Es wurde sowohl vielfach verkauft als auch an Touristen verliehen.

Endlich wandte das Gespräch sich dem neuen Hotelprojekt zu. «Und, was meint ihr, wird die Monika verkaufen, wie der Alte es wollte?», fragte der Inhaber eines kleinen Cafés an der Seestraße.

«Freilich wird sie», grollte der Andenkenverkäufer, der den Sarg vor die Tür gestellt hatte. Durch den Sarg war relativ klar, wo er in Sachen Sonntagsöffnung stand. Nun wusste Holzhammer, dass er auch gegen das neue Hotel war.

«Ist die nicht mit so einem Öko-Fritzen zusammen?», fragte Holzhammer. Wenn er in dem Punkt bis zum Ende der Beerdigung mehr herausbekam als Marie, wäre das zumindest ein häuslicher Triumph.

«Richtig, mit diesem Übelgeier», sagte der Ladenbesitzer mit dem Sarg.

Sogar einen Spitznamen hatte dieser Dominik Wohlrabe also schon.

«Jetzt nimmer, den hat sie in den Wind geschossen», wusste der Würstelbudenbetreiber.

So weit war Marie auch schon gewesen. Aber vielleicht konnte er noch mehr erfahren. «Und warum?»

«Der Wohlrabe hat halt das Maul ned halten können», sagte der Würstelmann. «Hat sich ständig mit ihrem Vater gefetzt. Mitten im Restaurant ist er ihn angegangen. Bei mir waren Kunden, die haben gesagt, sie holen sich lieber zu Mittag Würstel, weil im Hotel so ein Radau ist.»

«So geht's halt ned», stimmte der Ladenbesitzer mit dem Sarg zu.

«Und die Monika, hat die sich von dem beeinflussen lassen?», fragte Holzhammer.

«Na, des is a ganz Energische, fast schon a Emanze», sagte der Würstelverkäufer. Er war vermutlich derjenige mit den geringsten Sorgen am Tisch. Mit seinem Würstelstand konnte er jederzeit umziehen, wenn die Gästeströme sich verlagerten; er brauchte keine Angestellten, Würstel verkauften sich bei jedem Wetter, an Urlauber wie an Tagesgäste, und auch die Sonntagsschließung war für ihn kein Thema.

«Vögeln ja, indoktrinieren na», verdeutlichte der Cafébesitzer.

«Ihr bleibt ja gar nichts anderes übrig, als zu verkaufen», sagte der Fischer von St. Bartholomä, ohne sich um den blöden Witz seines Vorredners zu kümmern. Ihm gehörten die gesamten Fischereirechte am Königssee. Nur er durfte Netze und Reusen auslegen, um hier Forellen, Renken und Saiblinge zu fangen. «Sie erbt ja nur Schulden. Sogar bei mir steht das Hotel in der Kreide. Der Altbauer hat die Fische schon ewig auf den letzten Drücker gezahlt, aber seit kurzem gar nimmer. Da konnt ich ihm halt keine mehr geben.»

«San ja eh große Vögelliebhaber, diese Umweltschützer», kicherte der Cafébesitzer.

Daraufhin entschied Holzhammer, dass die Feierlichkeit nun weit genug fortgeschritten war, um ein paar weitere Fragen zu riskieren. Heikel war es trotzdem. Er war sicher, dass Hirsinger ihn belogen hatte, aber er hatte keine Ahnung, wer eventuell mit drinsteckte. Wo genau momentan die Fronten an der Seestraße verliefen, wussten nur die Anlieger selbst. Und hier saßen Leute, die seit zwanzig Jahren Tür an Tür sowohl mit dem Toten als auch mit Hirsinger ihre Geschäfte betrieben.

«Um noch amal auf das Unglück zu kommen ...», fing er an.

«Tragisch», «tragisch», «tragisch», nickten die Tischgenossen reihum automatisch.

«... da ist ja der Hirsinger dabei gewesen ...», sagte Holzhammer möglichst beiläufig.

«Ach so?», wunderte sich der Ladenbesitzer.

«Ja, habt ihr des gar ned gewusst?», tat nun Holzhammer überrascht. Dabei war er es gewesen, der diese Information zurückgehalten hatte.

In dem Moment kam die dralle Aushilfskellnerin an ihren Tisch, um die nächste Bestellung aufzunehmen. Flugs deutete Holzhammer mit fragendem Gesicht einmal rund um den Tisch. «Enzian?»

Drei der Anwesenden nickten.

«Willi», sagte der Bootsführer.

«Moasterwurz», sagte der Würstelmann. Hielt sich offenbar aufgrund seines Gewerbes für einen Gourmet. Der geheimnisvolle Meisterwurz wurde in viel kleineren Mengen zu Schnaps verarbeitet als der im Talkessel so beliebte Enzian.

«Wie war des grad? Der Hirsinger mit dem Altbauer?», fragte nun der Inhaber des Sportgeschäfts, der sich bisher noch gar nicht geäußert hatte. Von ihm war zu vermuten, dass er die Planung des Wellnessresorts begrüßte. Die paar kleinen neuen Läden würden mit seinem Sortiment nicht mithalten können, sodass die zusätzlichen Gäste ihm auf jeden Fall zugutekamen.

Holzhammer erzählte, was Hirsinger ausgesagt hatte, vom zufälligen Treffen und so weiter.

«Dass der Hirsinger Skitouren gemacht hat, weiß ich sicher», sagte der mit dem Sportgeschäft. «Der hat sich ja noch im Februar bei mir einen Tourenrucksack kauft, einen großen. Aber dass der mit dem Altbauer gangen sein soll – ich kann's kaum glauben.»

«An Großen sagst du? Also für länger als die Große Reibn? Eher für a Woch als für zwei Tag?» Das hätte die Theorie untermauert, dass Hirsinger längere Zeit im Kärlingerhaus auf Altbauer gewartet hatte.

«Kann man so ned sagen», antwortete der Sportverkäufer bedächtig. «Kimmt ja drauf an, was man mitnimmt. Für a komplette Biwakausrüstung inklusive Kochzeug brauchst allein schon zwanzig Liter mehr.»

«Der Laden vom Hirsinger war aber letzte Woch ned geschlossen, oder?», fragte Holzhammer. «Weiß jemand, ob da a Aushilfe drin war?»

«Sein Neffe hilft manchmal aus», wusste der Würstelmann.

«Richtig, am Mittwoch war der Neffe dort», sagte der Cafébesitzer. «Hab ihn gesehen, wie er abends die Verkaufsständer hereingeholt hat.»

Klar, Donnerstag war das Unglück passiert, spätestens am Mittwoch musste Hirsinger zum Kärlingerhaus gegangen sein, auf welchem Weg auch immer. «Und am Dienstag? Hat einer von euch den Hirsinger am Dienstag gesehen?»

Allgemeines Kopfschütteln.

Am frühen Nachmittag löste die Gesellschaft sich zunehmend auf. Nur die ganz Hartnäckigen nahmen noch Kaffee und Kuchen. Holzhammer sammelte Marie ein, und sie verabschiedeten sich.

«Und?», fragte er im Wagen.

«Nicht viel», gab Marie frustriert zu. «Nur als die Monika auf dem Klo war, hat mir der Waldi noch was gesteckt. Nämlich, dass sie in der Küche letztens viel Wild verarbeitet haben. Vom Wilderer, meinte er.»

«Ha, des passt. Gewildertes Fleisch ist günstiger.»

9

Daheim angekommen, stieg Holzhammer in seinen Dienstwagen um und fuhr zur Wache. Jetzt saß er in seinem angeblich ergonomischen und kippsicheren Bürosessel, Müllerhuber ihm gegenüber auf dem Besucherstuhl. Er hatte ihn hereingeholt, um ihm seine Eindrücke von der Beerdigung zu schildern.

«Biski sagt, dass der Altbauer und der Hirsinger Todfeinde waren. Aber was ist das bitte für a komische Todfeindschaft, bei der man sich auf der Beerdigung des andern die ganze Zeit schneuzen muss?», fragte er seinen Adlatus.

Müllerhuber zuckte die Schultern. «Entweder der Biski lügt, oder er weiß es ned besser. Oder der Hirsinger ist a ganz a guter Schauspieler.»

Holzhammer nickte frustriert.

«Während du bei der Beerdigung warst, kam übrigens der Fischer runter», sagte Müllerhuber. «Wir sollten die Sache abschließen. Anscheinend gibt's keine Lebensversicherung. Und da niemand was hat von Altbauers Tod, war's also auch keine Absicht, hat er gemeint.»

Holzhammer rollte mit den Augen.

«Na ja, in einem hat er recht», fuhr Müllerhuber fort. «Wenn die Monika genauso verkaufen will wie der Senior, dann haben auch die Heimatschützer nichts von seinem Tod. Es kann ihnen grad egal sein.»

Das stimmte natürlich. Aber es machte die Sache nicht einfacher, sondern verworrener. Zumindest in Holzhammers Augen.

Das Telefon klingelte. «Da ist a Kollege aus Hallein», sagte Frau Grassl und stellte durch.

«Servus», sagte Holzhammer.

«Ade», sagte der Kollege ironisch. Richtig, in Österreich galt servus ausschließlich als Abschiedsgruß.

«Schon gut, Kollege. Was gibt's?»

«Bei uns steht seit Tagen ein Berchtesgadener PKW, kurz hinter der Grenze am Dürrnberg. Und zwar nicht auf dem offiziellen Parkplatz am Skilift, sondern unterhalb, auf dem kleinen, wilden Parkplatz.»

«Ach so? Und was ist des für einer?»

«Ein älterer Suzuki Allrad. Mindestens zehn Jahr alt.»

«Und das Kennzeichen?»

Holzhammer wiederholte die Nummer, die der Kollege durchsagte, und sah Müllerhuber an. Der nickte. Es war Altbauers Wagen.

«Super, Kollege, genau den suchen mir. Der Besitzer fährt nimmer. Höchstens noch zum Himmel auffi.»

«Holt's ihr den Wagen?»

«Freilich. Und dank dir schön.»

Er legte auf. Als Polizist betrachtete man die offenen Grenzen ja oft mit Missbehagen. Aber manchmal war es auch ausgesprochen angenehm, dass jetzt alles so lässig verlief.

«Was soll das nun wieder? Was macht Altbauers Karre am Dürrnberg?», rätselte Holzhammer.

«Und wie soll er von da zum Kärlingerhaus gekommen sein?», ergänzte Müllerhuber den Fragenkatalog. «Das ist ja nicht einmal in der Nähe vom Steinernen Meer.»

«Also gut. Gehört Kurzschließen immer noch zur Grundausbildung? Dann bräucht ma koan Abschleppwagen.»

Müllerhuber nickte grinsend.

«Gut, nimm dir an Kollegen, der dich auffifährt. Außerdem Handschuhe und Plastikfolie. Und mach a paar Fotos, bevor du einisteigst.»

Müllerhuber stand schon. «Wird gemacht.»

Mit einem breiten Strahlen auf dem Gesicht ging er hinaus. Holzhammer schmunzelte hinter ihm her. Der Eifer des jungen Kollegen und sein Stolz, wenn man ihm etwas zutraute, machten wirklich Freude. War er selbst in dem Alter auch so gewesen? Keine Ahnung. Das war schon zu lange her.

Er überlegte, ob er heute noch etwas anfangen sollte, bevor Fischer Ernst machte mit seinen Ideen zur Großfahndung nach dem Schwarzmarkierer. Und ihn etwa losschickte, um Farbenverkäufer zu verhören, als wären sie Drogendealer.

Es war schon siebzehn Uhr, es würde also noch eine Weile hell sein.

Er könnte den Spurensicherer Rolf Berg anrufen und ihn bitten, morgen herzukommen, um sich Altbauers Auto anzugucken. Den alten Griesgram, mit dem er schon zusammen in der Schule gewesen war, sah er sowieso immer gern. Aber noch dringender sollte er herausfinden, wer der Schneeschuhgeher war.

Also holte er sich die Schlüssel für den Allrad aus dem Bereitschaftsraum und fuhr damit zur Wimbachbrücke. Dort nahm er den Forstweg hinauf ins Gries, den er auch letzten Donnerstag genommen hatte. Vereinzelt musste er bremsen, weil ihm verspätete Wanderer entgegenkamen. Links der Watzmann, rechts die schroffen Abstürze der Hochalm, in denen die Adler hausten, geradeaus die bizarren Felsformationen der Palfenhörner und dazwischen ausgebreitet der unendliche Schuttstrom, da konnte man schon einmal die Zeit vergessen.

Als Holzhammer ausstieg, wanderte sein Blick unwillkürlich zu einer Stelle rechts vom Großen Palfenhorn. Dort kam der Loferer Seilergraben herunter, der Altbauers Grab geworden war.

Das Wimbachschloss war nicht wirklich ein Schloss, sondern eher eine größere Jagdhütte. Die Ursprünge des Gebäudes lagen im Dunkel der Zeit. Jedenfalls waren schon im 17. Jahrhundert die Berchtesgadener Fürstpröbste von hier aus auf die Jagd gegangen. Der letzte adlige Jagdherr war Prinzregent Luitpold von Bayern gewesen, er hatte dem Anwesen seine heutige Form gegeben.

Seit zwei Jahren bewirtschaftete ein junges einheimisches Pärchen mit neuen Ideen und neuem Elan das Wimbachschloss. Sie hatten bei schönem Wetter früher im Jahr geöffnet als ihre Vorgänger und dann entsprechende Schilder unten am Parkplatz angebracht: «Wimbachschloss geöffnet». Holzhammer hatte die neuen Wirte zum ersten Mal besucht, als missgünstige Talwirte ihre Schilder abgerissen hatten. Wirklich etwas für sie tun können hatte er allerdings nicht. Nur Solidarität zeigen.

Wie vermutet, waren die Wirtsleute vor Ort. Man sah es an dem Pferdeanhänger, der vor dem Lagerraum stand. Darin transportierten sie Bierfässer und sonstige Getränke. Holzhammer hielt direkt vor dem Haupteingang mit der gemütlichen, überdachten Veranda. Die adligen Erbauer hatten schon gewusst, wie man es sich schön machte. Aber sein eigener kleiner Freisitz vor der Gartenhütte tat es auch.

Die hiesige Gemütlichkeit wurde momentan vom pochenden Kreischen einer Schlagbohrmaschine beeinträchtigt, das aus der offenen Eingangstür drang. Gleich links befanden sich Kuchentresen und Zapfanlage, rechts ging es in den kleinen Gastraum. Von dort kam das Bohrgeräusch. Holzhammer lugte hinein. Dort stand Annerl, die Wirtin, in Jeans und Männerhemd und schwang einen großen Bohrhammer. Offenbar war sie dabei, ein neues Regal anzubringen, auf dem ein weiteres ausgestopftes Tier oder ein paar historische Bierseidel Platz finden sollten. Während der Öffnungszeiten würde sie Dirndl tragen.

Als Annerl ihn sah, schaltete sie sofort die Bohrmaschine aus. «Ja, servus, grias di», sagte sie erfreut.

«Grias di, Annerl. Hast kurz Zeit für mi?»

«Für dich immer. Setzen wir uns nach draußen? Magst an Kaffee? Oder lieber a Bier?»

Da sie auf dem Weg nach draußen an der Zapfanlage vorbeigingen, sagte sein Blick wohl genug. Annerl zapfte ihm unverzüglich ein Helles. In dem Moment verstummte irgendwo im Keller ein weiteres Geräusch, und kaum saßen sie draußen, kam auch Annerls Mann Ferdl vom Lagerkeller her ums Eck. «Ja grias di, Holzhammer. Habe d' Ehre.»

«Ihr habt ja mitbekommen, was letzte Woche im Seilergraben los war», begann Holzhammer.

Die beiden nickten. Klar, der Pinzgauer der Bergwacht war direkt bei ihnen vorbeigefahren und der Hubschrauber über sie hinweggebrummt.

«Viel wichtiger ist mir aber der Tag vorher. Der Altbauer wurde ja am Freitag gefunden, aber das Unglück war schon am Donnerstag. Mir suchen einen, der am Donnerstag mit Schneeschuh unterwegs war. Habt's ihr da jemand g'sehn?»

Die beiden sahen sich an und schüttelten dann die Köpfe. «Na, leider ned», sagte Annerl. «Aber mir waren ja auch die meiste Zeit drinnen beschäftigt. Sonst wär mir so einer schon aufgefallen. Der Schnee ging ja auch letzte Woche schon nimmer bis hier, der hätt die Schuh also am Rucksack gehabt.»

«Wer partout nicht gesehen werden will, würde den Wanderweg vermeiden und einfach unten vorbeigehen», gab Ferdl zu bedenken. «Es ist zwar mühsamer, direkt im Kies zu stapfen, und eine Stelle ist etwas blöd, aber niemand hindert einen daran.»

«Stimmt schon», nickte Holzhammer. «Aber wer weiß schon, dass ihr auch außerhalb der Öffnungszeiten hier so fleißig am Werkeln seid.»

«Ich hab einen mit Ski gesehen, fällt mir jetzt ein», sagte Annerl. «Aber ich glaub, das war schon am Mittwoch. Keine Ahnung, wer das war, hab ihn nur von hinten gesehen. Jedenfalls hab ich mich gewundert, weil der eigentlich zu spät dran war. Wer hier auffigeht, hat ja normalerweise die Hundstodreibn vor.»

Auch die anspruchsvolle Hundstodreibn schloss mit der

Abfahrt durch den Loferer Seilergraben. «Aber zurückkommen hast du ihn ned sehen?»

«Na.»

«Schad.»

In diesem Moment hörte man Schritte knirschen, und einige Sekunden später bogen zwei Bayerische Gebirgsschweißhunde auf die Terrasse ein. Damit war klar, wer als Nächstes erscheinen würde: Xaver, der Berufsjäger vom Staatsforst. Holzhammer fiel auf, dass er und die Hunde viel gemeinsam hatten: Sie alle waren jung, drahtig, schlank und hatten braune Haare.

Offenbar war der Jäger mit den Wirtsleuten gut bekannt, denn ohne Umstände setzte er sich dazu, und Annerl holte ihm ungefragt ein Bier. Die Hunde schnupperten erst überall herum und versuchten dann, Holzhammer auf den Schoß zu klettern. Normalerweise war diese Rasse nicht so zutraulich. Vielleicht hielten sie seinen Schoß einfach für ein bequemes Kissen.

«Aus, Platz», sagte der Jäger streng. Sofort verschwanden die Hunde unter dem Tisch.

«Hast du vielleicht letzte Woch' Donnerstag an Schneeschuhgeher g'sehn?», wandte sich Holzhammer an Xaver. Vorzustellen brauchte er sich nicht.

«So einer hätt mir grad gefehlt», sagte Xaver. Er deutete Richtung Süden, zum Steinernen Meer: «Ist schon genug los, da oben.»

Bereitwillig gab er die neueste Wilderergeschichte zum Besten. Angeblich waren diesmal Österreicher am Werk: «Nachdem sie drüben alles weggeschossen haben, schiaßen's jetzt über die Grenze und ziagn des Wild dann ummi.»

Was natürlich kaum zu beweisen war, wenn man denjenigen nicht gerade auf frischer Tat ertappte. Und dann konnte man sich immer noch mit einem Versehen herausreden, schließlich war die grüne Grenze da oben keine durchgezogene Linie, sondern nur durch sporadische Steindauben markiert.

Kurz darauf verabschiedete Holzhammer sich. Dem gesuchten Schneeschuhgeher war er nicht nähergekommen. Stattdessen hatte man ihm einen weiteren geheimnisvollen Skifahrer offeriert. Und einen österreichischen Phantomwilderer.

Auf der Rückfahrt traf Holzhammer keine Wanderer mehr. Es dämmerte bereits. Schon vor einer Stunde hätte er Dienstschluss gehabt. Ebenso Müllerhuber, aber der würde ja auch längst mit Altbauers Wagen vom Dürrnberg zurück sein. Bestimmt war er heimgegangen.

Die ganze Nacht hatte es geregnet, und als Holzhammer am Morgen durch den Vorgarten zu seinem Wagen ging, nieselte es immer noch. Aber wenigstens war es ein warmer Frühlingsregen. Den konnten die Bauern jetzt gut gebrauchen.

In der Wache angekommen, rief er als Erstes bei Monika Altbauer an, um ihr zu sagen, dass sie den Wagen ihres Vaters abholen könne. Was sollten sie mit dem Fahrzeug noch groß anfangen? Den Kilometerstand hatten sie notiert – für die geringe Wahrscheinlichkeit, dass Altbauer Fahrtenbuch geführt hatte oder Monika zufällig den genauen Kilometerstand vor der letzten Fahrt ihres Vaters wusste. DNA-Spuren vom Beifahrersitz zu sichern, machte wenig Sinn, da Altbauer auch Hotelgäste herumkutschiert und den Wagen für diverse Besorgungen an Angestellte verliehen hatte. Außerdem wollte er ihr bei dieser Gelegenheit noch ein wenig auf den Zahn fühlen. Vielleicht hatte Christine ja recht, und Monika steckte mit ihrem toten Vater unter einer Decke. Offenbar hatte sie ja auch ihren Öko-Freund abgeschossen, als sie sich zwischen ihm und ihrem Vater entscheiden musste.

Eine halbe Stunde später war Monika da. Sie hatte sich von Waldi fahren lassen.

«Lass uns noch kurz schauen, ob dir irgendwas am Wagen auffällt», sagte Holzhammer. «Vielleicht fehlt was, oder etwas ist anders.»

Sie gingen hinaus in den Regen. Der betagte, aber halbwegs gepflegte silberne Allrad stand unter den großen Bäumen auf dem Polizeiparkplatz. Ein Vogel hatte auf die Motorhaube geschissen, aber bei der Farbe fiel das kaum auf.

Monika öffnete die Fahrertür. «Die Sitzeinstellung sieht jedenfalls so aus, als hätte mein Vater da zuletzt drin gesessen.»

Sie schaute in den gänzlich leeren Kofferraum. «Der war immer so leer. Wenn er Gäste abgeholt hat, durfte da ja nicht irgendein Zeug herumliegen.»

Zum Schluss nahm sie sich das Handschuhfach und die Seitenfächer vor. In der Ablage auf der Fahrerseite steckten ein älterer Autoatlas und verschiedene Karten. Der Wagen hatte noch kein Navi.

«Stadtplan von Salzburg, eh klar. Großraum München, war auch schon immer drin. Aber die hier», Monika zog eine Karte mit glänzend rotem Deckblatt hervor, «die scheint mir neu zu sein.»

Es war eine Straßenkarte der Schweiz, und zwar die neueste Ausgabe. «Hat er nicht zu dir gesagt, dass er nach Österreich wollte?»

«Ja, richtig. Deshalb wundert mich das jetzt auch.»

Holzhammer klappte die Karte auseinander, aber leider war nichts darauf markiert. «Hast du irgendeine Ahnung, was er da gewollt haben könnte?»

«Außer Skifahren wüsst ich nichts», sagte Monika.

«War dein Papa früher schon einmal in der Schweiz?»

«Nicht, dass ich wüsste. Er ist ja eh kaum weggekommen. Erst als ich mit der Ausbildung fertig war, konnt er überhaupt mal Urlaub machen. Aber seitdem war es halt finanziell nicht mehr richtig drin. Da fährt man nicht ausgerechnet in die Schweiz.»

«Hm. Also dank dir schön. Den Wagen kannst dann mitnehmen. Nur die Karte werd ich einstweilen behalten.»

Monika fuhr davon, jedoch nicht, ohne vorher sorgfältig den Vogelschiss von der Haube zu wischen.

Nachdenklich ging der Hauptwachtmeister wieder hinein. Ob Monika etwas verbarg? Vielleicht wollte sie ihn mit dieser angeblich neuen Schweizer Karte nur ablenken? Schwer zu sagen, aber seine Intuition sagte ihm, dass sie über die Entdeckung der Karte tatsächlich überrascht gewesen war. Er breitete die Karte vor sich aus und rief Müllerhuber über den Hausapparat.

Als der Junior das Zimmer betrat, drehte Holzhammer die Karte zu ihm herum, was ein Kaffeebecher mit dem Leben bezahlte. Die Karte bedeckte fast den ganzen, schäbigen Tisch.

«Die war in Altbauers Wagen, und Monika meint, die wär neu.»

«Schweiz? Wieso plötzlich Schweiz?»

«Keine Ahnung.»

Müllerhuber beugte sich über die Straßenkarte und inspizierte sie sorgfältig von links nach rechts und von oben nach unten. «Nichts eingezeichnet.»

«So weit war ich auch schon.»

Einige Sekunden starrten beide auf das verschlungene Straßennetz der Eidgenossen.

Dann sagte Müllerhuber: «Die Projektgesellschaft für das neue Hotel sitzt in der Schweiz. Vielleicht hat Altbauer da irgendwelche Geheimverhandlungen geführt?»

«Wär eine Möglichkeit. Oder vielleicht wollt er die Geldgeber einfach überzeugen, noch a bisserl abzuwarten. Die Finanzgesellschaft war ja wegen der Bürgerinitiative schon fast auf dem Absprung. Im *Anzeiger* stand sogar, dass sie ein Ultimatum gestellt haben.»

Holzhammers Telefon rappelte. Nicht das Tischtelefon, sondern sein Privathandy. Die Nummer hatten inzwischen einfach viel zu viele Leute. «Ja?»

«Ich brenn! Komm schnell!»

«Was, wer ist denn da?»

«Hirsinger Beppo. Mei Geschäft brennt.»

«Du weißt schon, dass ich die Polizei bin und ned die Feuerwehr?»

«Jaja, die san ja verständigt, aber es war sicher Brandstiftung, jetzt setz dich schon in Bewegung!»

«Is ja guad, mir kemman.»

Müllerhuber stand schon.

«Hirsinger», sagte Holzhammer nur. Sie eilten hinaus. War ja klar: Pünktlich zum Brand hatte der Regen aufgehört.

Als sie in der Seestraße ankamen, stand der große Löschzug noch da. Die Feuerwehrler waren gerade dabei, das dicke Rohr zu zerlegen, mit dem sie das Wasser aus dem See geholt hatten, in den es nun schwärzlich zurückfloss. Ganze Bäche rauschten die Seestraße hinab. Keine Trinkwasserqualität für heute.

Aus Hirsingers Ladentür lief schaumiges Wasser. Die Drehständer vor dem Schaufenster waren umgefallen, in einer riesigen Pfütze schwammen Postkarten, edelweißbedruckte Schneuztücher und angesengte Plüschtiere. Unwillkürlich konstatierte Holzhammer, dass knuddelige Murmeltiere sich deutlich besser zur Verplüschung eigneten als die stolzen Steinböcke. Fellbezogenes Knuddelgehörn machte einfach wenig Sinn.

Ein ernsthafter Brandschaden war auf den ersten Blick nicht zu entdecken. Das weitaus meiste Chaos hatten die Löschbemühungen der notorisch übermotivierten Königsseer Feuerwehr angerichtet. Mittendrin stand Ladenbesitzer Hirsinger, rang fassungslos die Hände und schien allgemein kurz vor dem Herzinfarkt zu stehen.

«Grüß dich, Beppo», sagte Holzhammer entspannt. «Jetzt erzähl amal.»

«Alles hin!», japste Hirsinger anstatt einer Antwort.

«Wird schon wieder, wirst sehen. Bist ja versichert. Jetzt

kimm, mir setzen uns drüben ins Café.» Holzhammer deutete auf das kleine Stüberl, ein Stück die Straße hinauf.

Wenn Hirsinger den Schaden noch länger auf sich wirken ließ, kippte er am Ende tatsächlich um. Holzhammer nickte zu Müllerhuber. Sie hakten den Ladenbesitzer links und rechts unter und führten ihn weg. «Qietsch, quatsch» quoll das Löschwasser aus Hirsingers Schuhen.

«Also?», setzte Holzhammer von neuem an, nachdem sie sich im hintersten Eck des einfachen Cafés niedergelassen und Beppo Hirsinger einen Tee mit Rum bestellt hatten.

«Ich war grad drinnen am Kassieren, eine Chinesin hatte eine Schneekugel gekauft, und ein Russe wollte einen Spazierstock. Aber wenn ich drinnen bin, schau ich trotzdem alle paar Augenblicke hinaus, die Leut klauen ja heutzutag wie die Raben. Und plötzlich seh ich den Rauch. Ich renn aussi, und da brennen die Mankein. Und es riecht nach Benzin.»

«Bist du sicher mit dem Benzin?»

«Ganz sicher. Hundert Prozent. Es war Brandstiftung, garantiert.»

Konnte Hirsinger sich den Geruch eingebildet haben? «Und du bist sicher, dass als Erstes a Mankei gebrannt hat?»

«Ja freilich. Und bevor ich was machen konnte, ist das Feuer auch schon auf alle anderen Tiere und auf die anderen Ständer übergesprungen.»

«Ach, Müllerhuber, magst uns amal so a Schwimmtier herbringen?»

«Ist gut.» Müllerhuber stand sofort auf und eilte hinaus.

Soweit Holzhammer wusste, mussten Plüschtiere von Gesetzes wegen schwer entflammbar sein. Wenn das Feuer sich wirklich so blitzschnell ausgebreitet hatte, war es durchaus plausibel, dass jemand die Tiere mit Benzin oder anderem Brandbeschleuniger getränkt oder auch nur dezent bespritzt hatte, mit einer Blumenspritze oder Ähnlichem. Literweise war die Flüssigkeit sicher nicht ausgeschüttet worden, das hätte man ja immer noch gerochen.

«Und hast du vielleicht an Verdacht?», fragte er Hirsinger.

«Du weißt ja selbst, wie es am See momentan steht. Ich mit meinen Andenken darf am Sonntag öffnen, viele andere ned. Da kommt Neid auf.»

«Und du hast ned zufällig a bisserl zu dem Neid dazugeholfen? Vielleicht an Kollegen angezeigt, weil er außer Postkarten und Enzian am Sonntag auch Landhausdirndl verkauft?»

Hirsinger schüttelte den Kopf, allerdings nicht sehr überzeugend.

Das war eine der absurderen Unterscheidungen, die das Landratsamt getroffen hatte: Berchtesgadener Originaltracht durfte am Sonntag verkauft werden, sogenannte Landhausmode jedoch nicht. Obwohl die meisten Touristen viel lieber zu der viel günstigeren und gefälligeren Pseudotracht griffen.

Holzhammer befürchtete, dass die Sache sich nicht aufklären lassen würde. Es sei denn, einer von Hirsingers Nachbarn hatte zufällig eine Blumenspritze mit Benzin in seinem Laden herumstehen. Doch wenn derjenige nur einen Funken Verstand hatte, war das Corpus Delicti längst entsorgt.

Müllerhuber kam wieder herein und legte ein patschnasses Murmeltier auf den Tisch. Es war nicht rundum verbrannt, sondern hatte nur einige verkohlte Flecken auf dem Rücken sowie einen durchgehenden schwarzen Streifen vom Po bis zur niedlichen Nasenspitze. Genau, als hätte jemand einen dünnen Strahl Benzin oder Petroleum dort entlang ... Er beugte sich hinab und schnüffelte. Als Nichtraucher und Genießer hatte Holzhammer sich eine recht feine Nase bewahrt. Mühelos konnte er billigen Leberkas vom feinen Produkt seines Lieblingsmetzgers unterscheiden.

Holzhammer nickte. «Du hast recht. Da ist was. Feuerzeugbenzin tät ich sagen.»

Für die Entzündung hatte der Brandstifter dann nur noch in einem weiteren günstigen Moment mit brennender Zigarette vorbeigehen und sie unauffällig an ein Mankeiohr halten müssen.

«Wie machen wir weiter?», fragte Müllerhuber. «Die Nachbarn befragen?»

«Kann ned schaden», sagte Holzhammer.

Schaden konnte es freilich nicht. Aber ob es etwas bringen würde ... Doch warum den Eifer des jungen Kollegen bremsen? Und Hirsinger würde es beruhigen.

«Also Beppo, ich tät sagen, du telefonierst jetzt amal in Ruhe mit deiner Versicherung. Bleib einfach hier hocken. Und mir kümmern uns.»

«Was ist mit der Spurensicherung?», fragte Müllerhuber, als sie auf der Straße standen und sich gegen die Scheibe des Sportgeschäfts pressten, um den abrückenden Löschzug vorbeizulassen.

Holzhammer schüttelte den Kopf. «Sicher ned. Ich werd doch den Rolf ned aus Traunstein rufen, wegen a paar gegrillten Spielzeugviechern. Ich sag dir, was mir machen. Du nimmst die drübere Seite und ich diese. Und dann fragen mir uns die Straße auffi. Aber nur bis zur Kurve. Die weiter oben können eh nix gesehen haben.»

«Aber es könnt doch einer von weiter oben gewesen sein», wandte Müllerhuber ein. «Zum Beispiel der Doberer, das ist doch ein klassischer Konkurrent vom Hirsinger. Hat einerseits ein ganz ähnliches Sortiment an Andenken, aber außerdem noch Mode, sodass er jetzt sonntags schließen muss. Also wenn der ned sauer ist ...»

«Stimmt schon. Mach einfach, wie du meinst. Frag halt Doberers Nachbarn, ob der kurz weg war – zwischen – na du weißt ja, wann Hirsingers Anruf kam.»

«Wird gemacht.»

Müllerhuber ging eilig davon. Schmunzelnd sah Holzhammer dem jungen Kollegen nach, wie er im Gehen bereits nach seinem Notizbuch nestelte. Dann setzte er sich selbst in Bewegung.

Holzhammer begann seine Befragung in einem Geschäft, das Vogelhäuschen und anderes Zeug aus Holz verkaufte. Es gab auch jede Menge Schilder mit «lustigen» Sprüchen in Brandmalerei. Man konnte sich auch direkt vor Ort den eigenen Namen in Türschilder einbrennen lassen. Wenn irgendwo Brennstoff vorhanden war, dann hier.

Der Ladenbesitzer war im Rentenalter und trug eine blaue Arbeitsschürze. Er hockte hinter einem stabilen Arbeitstisch, auf dem jungfräuliche Namensschilder in drei Größen gestapelt waren. «Ja logisch hab ich den Brand mitbekommen. Die Feuerwehr war ja laut genug. Aber wie es dazu gekommen sein soll, da hab ich nix gesehen.»

«Und wie stehst du so zum Hirsinger?»

«Ganz normal, tät ich sagen. Mir haben weiter nix miteinander zu tun. Mir gehör'n halt beide zu den ‹Begünstigten›, wie die andern jetzt sagen, weil mir beide sonntags öffnen dürfen.»

«Verstehe. Und wie stehst du zu dem neuen Hotel?»

«Des ist mir so was von wurscht. Weißt, ich hör eh bald auf, und bis dahin tut sich da gar nix.»

Das klang plausibel. Holzhammer bedankte sich, indem er an seine Uniformmütze tippte, und ging wieder hinaus. Das nächste Geschäft in Richtung See verkaufte Sportsachen und Softeis. Es war einer der echten Streitfälle. Holzhammer war nicht klar, warum Hirsinger komplett sinnlose Minirucksäcke mit Gaudiaufdrucken verkaufen durfte, der Sporthändler seine echte Wanderbekleidung aber nicht. Nur das Softeis durfte er vor der Tür verkaufen, der eigentliche Laden musste geschlossen bleiben. Holzhammer wettete mit sich selbst, was er hier hören würde: nichts gesehen, nichts gehört, gar nicht da gewesen, hinten im Lager gewesen, Sichtbehinderung durch großgewachsene Japaner mit Selfie-Sticks?

Fast richtig. Nur in anderer Reihenfolge. Und ein Benzinkanister stand auch nirgends herum.

Das nächste Gebäude war bereits das Altbauer'sche Hotel. Hier erwartete Holzhammer am allerwenigsten irgendwelche Hinweise. Die Rezeption, wo sich Monika üblicherweise aufhielt, hatte keine freie Sicht auf die Straße, geschweige denn auf Hirsingers Geschäft. Auf der gegenüberliegenden Seite der Lobby befand sich das Hotelrestaurant, und das war ganz in Richtung See ausgerichtet.

Tatsächlich war Monika gar nicht da, sondern mit Waldi

zum Einkaufen gefahren, wie Holzhammer in der Küche erfuhr. Nur Holger Biski stand im Restaurant und schaute durch eins der kleinen, mit Kitsch und Blumentöpfen zugestellten Seitenfenster auf die Seestraße. Als Holzhammer ihn von hinten ansprach, fuhr er herum, als wäre er beim Stehlen eines handgetöpfterten Untersbergzwergs erwischt worden.

«Soso, kaum ist die Chefin weg, wird hier nur noch Fensterdienst geschoben.»

«Was geht Sie das an?», gab Biski zurück, unwirsch wie immer.

Aber war da nicht diesmal ein leichtes Zittern in seiner Stimme? Fürchtete er, dass Holzhammer seine Faulheit der Chefin melden würde, oder war da noch etwas anderes?

«Nur die Ruhe. Ich wollt bloß fragen, ob jemand was g'sehn hat.» Holzhammer wies mit dem Kinn zu Hirsingers Geschäft hinüber, wo sich gerade zwei Achtjährige um einen triefenden, angesengten Steinbock balgten. «Fürs Aussispähen wär also direkt a amtliche Belobigung drin.»

Biski starrte ihn an, als wäre er gerade gebeten worden, die Relativitätstheorie zu erklären, und zwar auf Suaheli.

«Also?»

«Ich steh hier erst seit fünf Minuten», sagte Biski schließlich. «Vorher war ich hinten im Frühstücksraum beim Abräumen.»

«Frühstück? Ist das ned lang vorbei?» Inzwischen war es fast zwölf.

«Wir haben eine Gruppe aus Schweden da, mit denen hat die Chefin gegen Aufpreis ein Langschläferfrühstück vereinbart. Und ausbaden muss das natürlich ich.»

Wäre ja auch zu schön gewesen, wenn ausgerechnet Biski ihm hätte weiterhelfen können – oder wollen. Immerhin war Biski der bislang Einzige, der aus seinen Aggressionen gegen den Toten keinen Hehl machte. Aber ob sein aufgestauter Ärger für ein Mordmotiv reichte?

Holzhammer verließ das Hotel und warf noch einen Blick auf die traurigen Überreste vor Hirsingers Geschäft. Hoffentlich ließ Müllerhuber sich nicht allzu lange Zeit mit seinem freiwilligen Praktikum in Sachen Ermittlungsarbeit. Aber schon ein paar Minuten später kam der junge Polizeiobermeister kopfschüttelnd die Straße hinunter.

«Mach dir nix draus», sagte Holzhammer, als sie im Wagen saßen. «Vielleicht war's doch nur a Feriengast mit seiner brennenden Zigarette. Lass uns lieber etwas zum Essen finden.»

«Wo sollen wir denn hingehen?»

«Sag du.»

Sie entschieden sich für das gemütliche Schönauer Wirtshaus, in dem jahrelang eine schmalzige Fernsehserie gedreht worden war.

10

Christine saß an ihrem pompösen Schreibtisch und schaute verträumt aus dem Fenster über die Frühlingswiesen hinweg zum Hohen Göll. Draußen sangen Amseln, und gerade war die Sonne wieder herausgekommen.

Der heftige Frühlingsregen der letzten Nacht hatte ganze Arbeit geleistet und den Schnee in den mittleren Lagen fast komplett fortgespült. Natürlich konnte immer noch etwas nachkommen, schließlich standen die Eisheiligen noch aus. Gerade deshalb musste das angesagte Schönwetterfenster unbedingt genutzt werden.

Christine geriet ins Träumen. Sie hatte am morgigen Donnerstag frei, und anstatt einen möglichst unverfänglichen Abschlussbericht über den Reha-Aufenthalt des koksenden Betriebsdirektors aus der Schwerindustrie fertigzustellen, überlegte sie, wohin es gehen sollte. Ein halbwegs sonniger Weg musste es sein, der Rinnen und Nordhänge vermied. Als sie noch im Norden lebte, hatte Christine nie darüber nachgedacht. In Lübeck, wo sie aufgewachsen war, begrüßte man jede Schneeflocke mit Handschlag. Hier hingegen musste man sich ernsthafter mit der weißen Pracht beschäfti-

gen. Bis zu welcher Höhe waren die Südhänge schon abgetaut? Wie weit reichte der Schnee an den Nordhängen noch hinunter? Wer das bei Frühlingswanderungen nicht berücksichtigte, wurde schneller ein Fall für die Bergwacht, als man «Alpenverein» sagen konnte.

Im Klausbachtal sollte sich etwas finden lassen. Und wenn sie ganz früh losging, ergab sich vielleicht sogar die Chance, endlich einmal einen Auerhahn zu sehen. Neidisch hatte sie von dem angstfreien Vogel in Winkl gehört. Sie hätte bestimmt nicht die Polizei gerufen, wenn so ein sagenumwittertes Tier auf ihrem Balkon balzte. Aber zu ihr kam ja keiner.

Nach ihrem letzten Termin fuhr sie nach Hause und packte voller Vorfreude den kleinen Tagesrucksack. Der Wecker wurde auf halb vier gestellt, und bei Anbruch der Dämmerung war sie bereits in Hintersee.

Nur zwei weitere Autos standen auf dem Parkplatz an der Hirschbichlstraße. Zügig wanderte sie ins Klausbachtal hinein, vorbei an der Außenstelle des Nationalsparks, einem vierhundertjährigen Almkaser, den man hierher verpflanzt hatte. Auf der ersten Waldwiese standen Kühe, weiter hinten lief ein Fuchs über den Weg. Die Märzbecher blühten, und an einer warmen Feuchtstelle vermeinte sie sogar schon Bärlauch riechen zu können.

Eine halbe Stunde später ging es über den Bach und links hinauf. Momentan war der Gegensatz zwischen dem zwitschernden, bunten Frühling im Tal und den streng weißen Höhen besonders auffällig. Erst fünfhundert Meter über dem Grund des Klausbachtals begann der Schnee.

Die Pfadspur, der sie folgte, war während der letzten Wochen offenbar hauptsächlich von Hirschen aufrechterhalten worden. Klar, sobald das Tal schneefrei war, hatte der Förster unten im Gatter die kostenlose Vollpension für die Tiere beendet und die Tore geöffnet, durch die die Hirsche im Spätherbst freiwillig hereinspaziert waren. Sogleich hatte das Rotwild gemacht, dass es wieder in die Nationalpark-Kernzone kam, wo es vor Nachstellungen sicher war.

An einer Stelle musste Christine über einen querliegenden Baumstamm klettern. Darunter entdeckte sie mehrere Häufchen zentimeterdicker, faseriger Röllchen. Ganz charakteristisch. Auerhahnkot! Auerhähne liebten solche erhöhten Sitzplätze, für ihre Balz waren sie geradezu darauf angewiesen. Wie manche Menschen auf Lack und Leder. Christine beugte sich zu den Häufchen hinunter. Wie frisch waren die? Von letzter Nacht? Und wo war der Herr Hahn jetzt?

«Grias di.»

Christine fuhr erschrocken hoch und stieß sich prompt den Kopf am Baumstamm. Nie hatte eine freundliche Stimme sie mehr erschreckt als diese, im vermeintlich einsamen Gebirgswald. Außerdem hatte der Unbekannte sie dabei erwischt, wie sie sich liebevoll über ein Kothäufchen beugte. Ging der Kerl immer so leise, oder hatte er sich bewusst angeschlichen? Jedenfalls war er von oben gekommen. Während sie sich noch den Kopf rieb, krabbelte der unerwartete Frühaufsteher unter dem Baum hindurch.

Als er sich wieder aufrichtete, sah sie, dass er mindestens siebzig war. Der Rücken schon etwas krumm, ebenso die Beine. Doch das Gesicht unter den schütteren weißen Locken war frisch, und die blauen Augen leuchteten verschmitzt. Das Auffälligste aber war sein total ausgebleichter, ehemals roter Rucksack, der tausende von Touren auf dem Buckel haben musste.

Der Fremde war nicht auf Konversation aus, wie es ältere Herren sonst oft waren. Er nickte nur noch einmal und lief dann weiter bergab. Was hatte der bloß so früh hier gemacht? Er hatte kein Fernglas gehabt und keine grünen Klamotten, war also weder Vogelkundler noch Mitarbeiter des Nationalparks. Vielleicht hatte er sich den Sonnenaufgang am Gipfel angeschaut? Nein, dafür war er jetzt schon wieder zu weit unten.

Den Auerhähnen aufzulauern hatte jetzt wohl keinen Zweck mehr, die menschliche Begrüßung hatte sie sicher für längere Zeit vertrieben. Also stieg Christine weiter bergauf. Bald darauf hatte sie das Steilstück hinter sich und gelangte in ein breites Hochtal. Da sah sie den ersten roten Punkt am Felsen. Und bald noch einen. Die Punkte glitzerten feucht im diffusen Licht. Das war kein Tau, das war frische Farbe.

Kurz darauf nahm sie an der rechten Begrenzung des Tals eine Bewegung wahr. Unterhalb ihrer eigenen Position überquerte jemand einen steilen Grashang. Das konnte nur ihre Begegnung von vorhin sein. Der Mann hatte es also nicht deshalb eilig gehabt, weil er schnell heimwollte, sondern weil sein heutiges Projekt noch nicht zu Ende war. Zu gern hätte sie sich noch etwas länger mit ihm unterhalten. Er war ein Gleichgesinnter.

Der weitere Aufstieg war tatsächlich fast schneefrei. Zwei Stunden später erreichte sie den Talschluss und damit ihren erwählten Gipfel, eines jener zahlreichen «Hörnchen», wie sie zur gespielten Verzweiflung von Matthias gern sagte.

Korrekt hieß es natürlich «Hörndl». Inzwischen stand die Sonne am östlichen Himmel, und es war, als würden die gesamten Berchtesgadener Alpen ihr allein gehören. Irgendwo pfiffen Murmeltiere. Tausend Meter unter ihr lag das Wimbachgries und hinten im Süden der Gletscher der übergossenen Alm, gekrönt vom vieleckigen Dach des Matrashauses in fast dreitausend Metern Höhe.

Ihr Blick fiel auf den Rückweg. Links reichte der Altschnee noch etwas höher an den Felsgrat, der das Tal nach Süden begrenzte. Einige junge Gämsen standen da. Oje, jetzt schien eine abgerutscht zu sein, sie glitt auf dem Bauch den Schneehang hinab. Hoffentlich hat sie sich nichts getan. Nein, sie kam heil unten an und stand sofort auf. Da rutschte schon die nächste los. Und eine dritte. Und die erste hopste schon wieder bergan. Die Gamskids rodelten!

Um ihnen den Spaß nicht zu verderben, blieb Christine noch eine Weile sitzen. Dann rutschte sie selbst im Talgrund abwärts, vorbei an der Gämsenrodelbahn. Knieschonend überwand sie auf diese Weise ein paar hundert Höhenmeter. Und ihr machte es genauso viel Spaß wie den Vierbeinern.

Beim Abstieg beschloss sie, an der kleinen verborgenen Forsthütte Station zu machen, die sie im vorigen Jahr zufällig entdeckt hatte. Dort konnte man auf einer einfachen Bank an der Hüttenwand in der Sonne sitzen und auch die Wasserflasche auffüllen. Fast hätte sie die Abzweigung verpasst, nur der Höhenmesser zeigte ihr die richtige Stelle.

Als sie die die Hütte erreichte, war ihr Lieblingsplatz bereits besetzt. Kein anderer als der Alte von vorhin saß dort an der Hüttenwand. Weiße Locken, spitzbübische blaue Augen und leuchtend rote Wangen, viel roter als sein ausgebleichter

Rucksack. An irgendwen erinnerte er Christine plötzlich. Dann wusste sie es: Er sah aus wie der Engel Aloisius, jener renitente bayerische Engel aus einer Geschichte von Ludwig Thoma, der partout nicht «Halleluja» singen wollte.

Bereitwillig stellte er den Rucksack herunter, damit Christine Platz fand.

«Danke», sagte sie und setzte sich.

Aloisius nickte nur. Er kaute an einem Wurstbrot. Christine öffnete ihren Rucksack und suchte nach einem Müsliriegel.

«Du bist also der Schwarzmarkierer», sagte sie beiläufig.

Der Alte deutete ein kleines Grinsen an.

«Ich bin deinen Markierungen schon öfter gefolgt. Weißt du, ich interessier mich sehr für die alten Wege.»

Er nickte und kramte in seinem Rucksack.

«Möchtest du vielleicht lieber allein sein?», fragte sie. Von einem aufrechten Berchtesgadener konnte man auf diese Frage eine ehrliche Antwort erwarten. Er hätte nur zu nicken brauchen.

«Passt schon, bleib nur. Tomate?» Er hielt ihr eine altmodische Brotzeitdose hin, die ein weiteres Wurstbrot, ein Ei und zwei Tomaten enthielt.

«Danke.» Christine griff in die Dose und ließ offen, ob ihr Dank dem Bleiberecht oder der Tomate galt.

Einige Minuten saßen sie schweigend nebeneinander. Die Sonne war jetzt herumgekommen und heizte die dunkle Hüttenwand schnell auf. Irgendwo rief ein Kuckuck.

«Bei einer Tour im vorigen Jahr hätte ich deine Markierungen besonders gut gebrauchen können», sagte Christine schließlich. Sie erzählte von ihrem Versuch, den alten

Durchstieg zu finden, und wie er erfolglos in einem nächtlichen Bergwachteinsatz geendet hatte.

«Ja, von dem Steig ist nix mehr übrig. Alle alten Almsteige verfallen. Ein Jammer ist das. Sicher, sie werden nimmer braucht, die Almen san ja schon lang aufgelassen. Aber viele san einfach schee zum Gehen. Und wenn man's nimmer findet, dann gehen's halt immer weniger. Und dann werden's immer unsichtbarer. Bis's ganz weg san.»

Bei dem Thema taute ihr Banknachbar ja richtig auf. Christine freute sich darüber und machte zustimmende Geräusche.

«Vom Nationalpark ist freilich genau das gewollt», fuhr er fort. «Aber was soll das bitt schön für a Naturschutz sein? Die traditionellen Wegerln, die fünfhundert Jahr und länger Bestand haben, die ganze Almkultur, ist des alles vielleicht ned erhaltenswert?»

Christine war vollkommen seiner Meinung. «Klar, ohne die Almkultur würde ja die Pflanzenwelt ganz anders aussehen. Immerhin haben sie aufgehört, deine Markierungen zu übermalen.»

«San halt drauf kommen, dass graue Tupfen auch Tupfen san», grinste er.

Christine wusste, was er meinte. Auf nacktem Fels fiel auch graue Farbe auf, wenn man genau hinsah. Es war lediglich ein bisschen mühsamer, solchen getarnten Punkten zu folgen.

«Außerdem dürfte es im Effekt kaum etwas ausmachen», ergänzte sie. «Ist ja nicht so, dass da jetzt ganze Busladungen langziehen.»

Da sie sich so einig waren, kramte ihr neuer Freund zwei

Bierdosen aus dem Rucksack und reichte ihr eine. Die Liebe zum Hopfentrank hatte er also auch mit dem Engel Aloisius gemein.

Bei dieser Gelegenheit spähte sie in die Tiefen seines Rucksacks. Einen Farbtopf oder Pinsel konnte sie dort jedoch nicht entdecken. Vielleicht versteckte er sie irgendwo im Wald. Oder er hatte Zugang zu einer der Forsthütten.

Die Bierdosen zischten und spritzten beim Öffnen. Kein Wunder nach dem holprigen Transport. Sie prosteten sich zu.

«Am Anfang wurde ja behauptet, deine Markierungen würden nirgends hinführen und irgendwo in den Wänden enden», sagte Christine.

«Mei, des eine Mal, da ist mir halt die Farb ausgangen.»

Der Schwarzmarkierer trank nun zügig aus. Dann drehte er die Dose um und schüttelte die letzten Tropfen heraus. Während er die Bierdose und alles Übrige zusammenpackte, sammelten sich auf der Erde einige Ameisen zum Gelage.

Der Schwarzmarkierer schulterte seinen Rucksack. «Also pfüad di. Und wennst mal wieder was wissen willst – ruf ruhig an. Noch an schönen Abstieg wünsch ich.»

Er schien davon auszugehen, dass man ihn kannte, denn beide hatten sich nicht vorgestellt. Schon eilte er davon.

«Servus, pfüad di!», rief Christine ihm nach.

Sie selbst blieb noch ein paar Minuten in der Sonne sitzen und schmunzelte in sich hinein. Da hatte sie auf dieser Tour doch noch ein scheues Lebewesen zu Gesicht bekommen.

Schließlich machte sie sich an den Abstieg. Als sie eine gute Stunde später beim Talausgang durch die Fußgängerpforte schlüpfte, kam gerade ein schwarzer Mercedes aus Düsseldorf direkt vor der Schranke zum Stehen. Immer wieder gab es Menschen, die die Angaben in ihren Straßenkarten ignorierten und glaubten, Sperrungen wären nur für andere da. Falsch gedacht.

Es war gegen zwei, und Holzhammer hielt gerade eine kleine private Siesta, als Radau an sein Ohr drang. Es musste aus dem Bereitschaftszimmer kommen. Normalerweise erwartete er von den Leuten vorn, dass sie mit lautstarken Bürgern allein fertigwurden, aber irgendetwas in der Tonart bewog ihn, seine Bürotür zu öffnen. Drei Männerstimmen waren jetzt zu unterscheiden, zwei Berchtesgadener und eine hochdeutsche. Herrschaftszeiten, was war denn das für ein Tumult? Holzhammer stapfte über den Gang und öffnete die Tür zu dem Zimmer, aus der die Stimmen drangen. Dort stand der Wachhabende hinter seinem Schreibtisch, die Hände beschwichtigend erhoben. Vor ihm standen zwei Männer, die wild gestikulierend auf ihn einredeten. Der Wachhabende war ein etwas simpler Kollege namens Moderer. Einer der aufgeregten Besucher erwies sich als Ferdi Daxeneder, der Vorsitzende des Fischereiverbands.

Ganz offensichtlich war Moderer der Übermacht nicht gewachsen. Bei Holzhammers Eintreten leuchtete das Gesicht des Umlagerten, als hätte nach tagelangem, einsamem Kampf mit den Wilden endlich die Kavallerie seine Wagenburg erreicht. Ein Wunder, dass er seinen Schreibtisch nicht umgeworfen und sich dahinter verschanzt hatte.

«Also. Was ist hier los?», fragte Holzhammer in möglichst strengem Ton.

Eine halbe Sekunde war Stille, dann fingen alle drei gleichzeitig wieder zu reden an. So ging das nicht.

Da Moderer sowieso schon mit den Nerven am Ende war und er den Auswärtigen nicht kannte, wandte Holzhammer sich nun ausschließlich an den Fischereifritzen. «Ferdi, du redst, die andern san stad.»

«Die Fisch' in der Achen, die woll'n doch jetzt laichen!»

«Bitte schön. Von mir aus», sagte Holzhammer. Sollte er den Fischen dabei vielleicht Händchen halten?

«Aber jetzt is doch vui z' koid!»

Holzhammer warf einen Blick aus dem Fenster. Es war schönstes Frühlingswetter. Und auch wenn das Wetter schlecht gewesen wäre, was ändern dran hätte er eh nicht können. So weit reichte seine Macht nun auch wieder nicht. Er machte eine Handbewegung, die Ferdi als Aufforderung zum Weitersprechen interpretierte. «Die Schönauer ham doch ihren ganzen Schnee in d' Achn einig'schmissen!»

Jetzt kamen sie der Sache schon näher. Die Schönauer wollten offenbar vor der Sommersaison endlich die restlichen, inzwischen zu kompaktem Eis verdichteten, schwärzlichen Haufen loswerden. Die Parkflächen zu räumen, indem man den Schnee spontan und verbotswidrig in die Königsseer Ache kippte, war naheliegend. Jeder, der am Fluss wohnte, schmiss seinen Schnee hinein. Seit Jahrhunderten.

«Ah so? Und wer san jetzt Sie und was ham Sie damit zum tun?», wandte er sich an den Unbekannten.

«Wohlrabe, vom Umweltbund.»

Dieser Knilch war also der Exfreund von Monika Altbauer. Gut, dass sie den los war. So ein typischer Studierter, der den Praktikern vor Ort immer dreinreden wollte. Wobei er sich in diesem Anliegen ja mit dem zuständigen Praktiker vor Ort absolut einig zu sein schien. Wieder ein Beispiel dafür, dass es keine klaren Fronten mehr gab im Talkessel. Bei Sonntagsöffnung und Hotelbau stritt man sich quer durch die Fraktionen, bei Fisch und Fang fanden sich jetzt plötzlich Umweltschützer und Fischer auf einer Seite. Und die Gemeinde Schönau auf der anderen, äh, Uferseite.

«Es geht um das Überleben der oberbayerischen Rotwangenbraunmaulflussbarbe», rief der Fischereiverbandsvorsitzende dazwischen.

«Genau, und wir möchten Anzeige erstatten», stimmte Wohlrabe zu. «Das diesjährige Laichergebnis der oberbayerischen Rotwangenbraunmaulflussbarbe ist ernsthaft gefährdet.»

«Und warum veranstaltet ihr so ein Geschrei, anstatt eure Anzeigen einfach friedlich zu Protokoll zu geben?»

«Weil Gefahr im Verzug ist!», riefen beide wie aus einem Mund. Der eine auf Bayerisch, der andere auf Hochdeutsch.

«Ähm, wenn ich euch richtig verstanden habe, ist der Schnee doch schon in die Ache gefallen.»

«Ja, und eben daraus muss er umgehend wieder entfernt werden», ergänzte Wohlrabe.

Das hätte Holzhammer wirklich gern gesehen. Im ersten Moment stellte er sich vor, wie die Gemeindemitarbeiter den Fluss mit Netzen nach ehemaligem Schnee durchkämmten. Aber dann fiel ihm ein, dass wohl tatsächlich noch nicht alles geschmolzen war. Vermutlich lag da eine Art Eisberg irgendwo auf einer flachen Sandbank, wo man mit dem Schaufelbagger bis in den Fluss fahren konnte.

In diesem Moment öffnete sich die Tür, und es kam noch schlimmer. Es kam Dr. Klaus Fischer, Polizeichef von Berchtesgaden, immer auf der Suche nach dem entscheidenden Sprungbrett, das ihn wieder zurück auf die Münchner Bühne katapultieren konnte. Mit drei großen A hatte Fischer es schon versucht, nämlich mit Abwiegeln, Aktionismus und Anpassung. Als er herausfand, worum es Wohlrabe und Daxeneder ging, beschloss er offenbar, dass es Zeit war, zum nächsten Buchstaben überzugehen: B wie Bürgernähe. Heldenhaft wollte er sich für die beiden Bürger in die Bresche werfen. Nicht persönlich natürlich. Sondern in Gestalt seiner rechten Hand.

«Holzhammer, du siehst ja, was hier passiert. Das ist Behördenwillkür in Reinkultur. Da müssen wir endlich ein Exempel statuieren. Wir werden das keinesfalls hinnehmen, sondern diese beiden braven Bürger in ihrem völlig berechtigten Ansinnen unterstützen. Das hat oberste Priorität, verstanden?»

Was bei Fischer Priorität hatte, das hatte bei Holzhammer noch lange keine. Er wollte weder Schnee aus der Ache sortieren noch die Gemeinde mit diesem Unfug belästigen. Sollten die Fische sich halt für ein paar Tage warm anziehen.

Doch Fischer fuhr fort: «Du nimmst jetzt gleich im Rathaus eine Beweissicherung vor. Und ich rufe das Landratsamt an. Oder den Staatsanwalt. Wir brauchen sofort eine Anordnung, den Schnee zu entfernen.»

Ach bitte. Lernte Fischer es denn nie? Was würde wohl passieren, wenn sie im Rathaus mit dieser Anordnung aufkreuzten? Zuerst würde kein Bagger zu finden sein, dann würde der Fahrer im Urlaub sein, und nach einiger Zeit würde man einen Ersatzfahrer finden, vermutlich den Juniorchef der örtlichen Baggerfirma, einen Künstler an der Schaufel, der von Kindheit an mit seinem Bagger geradezu verwachsen war. Der würde dann, ganz aus Versehen, anstatt den Schnee herauszuschaufeln, ihn so im Wasser verteilen, dass er sich mit maximaler Geschwindigkeit auflöste. Und dann war richtig Eiszeit. Nicht nur im Fluss, sondern auch zwischen Rathaus und Polizei.

Aber Fischer bestand weiterhin darauf, den Schnee als Giftmüll zu behandeln. «Was ist, setz dich in Trab.»

In Trab setzte er sich, genau bis zu seinem Schreibtisch. Der Hauptwachtmeister würde in dieser Sache tatsächlich etwas unternehmen, aber nicht ganz das, was Fischer sich vorstellte. Er griff zum Hörer.

«Ich hab gehört, euer Schnee ist weg», sagte er zum Leiter des Bauhofs, der vermutlich für die Aktion verantwortlich war.

«Und? Mir haben halt Platz braucht, für die Besucher der Wok-WM.»

Richtig, diese seltsame Veranstaltung wurde bereits zum dritten Mal am Königssee abgehalten. Diesmal fand sie allerdings einen Monat später statt. Normalerweise wäre die Kunsteisproduktion an der Bobbahn schon eingestellt worden. Aber der Privatsender, der die Wok-WM veranstaltete, bezahlte den Strom vermutlich aus der Portokasse. Und die Gemeinde betrachtete das Spektakel als willkommene Tourismuswerbung, immerhin kam auch der amtierende Wokweltmeister aus dem Talkessel.

«Bei uns waren zwei Hanseln, um deswegen Anzeige zu erstatten. Nur, dass ihr Bescheid wisst.»

«Ist recht, dank dir.»

So, das wäre erledigt. Holzhammer grinste in sich hinein. Den Herrn über das schwere Gerät sollte man sich warmhalten. Schon nächste Woche konnte die Polizei ihn vielleicht brauchen, um mal eben schnell in der Ramsau eine Mure von der Straße zu schieben oder unterhalb der Hinterbrandstraße einen verflogenen PKW vom Dach zu holen.

Nach diesem ganzen Unfug war Holzhammer der Meinung, sich eine kleine Belohnung verdient zu haben. Nur ein Bier in gemütlicher Runde konnte diesen unbefriedigenden Tag noch retten. Er zog sein privates Smartphone heraus und drückte die Kurzwahlnummer zwei. Die führte in die Schönau. Seine Nummer eins war und blieb natürlich Marie.

Als Christine wieder daheim war, traf sie Matthias auf dem Sofa und Stefan in der Küche an. Stefan musste diesmal etwas Flüssiges gezaubert haben, denn Matthias schlürfte Buntes aus einem hohen Glas.

Sie erzählte gleich von ihrer Begegnung, beschrieb den Mann und seinen ausgebleichten Rucksack.

«Hm. Mit dem Rucksack kann ich nichts anfangen», sagte Matthias überlegend. «Aber vielleicht mit dem Mann. Der, an den ich denke, kennt sich auf jeden Fall gut aus in den Bergen.»

«Ach ja? Na sag schon», forderte Christine gespannt.

«Weißt du was, wir können direkt nachschauen, ob ich richtigliege», sagte Matthias. «Wohin hast du eigentlich die alten AV-Jahresberichte geräumt?»

«Zu den neuen, wohin sonst?» Sie deutete in die entsprechende Ecke der Bücherwand. Da Matthias niemals etwas wegwarf, hatte sie bei ihrem Einzug aus verschiedenen Ecken rund zwanzig alte Jahreshefte zusammengesammelt, die sie an langweiligen Winterabenden gern auf Geheimtipps hin durchstöberte.

Matthias kam mit einigen älteren Ausgaben zurück und blätterte darin. Dann hielt er ihr ein Schwarzweißfoto unter die Nase. Tatsächlich, es zeigte ihren neuen Bekannten. Er war zwar damals fünfzehn Jahre jünger, aber das rotwangige und lockenumkränzte Gebirgsengelsgesicht war unverkennbar.

«Bitte gib mir dein großes Rocker-Ehrenwort, dass du ihn nicht verrätst – nicht mal dem lieben Holzhammer», sagte sie. Sie wusste, dass Matthias sich im tiefsten Innern immer noch als jugendlicher Rebell fühlte. Wenn es ernst wurde, appellierte sie daher lieber an seine Freizeitpersönlichkeit als an sein Banker-Ich.

Matthias lachte. «Ein Schönauer wird doch einen anderen Schönauer niemals an einen Berchtesgadener verraten. Außerdem würd's mich nicht wundern, wenn unser Superpolizist längst Bescheid wüsste.»

In diesem Moment schellte das Telefon, und Christine, die am nächsten stand, ging ran.

Es war Holzhammer. Und irgendwie klang er etwas zerknittert: «Servus, Christine. Sag, mögt ihr ned a bisserl zur Manu kommen?»

«Hey, dir haben wohl die Ohren geklungen», sagte sie munter. «Gerade haben wir von dir geredet. Klar kommen wir.»

Christine war zwar von der Wanderung noch etwas müde, aber wenn ihr Lieblingswachtmeister seelische Unterstützung brauchte, konnte sie nicht nein sagen.

«Ich glaube, wir müssen den guten Franz etwas aufmuntern», sagte sie.

Also quälte sich Matthias vom Sofa hoch, und Stefan sprang sogar blitzartig unter die Dusche. Wie konnten Brüder nur so verschieden sein? Für Matthias war es Ehrensache, sich zum Weggehen eben gerade nicht fein zu machen.

Kneipenwirtin Manu hatte die Öffnungszeiten des Abendcafés kürzlich vorverlegt. Sie stand jetzt bereits ab achtzehn Uhr hinter ihrem Tresen, und um elf war Schluss. Christine hegte die Vermutung, dass diese Neuerung sowohl ihrem eigenen fortgeschrittenen Alter als auch den mitgealterten Stammgästen geschuldet war. Irgendwann schlug man sich einfach nicht mehr die Nächte um die Ohren.

Als sie ankamen, saß Holzhammer bereits am L-förmigen Tresen und neben ihm Martin Müllerhuber.

«Und, seid ihr weitergekommen?», fragte Christine, nachdem sie sich auf den ehemals fellbezogenen, nun längst glatzköpfigen Barhocker zu Holzhammers Rechten gehievt hatte.

Bevor der sein Bier absetzen konnte, um zu antworten, meldete Barfrau Manu sich zu Wort: «Der Hirsinger war's, hab ich gehört.»

«Und wer tratscht das schon wieder herum?», fragte Holzhammer.

Manu grinste. Ihr Status als Informationsquelle für alles und jeden war bekannt. Das gehörte vermutlich genauso zur Geschäftsgrundlage wie ihr Talent, einsame Herzen zu verkuppeln. «Der Taxler war da. Hat erzählt, dass er der Polizei geholfen hat und jetzt ein Jahr lang keine Strafzettel mehr bekommt.»

«Ja freilich, und sein Benzin zahlen mir auch. Super Spezial mit Veilchenduft», sagte Holzhammer.

«Wer ist nun schneller mit dem Tratsch – die Manu oder deine Marie?», fragte Matthias.

«Da müsst man direkt amal an Wettbewerb starten», nickte Holzhammer.

«Und sonst?», kam Christine auf ihre Frage zurück.

Holzhammer erzählte von der Beerdigung. Vom traurigen Feind, vom überhaupt nicht traurigen Angestellten und dass weder Monikas Bruder noch ihr Freund – oder Exfreund – aufgetaucht waren.

«Schon komisch, dass dieser Biski so offen zu dir war», sagte Christine. «Auf Beerdigungen hält man sich doch normalerweise zurück.»

«Der konnt sich jedenfalls ned zurückhalten», sagte Holzhammer. «Als wir bei ihm im Hotel waren, hat er zwar auch ned gerade Begeisterung für seinen Chef gezeigt, aber jetzt war es noch mal ganz anders. Als wär in der Zwischenzeit bei ihm irgendwie a Knoten geplatzt.»

«Und der Sohn ist tatsächlich nicht aufgetaucht. Genau wie Müllerhuber vorausgesagt hat», sinnierte Matthias.

«Ja, nun sag amal, woher hast du des bloß gewusst?», wandte Holzhammer sich an den Jüngeren.

«Ist das wichtig?», fragte der sonst so diensteifrige Müllerhuber zurück.

Holzhammer stutzte sichtbar, ließ die Sache aber dann auf sich beruhen und nahm noch einen Schluck Bier.

«Mir haben übrigens Altbauers Wagen gefunden.» Er erzählte, wo die Salzburger Kollegen das Fahrzeug entdeckt hatten.

«Am Dürrnberg? Und wie soll der Altbauer von da ins Steinerne Meer gekommen sein?», fragte Christine verblüfft.

Holzhammer zuckte die Achseln.

«Jedenfalls muss ihn jemand weggefahren haben. Und dann hat dieser jemand sicher auch gewusst, was das ganze Versteckspiel sollte. Ein Taxi wird er ja nicht genommen haben, schließlich ist er überall bekannt.»

«Anzunehmen», brummte Holzhammer.

«Das heißt also, es gibt jemand, der alles erklären könnte. Du musst ihn nur finden. Die Monika vielleicht? Das liegt doch nahe. Dann hat sie euch eben angelogen.»

«Schon möglich», seufzte der Hauptwachtmeister. «Aber ich hab ja heut noch amal mit ihr gesprochen. Und wenn ihr mich fragt, die war echt überrascht, dass der Wagen am Dürrnberg stand. Und des mit dem Wagen ist ja ned das einzige Rätsel. Da wär ja auch noch dieser Schneeschuhgeher, der rein zufällig genau pünktlich zum Lawinenabgang auftaucht und danach einfach davongeht. Mit dem kommen mir überhaupts ned weiter. Ich war heut am Wimbachschloss und hab die Wirtsleute gefragt. Die haben bloß einen mit Ski am Rücken gesehen.»

«Mit Ski? Könnte das der Hirsinger gewesen sein?», fragte Christine spontan. Obwohl der ja angeblich schon einen Tag vorher aufgestiegen war.

«Das könnt sonst wer gewesen sein», sagte Holzhammer. «Vielleicht einer vom Nationalpark, der nach den Adlern schauen wollte.»

«Oder einfach ein Tourengeher, der die Hundstodreibn gegangen ist», schlug Matthias vor.

«Eher ned», sagte Müllerhuber. «Der hätt ja dann auch durch den Seilergraben abfahren müssen. Da hätten mir seine Spur gesehen.»

«Vielleicht war's ja ein Wilderer», sagte Christine schwärmerisch.

«Wilderer findest du wohl romantisch», sagte Matthias, der ihre Begeisterung für Tradition und Brauchtum bekanntlich nicht teilte. Obwohl er damit aufgewachsen war und nicht sie.

«So, romantisch findst du des», unterstützte Holzhammer seinen alten Kumpel. «Findst des a romantisch, was vor zwei Jahren am Kahlersberg passiert ist? Da ham's an Stoabock daschossen, nur für die Trophäe. Den Kopf ham's mitgenommen und den Rest liegenlassen.»

«Musst du mir jetzt so ein Bild in den Kopf pflanzen? Das ist ja grausam.» Christine liebte die majestätischen Tiere.

Schuldbewusst warf Holzhammer einen Blick in sein Bierglas, als wollte er dort nach einem neuen Thema suchen. Doch Müllerhuber kam ihm zuvor: «Das Neueste wisst ihr ja noch gar ned. Beim Hirsinger hat's heut gebrannt.»

«Ach du liebe Zeit. Hoffentlich wurde niemand verletzt?», fragte Christine.

«Dreiundzwanzig Plüschtiere mit Verbrennungen zweiten Grades», sagte Holzhammer.

«Ja, es war zum Glück nur draußen, vor dem Geschäft. Aber der Schaden ist trotzdem nicht zu verachten», ergänzte Müllerhuber. «Die Feuerwehrler haben ganze Arbeit geleistet.»

«Und was war die Ursache?», fragte Matthias.

«Ganz klar Brandstiftung», sagte Holzhammer. «Man hat's gerochen.»

«Und warum? Haben die Animositäten unter den Geschäftsleuten was damit zu tun?», fragte Christine die beiden Polizisten.

«Müllerhuber hält das für möglich, aber ich kann's mir ned vorstellen», antwortete Holzhammer. «Da fliegen vielleicht amal die Fetzen, aber man zünd't dem andern doch ned die Lebensgrundlage an.»

«Und was könnte dann der Grund sein?»

«Also vom Gefühl her tät ich sagen ...», Holzhammer machte eine Pause, als müsste er sich erst entscheiden, ob er seine Gefühle den Freunden offenbaren sollte. Er entschied sich dafür. «Also für mei G'fui hat auch der Brand beim Hirsinger irgendwie mit dem Ausflug vom Altbauer zum tun. Alles konzentriert sich da unten am See.»

«Aber Altbauer ist tot, und wenn er nicht gerade einen Blitz aus dem Himmel geschleudert hat, kann er für die Brandstiftung schlecht verantwortlich sein», sagte Stefan.

Da er die ganze Zeit still gewesen war, drehten sich jetzt alle überrascht zu ihm um.

«Da fällt mir ein, um Altbauers Finanzen stand's noch ärger, als mir schon wussten», sagte Holzhammer. «Ned amal den frischen Fisch konnt er bezahlen. Und da kommt dann doch noch a Wuiderer ins Spiel – extra für dich, Christine.» Er grinste zu ihr herüber. «Beim Altbauer soll nämlich sehr viel Wild auf den Tisch gekommen sein in letzter Zeit.»

«Also gibt's hier doch noch welche», triumphierte Christine. «Dann war der Schneeschuhgeher ja vielleicht ein Wilderer und hat sich deshalb nicht gemeldet. Damit man ihm nicht auf die Schliche kommt.»

«Des glaub ich jetzt weniger», sagte Müllerhuber. «Unsere Wilderer können alle gescheit Ski fahren, die brauchen doch keine Schneeschuh ned.»

«Richtig», stimmte Holzhammer zu. «Der Schneeschuhgeher wird a echter Hohschlienfoarer gewesen sein.»

«Ein was?» Das Wort überforderte Christines Dialektkenntnis.

«Ein Hornschlittenfahrer», übersetzte Matthias. «Du weißt doch, diese altmodischen Schlitten, mit denen früher Brennholz und Heu vom Berg geholt wurden.»

«Ah ja, und wieso ist das ein Schimpfwort?»

«So bezeichnet man schlechte Skifahrer, die in einen schönen Tiefschneehang so grausig breitbeinige Spuren hineinpflügen. Eben wie ein Hornschlitten», erklärte Müllerhuber.

Wieder was gelernt. «Dann bin ich wohl auch ein Hohschlienfoarer», sagte Christine und hoffte insgeheim auf Widerspruch. Aber es kam keiner. Und Müllerhuber, der es am besten wissen musste, versteckte sogar notdürftig ein Grinsen hinter seinem Glas.

11

Da Holzhammer heute Spätdienst hatte, saß er am helllichten Vormittag mit Marie beim Weißwurstfrühstück. Leider war es etwas ungemütlich, denn Marie hatte zwecks Frühjahrsputz die gesamte Eckbank aus massiver Eiche auf die Terrasse geschafft. Stattdessen standen jetzt zwei Gartenstühle und ein Campingtisch in der Küche.

Jedes Jahr das Gleiche. Und jedes Jahr fragte er sich, wie es nur möglich war, dass seine Frau zur Zeit des Frühjahrsputzes solche unglaublichen Körperkräfte entwickelte. Die Eckbank war damals von zwei ausgewachsenen Möbelpackern mit Mühe an ihren Platz gebracht worden. Möglicherweise war es eine Hormonsache. Genau wie beim Auerhahn.

Wenigstens waren die Weißwürste auf den Punkt gegart. Zehn Minuten bei achtzig Grad ziehen lassen, so erklärte man es den Preußen, aber eine Hausfrau wie Marie brauchte keine Stoppuhr, die hatte so was im Gefühl. Und das Weißbier dazu sollte selbstverständlich kellerkühl, aber nicht kühlschrankkalt sein.

Während Marie ihm irgendetwas über die missratene Schwiegertochter von irgendwem erzählte oder vielleicht auch über eine entlaufene Katze, mümmelte Franz Holzhammer vor sich hin und hing seinen Gedanken nach. Wer könnte etwas gegen den Hirsinger haben? Vielleicht hatte der Brand ja etwas mit Hirsingers Aktivität in der Bürgerinitiative zu tun. Hatte vielleicht einer der Aktivisten herausbekommen, dass Hirsinger hinter ihrem Rücken mit dem Feind paktierte, nämlich mit dem Altbauer? Oder auf welche andere Weise konnte es mit dem rätselhaften Skiausflug der beiden zu tun haben? Und wo hatten sie sich wirklich getroffen und warum?

«I muass oafach wissen, was da oben geschehen ist», sprach er das Fazit seiner vielen Fragen laut aus.

«Was – auf dem Dachboden?», fragte Marie verblüfft.

Zefix, wahrscheinlich hatte sie die letzten zehn Minuten über ihre Aufräumaktion auf dem Speicher gesprochen.

«I moan, mit dem Altbauer und dem Hirsinger. Du weißt schon, wer gegen wen und warum.»

«Ach des. Warum fragst ned amal beim Alpenverein, ob einer von denen was mitbekommen hat.»

«Hm, unwahrscheinlich. Die Skispuren, die Müllerhuber gesehen hat, san ja aufgeklärt. Und die Wandersaison ist nun wirklich noch ned eröffnet. Jedenfalls ned da oben.»

«Ach was, fragen kostet nix. Schon allein die Hüttenwarte gehen doch bei jedem Wetter regelmäßig nachschauen.»

Marie hatte recht. Es war eine Möglichkeit. Holzhammer zutzelte seine letzte Weißwurst aus, legte die leere Haut auf den Teller und nahm sich noch eine resche Bretzel für unterwegs.

Als er schon halb aus der Tür war, kam Marie ihm nach. «Grad ist mir noch was eingefallen. Ich hab nämlich was läuten hören, vom Hubschrauberpiloten seiner Frau. Vielleicht wird der Hopfinger dann gesprächiger ...»

Marie mal wieder.

Seit einigen Jahren residierte die DAV-Sektion Berchtesgaden nur einen knappen Kilometer von Holzhammers Frühstückstisch entfernt. Nämlich im Gebäude der neuen Kletterhalle. Als Holzhammer die Glastür öffnete, fiel sein Blick zuerst nach rechts, wo man über Bistrotische hinweg direkt auf die Kletterwände blickte. Vor zwei Jahren hatte es hier einen dramatischen Zwischenfall gegeben, und nur durch das heldenhafte Eingreifen seines Sohnes war Schlimmeres verhindert worden.

Zur Geschäftsstelle ging es nach links durch eine weitere bodenhohe Glastür, man konnte den Angestellten und Funktionsträgern also direkt auf den Schreibtisch gucken. Das war für sie sicher anfangs gewöhnungsbedürftig gewesen. Der handelsübliche Berchtesgadener Bergfex ließ sich nämlich nicht gern in die Karten schauen.

Als Holzhammer die Tür öffnete, hörte er eine einheimische weibliche Stimme: «... kann ich Ihnen auch nicht sagen. Wenn Sie feste Spielzeiten wollen, müssen Sie ins Bauerntheater gehen.»

Die blonde Assistentin des Vorsitzenden legte gerade mit einem Seufzer den Telefonhörer auf. «Servus Holzhammer. Puh, bin ich froh, wenn die Alpine Auskunft wieder anfängt.»

In der Hauptsaison unterhielt die Sektion eine separate

Hotline für aktuelle Auskünfte. Doch in der übrigen Zeit mussten die Angestellten der Geschäftsstelle diese Aufgabe mit übernehmen.

«Was wollt er denn wissen?», fragte Holzhammer.

«Mei, der wollt quasi wissen, wann unsere Tiere Dienst haben.» Sie machte den Anrufer nach: «‹Sie, Fräulein, wann genau kann man denn diesen Auerhahn am Watzmann sehen?› Und als ich den Terminplan vom Auerhahn am Watzmann ned wusste, wollt er den der Steinböcke am Schneibstein.»

«Na freilich, so a Naturerlebnis muss doch ordentlich geplant sein. Der Preiß will ja im Urlaub seine Zeit ned vertun», verteidigte Holzhammer den Anrufer ironisch. «Aber sag, ist denn der Chef auch da?»

«Rein zufällig», kam es aus der einzigen Ecke, die von der Tür her nicht einzusehen war. Dort saß, allein an einem großen Konferenztisch, der Sektionsvorsitzende Korbinian Hopfinger. Er hatte einige Papiere vor sich ausgebreitet und einen Telefonhörer in der Hand.

«Hast du kurz Zeit für mich?», fragte Holzhammer. Kein Grund, die Polizeikarte zu spielen.

«Für dich immer. Hock ma uns ins Bistro.»

Sie bestellten beim Bistrokellner, der gleichzeitig auch der Eintrittskassierer für die Kletterhalle war. Angesichts der frühen Stunde sollten es nur zwei Radler sein. Dann setzten sie sich an den hintersten Tisch. Dieser Bereich des Bistros ragte wie ein Balkon in die Kletterhalle hinein. Verhaltene Seilkommandos drangen zu ihnen herüber.

Holzhammer erklärte sein Anliegen: Waren vielleicht irgendwelche Sektionsmitglieder vorige Woche im Steinernen Meer gewesen? Hatte irgendjemand etwas beobachtet, sei es am Tag des Unglücks oder an den Tagen zuvor? Waren vielleicht Altbauer oder Hirsinger gesehen worden – oder gar beide zusammen?

«Ich weiß ja ned, wie du dir das vorstellst. Als ob sich jemand bei uns abmelden würde, wenn er auf Tour geht.»

«Aber könnt ja sein, dass ihr was mitgekriegt habt. Dass vielleicht jemand einen Tourenpartner gesucht oder sich nach Verhältnissen erkundigt hat. Oder vielleicht war die Mittwochsgruppe im Steinernen Meer? Oder die Senioren?» Da die Senioren die meiste Zeit hatten, fanden sich unter ihnen die aktivsten Berggeher. Es gab Berchtesgadener Rentner, die machten hundert Skitouren im Jahr.

Hopfinger kniff erst die Augen zusammen, als würde er nachdenken, und schüttelte dann demonstrativ den Kopf. «Na, der Schnee war ja schlecht, und Wetterumschwung war angesagt. Es hat teilweise nachts ned amal mehr richtig durchgefroren. Da war die Lawinengefahr viel zu hoch ...»

«Was redst denn da. Als wär noch nie einer beim Dreier die Große Reibn gangen.»

«Jedenfalls weiß ich nix.»

«Da hab ich was anderes gehört.»

«Und was?»

«Ich hab von einem Stahlseil gehört, das der Hubschrauber auffi bracht hat – perfekt für eine feine neue Seilversicherung. Und niedergelegt hat er es weit ab von jedem markierten Steig.»

Dieses nette Detail, das Marie ihm mit auf den Weg gegeben hatte, sollte Hopfinger gesprächsbereiter machen. Im Nationalpark war es ja schon eine Straftat, Steige zu markieren, die nicht im offiziellen Wegenetz enthalten waren. Sie gar mit professionellen neuen Sicherungen zu versehen, war demnach vermutlich schlimmer als Landesverrat. Allerdings war es kein Delikt, das Holzhammer jemals freiwillig verfolgt hätte. Für ihn gehörten die einheimischen Bergsteiger genauso zur Fauna des Nationalparks wie die Gämsen, Adler und Murmeltiere.

Erstaunlicherweise wirkte Hopfinger kaum beunruhigt. «Ah das. Und jetzt glaubst du, dass du mich bei irgendwas erwischt hast. Aber da liegst du falsch. Wir sind uns nämlich seit ein paar Tagen mit dem Nationalpark einig. Da hat's jetzt nämlich ein Konzept. Ein Konzept zur Erhaltung von Kulturgut. Darin sind zwanzig ehemalige Almsteige bestimmt, die ganz offiziell erhalten werden dürfen.»

«Ein Konzept, verstehe.» Aus langjähriger Erfahrung wusste Holzhammer, dass Konzepte hauptsächlich dem Zweck dienten, Kritiker zu beruhigen. Niemand hatte die Absicht, sich an ein Konzept zu halten. «Dann seid ihr also jetzt mit dem Nationalpark ein Herz und eine Seele?»

«Jedenfalls gibt's nimmer gleich a Riesenaufregung, wenn einer mal zufällig a Bohrmaschin hört.»

«Und wenn ihr amal aus reinem Versehen den falschen Steig saniert?»

«Dann waren's die Schafbauern», antwortete Hopfinger trocken. Die Schafbauern im Steinernen Meer waren eine ähnlich geheimnisvolle Spezies wie die Yetis im Himalaja. Man sah nur ihre Spuren – in dem Fall die Schafe –, aber niemals sie selbst.

«Und waren vielleicht welche von deinen ‹Schafbauern› letzte Woch unterwegs?» Holzhammer konnte sich ausrechnen, dass die fleißigen DAV-ler vorzugsweise dann die Bohrmaschine schwangen, wenn möglichst wenig los war. Also genau jetzt – zwischen den Saisonen.

Hopfinger zuckte demonstrativ die Schultern. «Ich könnt amal herumfragen.»

«Also guad. Interessant wären Mittwoch und Donnerstag letzte Woch. Ob da jemand oben den Altbauer oder den Hirsinger gesehen hat. Und wenn ja, von wo die kommen san, wohin sie gangen san und ob sie beisammen oder allein waren.»

«Ist recht. Ich meld mich.»

Mehr konnte man nicht verlangen. Holzhammer war ziemlich sicher, dass Hopfinger sich tatsächlich bemühen würde zu helfen. Dem DAV-Vorstand konnte ein ungeklärtes Lawinenunglück schließlich auch nicht ganz gleichgültig sein.

Sie standen auf, und Holzhammers Blick schweifte noch einmal durch die Kletterhalle. In einer Sechserroute hing der gut genährte «Hausmeister der Ostwand». Der Siebzigjährige trug diesen Ehrentitel, weil er die Watzmann-Ostwand über vierhundertmal durchstiegen hatte. In der Route daneben hingegen baumelte jemand wie ein nasser Sack am Seil. Und zwar kein anderer als Polizeichef Dr. Klaus Fischer.

Hopfinger folgte Holzhammers Blick und klärte ihn auf: «Der Fischer ist vor ein paar Wochen bei uns eingetreten. Er will klettern lernen, hat er gesagt. Aber die normalen Anfängerkurse sind ihm nicht fein genug. Deshalb hat er beim Benno Privatunterricht gebucht.»

Holzhammer folgte dem Seil, an dem Fischer hing, zum unteren Ende. Dort stand in Teva-Sandalen der pensionierte

Heeresbergführer Benno Bierseidl. Sein Blick auf den über ihm baumelnden Privatschüler sagte alles.

«Ist aber noch ned weit her, oder?», fragte Holzhammer.

«Sagen mir so: Was die andern in zwei Tagen lernen, lernt dieser in zwei Wochen ned.»

«Pass nur auf, in zwei Jahren macht er dir den Vorsitz streitig.»

«So einer ned. Nie ned», antwortete Hopfinger.

Das konnte man nur hoffen. Bisher waren Fischers Bemühungen um Ruhm und Anerkennung zwar allesamt gescheitert, aber inzwischen war klar, dass er niemals aufgeben würde.

12

Auf dem Rückweg zur Wache holte Holzhammer sich noch drei Leberkassemmeln. Er hatte gerade das erste Drittel der zweiten Semmel im Mund, als das Diensttelefon auf seinem Schreibtisch klingelte.

Die Polizeisekretärin Frau Grassl war dran. Indigniert, als würde sie den Kammerjäger über verdächtige Geräusche unter dem Putz informieren, meldete sie: «Da ist ein Österreicher in der Leitung.»

«Wasch wu ä?», fragte Holzhammer, der den großen Bissen nicht so schnell herunterschlucken konnte.

Doch Frau Grassl hatte schon durchgestellt. Und sie hatte recht, der Anruf kam eindeutig aus Österreich. Als Holzhammer sich mit «Servus» meldete, kam ein spöttisches «Ade» zurück. Auf der anderen Seite des Steinernen Meeres sagte man nämlich Servus nur zum Abschied.

Seinen Namen wollte der Anrufer nicht sagen. Nur etwas melden. Angeblich hatte er Roman Altbauer gesehen, und zwar einen Tag vor dem Unglück. «Der war so wampert und patschert, das war nicht zum Ansehen. Darum hab ich ihn gleich kennt, als heut das Foto von euerm Toten bei uns in der Zeitung war.»

Holzhammer sagte nichts, obwohl ihm zu der leicht verrutschten Logik schon etwas eingefallen wäre. Er wollte den Fremden erst in Ruhe ausreden lassen. Doch der fügte nur noch hinzu: «Ja, stöi dir vor Kibara, mir im Pinzgau ham aa a Zeitung.»

Das hatte Holzhammer auch nie bezweifelt. Überhaupt gingen ihm die traditionellen Animositäten zwischen Bayern und Österreichern schon lange auf die Nerven. Er fand sie auch nicht witzig – oder ungefähr genauso witzig wie diese neuen deutschen Comedians oder den Hansel, der die Wok-WM erfunden hatte.

«Horch zu, das ist wirklich sehr interessant für mich. Sag bitt schön noch amal, wann und wo genau du den Altbauer gesehen hast.»

«Letzte Woch Mittwoch, beim Aufstieg von Hinterthal zur Torscharte. So gegen zehne. Der Vollpfosten war allein unterwegs.»

«Und du möchtst mir wirklich ned deinen Namen sagen?»

«Wirklich ned. Kannst froh sein, dass ich überhaupt angerufen hab.»

«Scho recht. Dank dir.»

«Servus.»

Der Unbekannte legte zuerst auf. Als er weg war, stützte Holzhammer die Ellenbogen auf den Schreibtisch, legte den Kopf in die Hände und schloss die Augen. In dieser Haltung spannte seine Uniformjacke am Rücken.

Vor seinem geistigen Auge erschien die sonnige Südseite des Steinernen Meeres, wo der Anrufer den Altbauer gesehen haben wollte. Die Torscharte war ein bekanntes Skitourenziel. Da gab's einen steilen Aufstieg und dadurch auch eine rasante Abfahrt. Aber man konnte auch nach Norden abfahren und das Steinerne Meer in Richtung Deutschland überqueren. Dabei würde man am Funtensee vorbeikommen. Wo man praktischerweise übernachteten und sich zum Beispiel mit seinem Kumpel treffen könnte – mit dem Kumpel möglicherweise, der einen vorher nach Hintersee gefahren hatte? Aber warum in aller Welt waren die beiden dann nicht zusammen von dort aufgestiegen? Zefix, was war da nur im Busch? Die Identität des Anrufers hingegen interessierte ihn nur am Rande. Obwohl er natürlich Vermutungen anstellte.

Schließlich tippte er die Angaben des Fremden in seinen Computer, in die Datei mit all den anderen Notizen zum Fall, die Müllerhuber irgendwann zu einem perfekten Abschlussbericht verarbeiten sollte. Apropos Müllerhuber. Er rief ihn zu sich und erzählte ihm von dem Anruf. «Altbauer ist gar ned die Große Reibn gangen. Der kam von Österreich.»

«Was? Kein Wunder, dass der Wirt vom Stahlhaus ihn nicht gesehen hat. Da hab ich nämlich noch nachgefragt, ob sie ihn haben vorbeigehen sehen oder ob er sogar dort übernachtet hat.»

Wirklich sehr tüchtig, der Bub. Und heute wirkte er irgendwie noch aufgekratzter als sonst. «Brav gemacht. Und nun die Preisfrage: Wer hat den Altbauer von seinem Wagen abgeholt und ihn dann ganz nach Hinterthal ummigefahren? Und warum dieser ganze Aufwand?»

Müllerhuber sah auf die Uhr, bevor er antwortete: «Ich glaub immer mehr, dass es nur der Hirsinger gewesen sein kann. Die zwei steckten irgendwie unter einer Decke. Außerdem glaub ich, dass auch der Brand beim Hirsinger damit zu tun hat. Die zwei hatten irgendwas am Laufen und sind damit irgendwem in die Quere gekommen.»

«Richtig. Irgendwie, irgendwas, irgendwem», echote Holzhammer leicht frustriert.

«Entschuldigung, ich …», sagte Müllerhuber. Und sah schon wieder auf die Uhr.

«Sag amal, kann es sein, dass ich dich aufhalte?», fragte Holzhammer ironisch.

«Na ja, ich hätt um vierzehn Uhr Dienstschluss gehabt.»

Es war fünf nach zwei. Dienst nach Vorschrift war sonst gar nicht Müllerhubers Art. Die Sache musste ihm also wichtig sein.

«Dann lauf halt zua.»

«Ist gut, danke.» Müllerhuber schnellte wie eine Sprungfeder aus dem Besucherstuhl und war durch die Tür, bevor man «Oachkatzerlschwoaf» sagen konnte.

Während der Hauptwachtmeister noch perplex seinem Vorzeigeschüler hinterherstarrte, meldete sich DAV-Vorstand Korbi Hopfinger bei ihm.

«Also, ich hab meine Leut erwischt. Die mit der Bohrmaschin haben nix gesehen, weil sie in einem Graben unterhalb der Hochfläche am Bohren waren. Aber mein Hüttenwart hat zufällig mit dem Hüttenwart vom Ingolstädter Haus gesprochen.»

An dieser über 2100 Meter hoch gelegenen Alpenvereinshütte führte der letzte Abschnitt der Großen Reibn direkt vorbei. Als Stützpunkt für die Tour wurde sie trotzdem kaum genutzt. Wer bis dahin gekommen war, schaffte in der Regel auch noch den Rest.

«Und weiter?»

«Der Ingolstädter war genau an dem Tag oben, nach dem du gefragt hast. Er hat vom Fenster aus am Vormittag zwei Mann gesehen, einen großen und einen kleinen. Der große soll arg langsam gewesen sein. Der andere hat ständig auf ihn warten gemusst.»

Zumindest in diesem Punkt hatte Hirsinger also die Wahrheit gesagt. Er war tatsächlich eine längere Strecke mit Altbauer gemeinsam gegangen. Er hatte ihm nicht aufgelauert, sondern die beiden waren in bestem Einverständnis gemeinsam über die verschneite Hochfläche gewandert. Was keineswegs selbstverständlich war, nur weil sie gemeinsam die Nacht im Kärlingerhaus verbracht hatten. Eine solche Zufallsgemeinschaft würde sich normalerweis am nächsten Morgen auflösen und der Schnellere einfach davoneilen.

«Sehr interessant. Dank dir schön.»

«Habe d' Ehre.»

Und nun? Vielleicht sollte er Monika Altbauer einen weiteren Besuch abstatten und sie mit den neuesten Erkenntnissen konfrontieren. Sie hatte zwar selbst auf die nagelneue Schweizkarte im Wagen hingewiesen, aber das konnte auch eine Finte gewesen sein. Was würde sie dazu sagen, dass ihr Vater von Österreich her aufgebrochen war? Und welche Erklärung hatte sie eigentlich für Hirsingers Verhalten auf der Trauerfeier? Es war schon so: Alles konzentrierte sich da unten am See.

Es war ungefähr halb vier, als er vor dem Hotel Altbauer anhielt. Die Rezeption lag verwaist, offenbar erwartete man keine Anreisen. Im Restaurant war auch niemand, um diese Zeit gab es keine warme Küche. Entsprechend herrschte auch in der Küche gähnende Leere. Und die Zimmermädchen waren schon weg. Auf der Suche nach irgendeinem menschlichen Wesen wanderte Holzhammer durch die Wirtschaftsräume, bis er schließlich im von außen zugänglichen Keller landete. Dort deponierten die Gäste im Winter ihre Ski und im Sommer ihre Fahrräder. Von beiden Sportgeräten war allerdings nichts zu sehen. Nur ein einzelnes Paar Schneeschuhe lehnte vergessen in einer Ecke.

Holzhammer sah sich die Treter näher an. Es handelte sich um das gleiche Dutzendmodell, dessen Spuren sie im Seilergraben gefunden hatten. Ein Zufall? Und wem gehörten sie? Möglicherweise hatte ein Gast sie vergessen. Monika kam jedenfalls nicht in Frage, denn es war ein Männermodell. Außerdem ließ sich bekanntlich kaum ein Einheimischer freiwillig auf Schneeschuhen blicken. Blieb nur noch – Biski.

Was war nur faul mit dem Kerl? Steckte er etwa mit seinem Chef unter einer Decke? Unwahrscheinlich, so wie er sich auf der Beerdigung aufgeführt hatte. Oder war er irgendwie mit Hirsinger verbündet? Auch das schien nicht logisch, so, wie er auf den Brand drüben reagiert hatte. Vielleicht hatte er auch mit seiner Juniorchefin … Aber das würde ja bedeuten, dass sie … Zefix, warum hatte er immer noch nichts Greifbares. Spekulationen führten nicht weiter.

Kurz entschlossen machte Holzhammer sich auf den Weg zu Biskis Dachzimmer. Er klopfte. Keine Antwort. Er drückte die Klinke herunter. Klar. Die Tür war verschlossen. Aber zum Glück war es nur eine einfache Zimmertür mit Primitivschloss. So eins, das man mit jeder Sicherheitsnadel öffnen konnte. Eine Sicherheitsnadel hatte er allerdings nicht bei sich. Dafür aber etwas viel Besseres. An seinem Schlüsselbund baumelte ein gebogenes Stück Metall, das er vor Jahren einmal einem Einbrecher abgenommen hatte.

Ohne Bedenken betrat er Biskis Stube. Das Bett war ungemacht, am Schrank hing Biskis Kellnerkluft und müffelte vor sich hin. Eine Brieftasche war natürlich nicht zu finden, die würde er sicher bei sich haben. Die wäre aber auch höchstens dann interessant gewesen, wenn sich darin ein Foto von Monika befunden hätte.

Etwas mühsam ging Holzhammer auf die Knie, um unters Bett zu schauen. Da fand sich ein Paar schwarzer Schuhe. Sie waren schlecht geputzt und hatten ein Loch in der Sohle. Somit waren sie also perfekt abgestimmt auf den müffelnden Anzug am Schrank. Er rappelte sich wieder hoch und öffnete die Schublade des Nachtkästchens, das wahrscheinlich vor rund dreißig Jahren aus einem der Gastzimmer ausrangiert worden war. Doch darin fand sich nur, was man erwarten konnte: ein Stapel zerknitterter Pornohefte.

In der Dachgaube, unter dem einzigen Fenster, stand ein kleiner furnierter Tisch mit staksigen Beinen, davor ein wackliger Stuhl. So einen hatten auch Holzhammers Eltern in der Küche gehabt. Der Tisch war, bis auf eine dünne Staubschicht, komplett leer. Über der Stuhllehne hing ein mehr oder weniger weißes Hemd.

Holzhammer schob den Stuhl zur Seite, denn irgendwo musste doch ... richtig, unter dem Tisch fand sich ein geflochtener Papierkorb. Er angelte ihn mit dem Fuß hervor, bis er hineinsehen konnte. Auf einem Polster aus zahlreichen Papiertaschentüchern, die vermutlich im Zusammenhang mit den Pornos zum Einsatz gekommen waren, lag eine leere Nachfüllflasche für Feuerzeugbenzin.

Das war doch was! Holzhammer schnupperte im Zimmer herum. War Biski überhaupt Raucher? Nein, in diesem Zimmer war nicht geraucht worden. Nicht im letzten Jahr. Rauchte Biski vielleicht nur draußen? Widerwillig schnupperte Holzhammer am Hemd und an dem Anzug. Nein, diese Kleidungsstücke gehörten keinem Raucher. Nur einem Schwitzer.

Holzhammer zog seine Einmalhandschuhe an, um keine Fingerabdrücke zu verwischen. Erst dann fischte er die Flasche aus dem Papierkorb. Sofort sah er, dass mit dem Verschluss etwas nicht stimmte. Der oberste Teil mit dem dünnen Einfüllstutzen war abgesäbelt worden, vermutlich mit einem Messer. Aus dieser Flasche war garantiert kein Feuerzeug befüllt worden. Trotzdem ließ sich nicht beweisen, dass Biski damit die Plüschtiere auf der anderen Straßenseite traktiert hatte. Es war lediglich ein Indiz. Zu wenig, wenn er kein Motiv dafür fand. Was mochte sein Motiv gewesen sein? Und wenn Hirsinger Biski als Täter vermutete, warum wollte er das nicht sagen?

Holzhammer schob den Papierkorb wieder unter den Tisch und den Stuhl davor. Der Vollständigkeit halber warf er noch einen Blick ins Badezimmer, das allerdings keine weiteren Erkenntnisse zutage förderte. Er verließ das Zimmer, schaffte es sogar, die Tür von außen mit dem Dietrich wieder zu verschließen, und ging die Treppe runter. Im Restaurant standen tatsächlich keinerlei Kerzen auf den

Tischen und auch nicht im Servicebereich, wo Besteck und Pfeffermühlen aufbewahrt wurden. Inzwischen war der Koch eingetroffen.

«Ist das normal, dass hier nachmittags kein Mensch an der Rezeption ist?», fragte Holzhammer den Küchenchef.

«Nein, normalerweise sollte immer entweder die Monika oder der Biski da sein. Oder sich zumindest irgendwo im Haus aufhalten, damit die Gäste sie mit der Glocke rufen können.»

Holzhammer nickte. So hätte er sich das normalerweise auch vorgestellt. Er verließ das Hotel und warf noch einen Blick über die Straße. Hirsinger hatte inzwischen ganze Arbeit geleistet. Von außen sah man seinem Geschäft den Brand kaum noch an. Der Löschschaum war vom Schaufenster abgewaschen, die verkohlten Plüschtiere entsorgt und die Drehständer mit frischen Nickitüchern und Plüschmankei bestückt.

Holzhammer betrat das Geschäft. Drinnen war Hirsinger damit beschäftigt, die Regale neu zu bestücken. Er lief mit nacktem Oberkörper herum, denn ein riesiges Heißluftgebläse produzierte das reinste Dschungelklima. Im Laden herrschten rund fünfunddreißig Grad und mindestens hundert Prozent Luftfeuchtigkeit. Offenbar versuchte der Ladeninhaber, die Feuchtigkeit zu vertreiben, ohne den gesamten Boden herausreißen zu müssen. Mit zweifelhaftem Erfolg, wie Holzhammer konstatierte, denn der Teppich warf Wellen wie der Königssee bei Sturm. Auf einem Haufen in der Ecke lagen löschwassergetränkte Küchenschürzen mit aufgedruckten nackten Busen und ramponierte Watzmann-T-Shirts.

«Servus. Und, hast inzwischen irgendeinen Verdacht?», fragte Holzhammer.

«Keine Ahnung, wirklich ned», antwortete Hirsinger. Er war gerade dabei, einige Untersbergzwerge aus Gips mit einem Handtuch abzurubbeln. Dabei blieb jedoch ein großer Teil der roten Zipfelmützenfarbe im Handtuch.

«Was wär zum Beispiel mit dem Biski von drüben? Könnt der dein Brandstifter sein?»

«Was? Wer? Kenn ich ned», gab Hirsinger wie aus der Pistole geschossen zurück. Aber es war unübersehbar, dass ihm dabei fast der Zwerg aus der Hand gefallen wäre.

«Wie, du willst den ned kennen? Der hackelt seit zwoa Jahr' direkt über die Straß beim Altbauer.»

«Mei, kann sein, dass ich den schon amal gesehen hab. Aber kennen tu ich den ned», beharrte Hirsinger.

«So, g'sehn hast den. Und sonst nix?»

«Na», sagte Hirsinger leise, mit abgewandtem Gesicht, als er einen verblassten Untersbergzwerg ins Regal zurückstellte.

Das war der Moment, in dem Holzhammer innerlich überkochte. Wollten die ihn eigentlich alle verarschen, hier am Ende der Seestraße?

Aus heiterem Himmel brüllte er los: «Ja zefixkrutzitürkenhimminochamal, was ist bloß los mit dir, du vernagelter Königsseer Lackenbascher?»

Darauf erhielt er keine Antwort mehr. Hirsinger verzog sich ins Lager und schloss die Tür. Hinterherzugehen hätte keinen Sinn gehabt. Nicht in dieser Laune und nicht ohne irgendeinen Beweis, irgendein Druckmittel, irgendetwas Handfestes.

Holzhammer tippte sich im leeren Laden an die Mütze und ging hinaus. So war das bei ihm. Es dauerte lange, bis er explodierte, doch umso schneller war es wieder vorbei. Jetzt war eh Freitagnachmittag. Übers Wochenende würde er ein bisschen zum Nachdenken kommen. Dann fiel ihm ein, dass an diesem Wochenende auch das Spektakel stattfinden sollte, für das Marie ihn gekeilt hatte. Auch das noch.

Vierzig Stunden später stand Franz Holzhammer in der geräumigen Herrentoilette des frisch renovierten Wirtshauses im Herzen von Berchtesgaden und bereitete sich auf seinen Auftritt vor. Von draußen drang Blasmusik herein. Die kurze Hirschlederne, die er seit Jahren nicht mehr getragen hatte, zwickte ihm den Bauch ein. Die Haferlschuh drückten. Und der Spiegel über dem Waschbecken sagte ihm, dass es kein bisschen half, den Hut mit der Birkhahnfeder ins Gesicht zu ziehen. Jeder würde ihn erkennen. Jeder.

13

Es war Marie gewesen, die Christine auf das Event aufmerksam gemacht hatte. Die beiden hatten sonst nicht viele Berührungspunkte, aber wenn Christine im Zentrum von Berchtesgaden einkaufte, dann natürlich in dem Supermarkt, in dem Marie arbeitete. Bei Christines Begeisterung für jegliches Brauchtum hatte Marie natürlich leichtes Spiel gehabt. Ein Wadlstrümpfwettbewerb, und dann noch Franz Holzhammer als Model, natürlich würde sie dabei sein. Matthias wollte sich erst weigern mitzukommen, aber gemeinsam war es Stefan und Christine gelungen, ihn zum Mitkommen zu überreden.

Der Laufsteg aus unterseitig verbundenen Biertischen war in der Fußgängerzone neben dem italienischen Eiscafé aufgebaut. Das Oxn-Aug'n-Trio hatte sich am Marktbrunnen eingerichtet und spielte verschiedene Eigenkompositionen, eine Mischung aus Volksmusik und Gaudi-Elementen. Das Wetter war prächtig, es waren um die zwanzig Grad, und der Himmel war weißblau, nur von den Bergen wehte ein frisches Lüftchen. Viele der Zuschauer waren in Tracht erschienen, einige sogar bereits in der kurzen Lederhose, die dem

Sommer vorbehalten war. Auch die Presse war vertreten. Der Fotograf vom *Anzeiger* hatte direkt am Laufsteg sein Stativ aufgebaut.

Christine, Matthias und Stefan standen auf dem Treppchen zum ehemaligen Schusterladen. Von hier hatten sie einen guten Überblick, auch wenn sie nicht alle Details der vorgeführten Strickwaren würden erkennen können. Christine machte das nichts aus, sie hatte von den Feinheiten des Wadlstrickens sowieso keine Ahnung. Ihr ging es um das ganze Drumherum. Außerdem würde der *Berchtesgadener Anzeiger* die Gewinnerwadln später bestimmt abbilden und eingehend würdigen.

«Ich frage mich, wie Marie ihren Franz dazu überreden konnte», sagte Christine. «In den drei Jahren, die wir uns kennen, hab ich ihn noch nie in Tracht gesehen. Und der Typ für öffentliche Selbstdarstellung ist er schon gar nicht.»

«Aus erster Hand weiß ich das natürlich nicht, aber Frauen sollen da so ihre Möglichkeiten haben», antwortete Stefan.

Christine grinste.

Dann spielte das Oxn-Aug'n-Trio einen Tusch, und der Moderator kletterte mit Hilfe einer umgedrehten Bierkiste auf den Laufsteg. Eine stabile Dame in Berchtesgadener Tracht folgte ihm auf dem Fuße. Es war keine andere als Marie Holzhammer, Vorsitzende des katholischen Frauenvereins und Gattin von Franz Holzhammer. Der Moderator begrüßte die Zuschauer und stellte Marie als Initiatorin des Wettbewerbs vor.

Marie begrüßte ebenfalls die Anwesenden und gab dann der Hoffnung Ausdruck, diese möchten großzügig spenden: «Gell, seid 's so gut, es ist doch für an guten Zweck. Und dafür wird euch hier ja auch richtig was geboten. Die Sammlerinnen mit ihren Dosen sind schon unterwegs. Jeder Spender, der mehr als fünf Euro gibt, bekommt ein eigens gestricktes Bapperl.»

Christine war überrascht, wie sicher und frei Marie auf der Bühne sprach. Ganz offenbar hatte sie Routine darin. Bisher hatte sie Marie immer nur privat erlebt und nicht wahrgenommen, wie professionell sie ihre Wohltätigkeit betrieb.

«Und nun Bühne frei für unsere Mannsbilder!», schloss Marie.

Zu den Klängen eines flotten Marschs kletterte der erste Wadlstrümpfträger auf die Bühne. Er grinste übers ganze Gesicht, drehte sich zu allen Seiten um, zeigte stolz seine Beine, stolzierte bis zum Ende des letzten Biertischs und deutete schließlich sogar einige Tanzschritte an. Das Oxn-Aug'n-Trio ließ einen Jodler los. Und auch das Publikum johlte. Die Qualität der vorgeführten Strümpfe konnte Christine nicht beurteilen, aber gegen diese Performance würde Franz Holzhammer es schwer haben. Das schien ihr jetzt schon sicher.

Während des nächsten, eher schlichten Auftritts gesellte sich Jungpolizist Martin Müllerhuber zu ihnen. «Einen guten Platz habt ihr hier», sagte er. «Den Auftritt meines Chefs als Strumpfmodel will ich natürlich auf keinen Fall verpassen.»

«Und woher wusstest du davon? Er selbst hat es doch bestimmt nicht auf der Wache herumerzählt», vermutete Christine.

«Marie hat bei Frau Grassl angerufen» erklärte Müllerhuber feixend. «Ich glaub, die Kollegen sind fast vollzählig vertreten.»

«Deshalb also das große Aufgebot an Polizeiwagen vorn an der Straße. Der arme Franz.»

Es folgten weitere Auftritte mehr oder weniger strammer Wadeln. Der Moderator gab jeweils den Namen des Models bekannt und versuchte sich an einer professionellen Beschreibung der jeweiligen Strumpfkreation.

Inmitten der Zuschauermenge entdeckte Christine plötzlich Polizeichef Fischer. «Schaut mal, sogar der Chef lässt sich das nicht entgehen.»

«Tatsächlich. Wenigstens hat er seinen Ausflug in die Trachtenwelt hinter sich», sagte Müllerhuber.

Fischer war wieder in seinem angestammten Freizeitdress aus Kaschmirrolli und Edeljeans unterwegs. «Vielleicht hat der Braune-Jacken-Skandal ihm die Augen geöffnet», sagte Christine.

«Was für ein Skandal?», fragte Stefan.

Und so erklärten sie ihm, was im letzten Jahr die Berchtesgadener Gemüter erregt hatte: Der bekannteste Exsportler im Talkessel hatte sich beim bekanntesten Trachtenschneider im Talkessel eine Berchtesgadener blaue Joppe anfertigen lassen. Allerdings nicht in blau, sondern in braun. Sobald er damit gesichtet wurde, war ein Aufschrei durch die Leserbriefspalten gegangen. Frevel! Tradition mit Füßen getreten! Schlechtes Vorbild für die Jugend! Gut möglich, dass dem Polizeichef dadurch klar geworden war, welch enorme Fallstricke die Berchtesgadener Bekleidungsvorschriften bereithielten.

Dann wurde ihre Aufmerksamkeit wieder auf die Bühne gelenkt.

Marie hatte dem Ansager das Mikrophon aus der Hand genommen und rief: «Und da kommt er! Der beste Polizist von Berchtsgon! Der einmalige, unvergleichliche, unverwechselbare Franz Holzhammer!»

Die Menge begann zu jubeln, als der Hauptwachtmeister aus der Eingangstür des Wirtshauses trat. Die Zuschauer bildeten eine Gasse, und gemessenen Schrittes begab sich Franz Holzhammer in Richtung Laufsteg. Der Ansager und Marie halfen ihm über die Bierkiste hinauf. Die Kapelle spielte wieder einen Marsch, aber Holzhammer dachte gar nicht daran, den Rhythmus aufzunehmen.

Christine sah jetzt, dass er sich seine Polizeimarke an die Berchtesgadener Joppe gesteckt hatte. Warum beugte er sich zu Marie herunter? Er ließ sich das Mikro geben.

«Sie hat mich gezwungen», sagte er und deutete dabei anklagend auf seine Frau.

Das Publikum lachte. Holzhammer stand still da, bis wieder Ruhe einkehrte.

Dann sagte er: «Aber glaubt's nur ned, ich mach den Affen für euch.»

Das Publikum wirkte jetzt irritiert, und auch Christine fragte sich, was das werden sollte. Holzhammer würde doch nicht auf offener Bühne seine Frau brüskieren?

Holzhammer bückte sich und zupfte demonstrativ an seinem rechten Wadlstrumpf, als hätte er alle Zeit der Welt. Die Zuschauer drängten näher heran. Holzhammer richtete sich wieder zur vollen Größe von eins fünfundsechzig Metern auf. Die Kapelle spielte prophylaktisch einen Tusch.

Schließlich fuhr er fort: «Ich hab ma denkt, ihr tut was für mich, dann tu ich was für euch. Also hab ich mir denkt: Wenn ihr mich wählt – also mei Strümpf – und außerdem fleißig spenden tut ... gibt's einen Monat lang koa Strafzettel ned. Im ganzen Talkessel.»

Die Menge johlte. Unter dem anhaltenden Jubel der Zuschauer spazierte der Hauptwachtmeister drei Schritte nach links und wieder zurück. Dann verließ er umstandslos die Bühne.

Direkt nach Holzhammer trat ein Jungbauer mit prächtigen, gebräunten Waden auf. Er bekam hauptsächlich von den Damen Applaus. Als Letzter war der Chef des Tourismusverbands an der Reihe. Er hatte zwar keine nennenswerten Waden, dafür waren die präsentierten Strümpfe überreich bestickt.

Dann gab es eine kleine Pause, in der die Kapelle Trinklieder spielte, damit auch das Hofbrauhaus Berchtesgaden, das die Biertische gestellt hatte, auf seine Kosten kam.

Kurz darauf begann die große Preisverleihung. Der Ansager rief alle Teilnehmer gemeinsam auf die Bühne. Die Biertische wackelten unter der Last der vielen Wadln, aber in Sachen Holzverbindung konnte man sich auf die Handwerker der Gemeinde verlassen.

Per Applaus sollten die Zuschauer nun den Sieger beziehungsweise die Siegerstrümpfe wählen. Dazu rief der Ansager jeden Träger einzeln auf. Je nach Temperament reckte der Betreffende siegesgewiss die Arme in die Höhe, ließ einen Jodler los oder streckte keck ein bestrumpftes Bein nach vorn.

In der Applausstärke waren zunächst keine großen Unterschiede auszumachen. Bis die Reihe an Holzhammer kam, der einfach stocksteif dastand.

Da brach ein wahrer Orkan los. Die Zuschauer johlten, pfiffen und jodelten. Aus den oberen Fenstern der benachbarten vierhundertjährigen Häuser ertönten Fußballtröten und Buttnmandlschreie. Autos hupten, Dackel bellten. Sogar die konkurrierenden Teilnehmer applaudierten und trampelten so sehr, dass die Biertischbühne schwankte. Am nahen Schlossplatz läuteten die Glocken der Stiftskirche.

Immer noch klatschend, verließen die anderen Teilnehmer die Bühne. An ihrer Stelle wurde die Herstellerin des Siegermodells heraufgerufen. Es handelte sich um eine der drei hauptberuflichen Wadlstrümpfstrickerinnen im Talkessel. Sie war bereits Oma und trat in Berchtesgadener Festtagstracht auf. Ihr Kleid aus schwarzer Seide war prächtig bestickt, dazu gehörte natürlich der Hut mit Goldschnur und Quasten.

Sie erhielt einen kleinen Plastikpokal und zwei Tageskarten für die Watzmanntherme. Trotz dieser doch eher bescheidenen Ausbeute schien die Produzentin der Siegersocken zutiefst gerührt und überwältigt von ihrem Erfolg. Sie warf sich Holzhammer an den Hals, herzte und küsste ihn, bis er sich energisch befreite und das Weite suchte.

Damit war der Wettbewerb beendet. Die Zuschauer verliefen sich, hauptsächlich in die umliegenden Wirtshäuser und Biergärten.

Eine Viertelstunde später tauchte Franz Holzhammer, nun wieder in Uniform, bei dem Quartett an der kleinen Treppe auf.

«Glückwunsch, Franz!», rief Christine. «Marie ist bestimmt stolz auf dich.»

«War das mit den Strafzetteln eigentlich mit Fischer abgesprochen?», fragte Matthias.

Holzhammer guckte ihn nur vielsagend an. «Wisst 's ihr was, ich brauch jetzt was zum Trinken», sagte er dann.

«Sollen wir in den Biergarten vom Neuhaus gehen?», fragte Christine.

«Da ist bestimmt kein Platz mehr», sagte Stefan und deutete die Fußgängerstraße hinunter. Viele Zuschauer waren auf die gleiche Idee gekommen. Der kleine Biergarten platzte schon aus allen Nähten.

«Fahren mir doch hoch zum Oberkälberstein. Ich hab den Wagen vorn beim Edelweiß», sagte Holzhammer.

«Und Marie?», fragte Christine.

«Die ist eh beschäftigt. Muss noch Leut zum Spenden keilen. Und danach wird sie hoffentlich daheim die Stube endlich wieder einräumen.»

Die andern schauten fragend, und Holzhammer erzählte von dem Frühjahrssturm, der seit einer Woche durch sein Zuhause fegte und schrubbte und wischte.

Im weißgrünen Polizei-BMW fuhren sie die schmale kurvige Straße hoch zu der alten Wirtschaft mit eigenem Wildgehege. Christine schätzte besonders das Hirschgulasch, das man hier servierte. Außerdem hatte man von der Terrasse einen ungehinderten Blick auf den Watzmann.

Eine Viertelstunde später saßen sie unter roten Sonnenschirmen, vor sich das Bergpanorama. Christine bestellte Kaffee und Mineralwasser, Holzhammer Weißbier, Müllerhuber Radler und Stefan eine politisch korrekte «Weißbier-Cola», was die Bedienung prompt mit «einen Neger, sehr wohl» kommentierte.

Holzhammer erzählte den anderen von dem anonymen Anruf aus dem schönen Pinzgau.

«Und was glaubst du, wer dich da so anonym informiert hat?», fragte Christine. «Der hätte ja ruhig seinen Namen sagen können. Eine Skitour ist schließlich auch in Österreich noch nichts Verbotenes.»

Das war eine Anspielung auf die rabiaten österreichischen Großgrundbesitzer, die immer wieder versuchten, Fremde aus ihren Wäldern herauszuhalten. Bei Mountainbikern war es ihnen schon gelungen, es bestand ein generelles Fahrverbot auf Forstwegen. Bei Skitourengehern arbeiteten sie noch daran.

«Nun ja, ich könnte mir vorstellen, dass mein werter Herr Informant vielleicht eine Flinte dabeihatte.»

«Du meinst, da war noch ein Wilderer mit im Spiel?», fragte Christine, wobei sie ihre Begeisterung kaum verbergen konnte.

«Mei, vielleicht war's auch derselbe, der unserm Jager das Wild wegschießt und es dann über die Grenze ummiziagt.»

«Und warum hat er dann überhaupt angerufen? Damit lenkt er doch in jedem Fall Aufmerksamkeit auf das Gebiet, wo er sich rumgetrieben hat.»

«Mei, so a Wuidara ist ja auch nur a Mensch», sagte Holzhammer gemütlich. «Der Hergang von so am Lawinenunglück interessiert halt einen jeden, der im Winter da oben unterwegs ist. Egal, ob Jager, Wilderer, ganz normaler Tourengeher oder Schwarz…»

Hier zuckte Christine zusammen. Wusste Holzhammer das etwa auch schon wieder? Dass sie den Schwarzmarkierer getroffen hatte? Woher wusste er das?

Aber überraschenderweise beendete er das Wort ganz anders: «…versicherer».

«Ein Schwarzversicherer?», platzte sie heraus. «Was soll das denn sein, ein unlauterer Versicherungsvertreter?»

Holzhammer lachte laut auf, was selten war. Normalerweise war er mehr der In-sich-hinein-Schmunzler. «Na, Madl. Ich mein die Spezialisten vom Alpenverein. Die haben jetzt die Genehmigung, einige der alten Wegerl zu sanieren, also die Versicherungen zu erneuern. Es gibt da a genaue Liste, die mit dem Nationalpark abgestimmt ist. Aber was ich gehört hab, tun die sich da gern amal vertun. Wenn denen a Steig wichtig ist, dann versichern s' den. Schwarz eben.»

Christine fand es immer wieder spannend, was der Franz alles wusste – und vor allem wohlwollend tolerierte. Trotzdem lenkte sie jetzt lieber von den diversen Schwarzwerkern ab und sagte: «Jedenfalls, was immer Altbauer auch vorhatte, er muss es von langer Hand geplant haben. Der hat ja offenbar allein deshalb wieder mit dem Tourengehen angefangen. Nur, um diese eine seltsame Tour zu machen. Nur dafür hat er sich eine sauteure neue Ausrüstung gekauft und offenbar monatelang trainiert.»

«Ja, des siag i aa so», sagte Holzhammer.

«Und wenn wirklich der Hirsinger ihn nach Hinterthal gefahren hat und die beiden sich am Funtensee verabredet haben, dann weiß der Hirsinger auch ganz genau, was gespielt wird», ergänzte Matthias.

«Aber das macht doch wenig Sinn. Die beiden waren doch alles andere als gut aufeinander zu sprechen», sagte Christine zweifelnd. Doch noch während sie ihre Zweifel aussprach, kam ihr plötzlich eine Idee: «Auf der anderen Seite … Vielleicht war die ganze Feindschaft zwischen den beiden nur inszeniert, um von irgendwas abzulenken. Alles Show, inklusive Prügelei vor Polizei und Presse.»

Holzhammer nickte. «Könnt schon sein. Außerdem war der Hirsinger ja auch ganz sicher, dass es Brandstiftung war. Dafür muss er doch an Grund haben. Also hat er auch jemand in Verdacht. Aber genau das wollte er ums Verrecken ned sagen.»

«Zum Glück hast du es trotzdem herausgebracht», sagte Müllerhuber mit einem Hauch von Bewunderung.

«Schon, ich hab's aussibracht. Der Biski war's. Nur beweisen kann ich's halt ned», sagte Holzhammer. «Und wisst 's ihr was, die ganze Geschicht wurmt mich immer mehr. Am liebsten würd ich da unten am See a paar Haussuchungen durchziehen, dass es nur so duscht.»

Christine konnte sich vorstellen, was in Franz Holzhammer vorging. Er nahm es persönlich, dass hier etwas komplett an ihm vorbeilief. An ihm, der sonst so gut informiert war.

«Lass mich raten. Die kriegst du bei deinem Chef nicht durch», sagte sie.

«So ist es. Ich hab schon Glück, wenn er mich ned stattdessen die halbe Gemeindeverwaltung verhaften lässt, wegen illegaler Altschneeentsorgung.»

«Und was willst du finden, bei den Haussuchungen?», fragte Matthias sachlich.

«Ehrlich g'sagt, keine Ahnung. Aber wenn dich alle anlügen wie gedruckt, dann muss halt was Handfestes her.»

«Meinst du, dass die Moni auch lügt?», fragte Christine.

«Mei», seufzte Holzhammer ratlos. «Ich hab sie ja einbestellt, um den Wagen von ihrem Papa abzuholen. Und natürlich hab ich dann gefragt, ob ihr am Wagen was auffällt. Da hat sie eine Schweizer Straßenkarte aus dem Seitenfach gezogen und gemeint, die wär neu. Jetzt frag ich mich, ob das nicht gespielt war. Ob sie mich damit von irgendwas ablenken wollt.»

«Ich denk, das könnt vielleicht mit den Hotelplänen zu tun haben», sagte Müllerhuber. «Die Planungsgesellschaft sitzt ja in der Schweiz. Vielleicht hat Altbauer da ein persönliches Gespräch führen wollen, um die bei der Stange zu halten.»

«Aber dann hätte er das doch seiner Tochter sagen können», wandte Christine ein.

«Also wir in der Bank denken bei Schweiz nicht an Hotels, sondern an ganz was anderes», meldete sich plötzlich Matthias zu Wort.

«Du meinst Schwarzgeld?», fragte Holzhammer.

«Ja, die Schweiz ist immer noch das Synonym für Schwarzgeld. Auch wenn es in Wirklichkeit bessere Möglichkeiten gibt.»

«Aber das schmuggelt man doch raus und nicht rein», sagt Christine.

«Überleg doch mal», sagte Matthias. «Vielleicht hat Altbauer ja jahrelang Steuern hinterzogen und das Geld dann irgendwo in der Schweiz untergebracht. Und dann läuft das Hotel auf einmal nicht mehr, und das Geld wird gebraucht.»

«Aber der Altbauer hatte doch gar kein Geld», sagte Stefan.

«Eben», konterte Matthias. «Deshalb wollte er welches holen. Oder eher zurückholen. Aus der Schweiz.»

Einige Sekunden sagte niemand was. Dann stand Holzhammer plötzlich auf, umarmte den völlig überrumpelten Matthias und gab ihm einen Schmatz auf die Stirn. Ein Bild für die Ewigkeit. Aber leider hatte Christine ihre Kamera nicht so schnell zur Hand.

«Mei Matthias!», rief Holzhammer, als er den Mund wieder frei hatte. «Wenn des stimmt, hast du was gut bei mir.»

«Nur nicht mehr küssen, bitte», sagte der verdatterte Matthias und wischte sich den Holzhammer'schen Bierschaum von der Stirn.

«Das ist die perfekte Erklärung. Absolut plausibel», sagte Holzhammer, als er wieder Platz genommen hatte. «In der Gastronomie läuft viel schwarz, das weiß ein jeder. Gut möglich, dass der Altbauer vor zwanzig, dreißig Jahren, als die Geschäfte noch richtig gut gingen, Bargeld in die Schweiz geschafft hat. Vielleicht sogar schon sein Vater.»

«Und jetzt, da die Zeiten so schlecht sind, ist das Einzige, was ihn noch retten kann, der Grundstücksverkauf an die Planungsgesellschaft», ergänzte Christine, die sofort das ganze Bild vor sich hatte.

«Genau. Darauf muss er wohl die letzten Jahre gebaut haben, sonst hätte er schon längst etwas unternommen», nahm Holzhammer den Faden auf. «Und dann kommt diese Bürgerinitiative daher und versucht den Bau zu verhindern. Und bringt damit seine letzte Rettung in Gefahr. Er sieht sie schon am Horizont verschwinden, und dann fällt ihm nur noch eins ein: Das Schwarzgeld muss wieder her.»

«Und warum per Ski?», fragte Christine.

«Warst du in letzter Zeit mal an der Grenze?», sagte Müllerhuber. «So viel Polizei wie in den letzten Monaten hat's bei uns im Landkreis überhaupt noch nie gegeben. Und nicht nur direkt an den Grenzübergängen. Momentan sitzt doch praktisch in jedem zweiten Auto ein Schleierfahnder.»

«Ja, und an der Grenze halten sie jetzt auch Berchtesgadener an», stimmte Holzhammer zu. «Sogar mich haben sie schon kontrolliert, als ich mit Maries Wagen zum Tanken drüben war.»

«Vielleicht hat er auch befürchtet, dass jemand was mitbekommen und ihn verpfiffen hat», steuerte schließlich noch Stefan bei.

«Ist ja auch vollkommen wurscht. Jedenfalls haben mir jetzt a sinnvolle Erklärung für diese komische Skisafari», sagte Holzhammer.

«Eben. Weil nämlich die Gefahr, erwischt zu werden, rapide abnimmt, je schwieriger der Weg zum Gehen ist», frotzelte Matthias mit einem vielsagenden Blick auf Holzhammers Bierkugel, was Holzhammer gewohnt souverän ignorierte.

«Na gut», sagte Christine. «Von mir aus traut er sich nicht, das Geld einfach im Auto über die Grenze zu fahren. Deshalb also der Zirkus mit der Skitour. Aber was zum Geier hat dieser Hirsinger mit der Sache zu tun?»

Darauf wusste niemand eine Antwort. Alle blinzelten

nachdenklich in die Frühlingssonne. Bald darauf drängte der Hauptwachtmeister zum Aufbruch. Er fuhr die anderen zurück ins Ortszentrum, wo sie sich verabschiedeten.

Holzhammer war plötzlich voller Tatendrang. Jawohl, er würde sich jetzt einen Durchsuchungsbeschluss für das Hotel Altbauer holen. Wenn er seinem Chef die Schwarzgeldtheorie richtig rüberbrachte, konnte der diese Maßnahme kaum noch ablehnen.

Und wenn er dann schon da unten am See war, würde er sich auch nochmals den Biski vornehmen. Wenn der sah, dass die Polizei jetzt massivere Mittel einsetzte, würde er vielleicht eher auspacken. Und vielleicht würde ja auch Hirsinger gesprächiger, wenn er bemerkte, was drüben vorging. Holzhammer war die Lügen leid, die ihm die Königsseer ständig auftischten.

Weitaus weniger interessierte er sich für die Identität irgendwelcher Wilderer. Wenn da jemand zwei oder drei Gämsen für die eigene Küche schoss oder von ihm aus auch, um sie Roman Altbauer zu verkaufen, bitte schön. Solange es dabei waidgerecht zuging.

Noch am Abend rief er den Polizeichef auf dem Handy an. Als Fischer abnahm, hörte man im Hintergrund Seilkommandos. Er war also schon wieder in der Kletterhalle. Und Holzhammer hatte seinen Chef richtig eingeschätzt, für Schwarzgeld interessierte der sich brennend. Logisch, das Thema war ja auch in den Medien sehr präsent. Wer einen Schwarzgeldfall aufklärte, wurde automatisch zum Liebling der Presse. Genau das war es, was sein famoser Chef sich am meisten wünschte.

«Und was glaubst du, wo das Geld jetzt ist?», fragte Fischer.

«Irgendwo im Hotel, denk ich», sagte Holzhammer.

Das war eine kleine Notlüge. Denn wenn der Altbauer die Scheine im Rucksack gehabt hatte, dann lagen sie unter der Lawine. Und wenn der Hirsinger sie im Rucksack gehabt hatte, lagen sie entweder auch in der Lawine oder, falls Hirsinger gelogen haben sollte und sein Rucksack ihm gar nicht abgerissen worden war, dann wären sie in seiner Wohnung oder im Ladengeschäft oder sonst wo versteckt.

Mit anderen Worten: Wenn das Geld irgendwo nicht war, dann im Hotel Altbauer. Trotzdem versprach Holzhammer sich von einer gründlichen Durchsuchung weitere Hinweise. Seien es Hinweise auf den tatsächlichen Verbleib des Geldes oder auf Altbauers ursprünglichen Plan oder auf Biskis Rolle in der ganzen Angelegenheit. Auch die Tatsache, dass so eine Polizeiaktion die Beteiligten verunsichern und möglicherweise zu unüberlegten Handlungen verleiten würde, war nicht zu verachten.

«Ich werde gleich den diensthabenden Staatsanwalt anrufen und den Durchsuchungsbeschluss beantragen», sagte Fischer am anderen Ende. Halleluja. Endlich funktionierte mal etwas.

14

Am Montagmorgen sprang Franz Holzhammer ungewohnt munter aus dem Bett. Er trank seinen Kaffee im Stehen und vergaß sogar die Leberkassemmeln, die Marie ihm auf dem Campingtisch bereitgelegt hatte, der immer noch die gemütliche Eckbank ersetzte.

In der Polizeiwache angekommen, packte Holzhammer den Durchsuchungsbeschluss, Martin Müllerhuber und die Männer von der Streifenwagenbesatzung ein. Dann ging es weiter zum See.

Die Streifenpolizisten sollten sich weniger an der Durchsuchung beteiligen, sondern hauptsächlich verhindern, dass aus einem der zahlreichen Ausgänge des Hotels etwas Interessantes hinausspazierte. Bevor Holzhammer mit Müllerhuber und den restlichen Beamten die Lobby betrat, postierte er je einen Mann vor dem Haupteingang, dem Kücheneingang, dem Skikeller und der Tür zur Terrasse. Momentan traute Holzhammer niemandem in dem Kasten über den Weg. Monika nicht, Waldi nicht, dem Koch nicht und Biski schon gar nicht.

Monika stand hinter der Rezeption, als sie aufkreuzten.

Er zeigte ihr den Durchsuchungsbeschluss und sagte: «Das ist ein Durchsuchungsbeschluss.»

Natürlich fiel sie aus allen Wolken. Jedenfalls tat sie so. «Was soll das, bist du wahnsinnig geworden?»

Holzhammer war vollkommen bewusst, dass er auf Risiko spielte. Er hatte seinem Chef die Sache wasserdichter dargestellt, als sie in Wirklichkeit war. Obwohl er ziemlich sicher war, das Geld hier nicht zu finden, fragte er als Erstes nach dem Hotelsafe. Er vermutete, dass dieser sich in dem kleinen Büro befand. Und richtig, führte Monika ihn wieder in den engen Raum hinter der Rezeption. Sie schob eine gerahmte Fotografie aus den Fünfzigern beiseite, die Romy Schneider auf der Altbauer'schen Hotelterrasse zeigte, und zückte einen umfangreichen Schlüsselbund, den sie an einer Kette unter der Schürze ihres Dirndls trug. Sie öffnete den recht primitiven Safe und trat zur Seite.

«Wenn du Geld darin findest, darfst du es behalten», sagte sie grimmig.

In diesem Moment kam Müllerhuber herein und fragte Monika nach den Kellerschlüsseln. Das war so abgesprochen. Guter Mann. Die Hotelierstochter ging mit dem Jungpolizisten hinaus, und Holzhammer schloss die Bürotür von innen.

In den Safe warf er nur einen kurzen Blick. Natürlich war kein Geld darin. Holzhammer war es nur darauf angekommen, eine Weile in dem Büro allein zu sein.

Er setzte sich hinter den Schreibtisch mit dem altersschwachen PC und versuchte, sich in Roman Altbauer hineinzuversetzen. Wenn Altbauer diesen ganzen Aufwand betrieben hatte, um einen großen Bargeldbetrag aus der

Schweiz zu holen, dann würde er vorher mit seiner Bank in Kontakt getreten sein. Er hätte nicht alles monatelang minutiös geplant, um dann zu riskieren, dass man ihn am Bankschalter wegen irgendwelcher Probleme auf den nächsten Tag vertröstete. Gewiss hatte er sein Kommen angekündigt, schon um sicherzustellen, dass ausreichend Bargeld vorhanden war. Entweder hatte er seine Schweizer Schwarzbank angerufen, oder er hatte ihnen gemailt.

Von seinem Sitz aus sah Holzhammer sich um. Das schnurlose Telefon war vom Tisch verschwunden. Wahrscheinlich trug Monika es bei sich. Aber neben der Tür gab es eine Telefondose, von der ein Kabel zu einem rotsilbernen Kästchen mit Antennen führte. Sehr gut. Mit der FritzBox kannte Holzhammer sich aus, er hatte selbst auch eine daheim.

Er fuhr den PC hoch. Es dauerte zwar ein bisschen, aber es funktionierte. Ohne Passwortabfrage kam er bis zum Desktop. Er rief den Webbrowser auf und tippte *fritz.box*. Tja, jetzt wurde aber leider ein Passwort abgefragt. Wenn er es knacken könnte, winkte zur Belohnung wahrscheinlich eine Anrufliste, die bis in die Jungsteinzeit zurückreichte.

Aber zuerst wollte er noch die andere Möglichkeit überprüfen. Er suchte nach dem Icon für Outlook. Alle Welt verwendete Outlook. Da war es. Und es ließ sich sogar ohne Passwort öffnen und förderte gleich drei E-Mail-Accounts zutage: *info@hotel-altbauer.de, monika@hotel-altbauer.de* und *roman@hotel-altbauer.de*.

Bei *info* und bei *monika* waren jede Menge Mails im Posteingang. Bei *roman* hingegen fanden sich lediglich ein paar Spammails, die alle erst nach Antritt seiner tödlichen Reise eingegangen waren. Daraus konnte man schließen, dass Roman Altbauer kaum privaten E-Mail-Verkehr pflegte, denn sonst wären in der letzten Woche auch Nachrichten von irgendwelchen Freunden oder Bekannten eingegangen.

Das passte. Welcher Berchtesgadener über fünfzig mailte denn schon freiwillig? Man nutzte «dieses Internet» höchstens geschäftlich und auch dann nur gezwungenermaßen. Franz Holzhammer stellte da eine große Ausnahme dar. Ein Grund mehr, seine Begeisterung für die virtuelle Welt möglichst zu verbergen.

Der Postausgang des Kontos *roman* war sogar komplett leer. Altbauer hatte das Konto so eingestellt, dass ausgehende Mails gar nicht gespeichert wurden. Zefix, das war ungewöhnlich. Und es machte Holzhammer umso neugieriger.

Er schaute sich die Dokumentenordner an. Tatsächlich fand er bald einen passwortgesicherten Ordner mit dem Namen *roman*. Sollte Monika den Ordner bemerkt haben, dachte sie sicher, dass ihr Vater darin irgendwelche Pornos aufbewahrte.

Also gut. Holzhammer fischte eine CD aus der Brusttasche seiner Polizeijacke, die er in weiser Voraussicht daheim noch schnell gebrannt hatte. Darauf befanden sich ein paar Programme aus den dunkleren Ecken des Internets. Vermutlich hätte er die Programme auch über die Abteilung Cyberkriminalität der bayerischen Polizei anfordern können, aber dann hätte er diverse Fragen beantworten müssen, und am Ende hätten sie ihn noch rekrutieren wollen.

Er startete das Passwortprogramm. Es fragte ihn zunächst nach diversen Informationen über den Eigentümer des Ordners: Vorname, Nachname, Geburtstag, Name der Frau, der Kinder und noch einiges mehr. Holzhammer gab alles ein, was er wusste. Anschließend probierte das Programm alle erdenklichen Kombinationen dieser Daten als Passwort aus. Das Programm schrieb die Namen groß und klein und rückwärts, setzte Sonderzeichen davor, dahinter und dazwischen. Nichts. Der Ordner blieb verschlossen.

Anschließend ließ Holzhammer die Liste der allgemein beliebtesten Passwörter durchlaufen. Viele Menschen schützten ihre geheimen Daten mit sinnigen Passwörtern wie «geheim» oder «fingerweg». Doch auch das brachte keinen Erfolg. Auf dem Bildschirm blinkte höhnisch das leere Passwortfeld.

Von draußen drangen Stimmen. Zefix, es blieb keine Zeit mehr. Holzhammer versuchte, sich blitzartig in kreative Hackerstimmung zu versetzen. Wenn er Roman Altbauer wäre – welches Passwort hätte er diesem Ordner gegeben?

Von draußen klang jetzt Müllerhubers Tenor, und die Stimmen entfernten sich wieder ein Stück. Aber lange würde Müllerhuber die junge Hotelbesitzerin nicht mehr vom Büro fernhalten können. Also: Welches Passwort hätte Roman Altbauer diesem Ordner gegeben, wenn er darin Informationen über sein Schwarzgeld aufbewahrte?

schwarzgeld, tippte Holzhammer.

Bingo. Der Ordner öffnete sich.

Blitzschnell verschaffte Holzhammer sich einen Überblick. Der Ordner enthielt Kontoauszüge im PDF-Format und einige Textdateien. Draußen schien jetzt ein kleines Gerangel zu entstehen. Die Türklinke wurde heruntergedrückt und wieder losgelassen. Holzhammer kopierte jetzt die Dateien auf seine CD. Verdammt, konnte das nicht schneller gehen? Die Sekunden dehnten sich wie ein ausgeleiertes Schlüpfergummi. Kaum war der Kopiervorgang beendet, riss Holzhammer die CD aus dem Laufwerk, stopfte sie sich in die Jacke und schaltete den Monitor aus. Keinen Moment zu früh, denn schon platzte Monika ins Zimmer.

«Was soll das?», rief sie. «Was treibst du denn hier?»

«Das Geld aus dem Safe klauen», gab Holzhammer seelenruhig zurück. Dann tat er so, als müsste er sich den Schuh binden und drückte unten am PC den Ausschalter.

Als sie abrückten, hinterließen sie eine irritierte Monika und einen deutlich verunsicherten Biski. Holzhammer sah keinen Sinn darin, die beiden jetzt sofort in die Mangel zu nehmen. Erst wollte er die Dateien gründlich untersuchen.

«Schaut so aus, als hätte unser Motorrad-Banker tatsächlich recht gehabt», sagte Holzhammer im Auto. Dabei erinnerte er sich an Matthias' furchterregenden Auftritt vor zwei Jahren. In schwarzer Motorradkluft hatte er Holzhammers Büro gestürmt, weil der seinen Cousin verhaftet hatte.

Zurück auf der Wache, igelten sie sich mit zwei Bechern Kaffee und der CD in Holzhammers Büro ein. Er selbst las am Bildschirm, Müllerhuber las die Ausdrucke. Die Kontoauszüge waren nicht vollständig, aber das brauchten sie auch nicht zu sein. Jedenfalls reichten sie bis in D-Mark-Zeiten zurück. Vor der Euro-Umstellung waren rund 800 000 DM auf dem Konto gewesen. Seitdem waren keine Einzahlungen mehr vorgenommen worden, nur die Zinsen hatten den Betrag noch anwachsen lassen. Zum Schluss natürlich fast gar nicht mehr.

In dem Ordner hatte Altbauer auch einige E-Mails abgespeichert. Wie vermutet hatte er sich tatsächlich bei der Schweizer Bank angekündigt. Dann gab es noch eine Datei, die nur zwei Ziffernfolgen enthielt. Das waren keine Geldbeträge. Und Kontonummern auch nicht. Die eine Zahlenreihe fing mit «47» an, die andere mit «12».

«Das müssen Koordinaten sein. Auf zum Geocaching», sagte Müllerhuber.

Da hatte Holzhammer schon die amtliche Karte mit dem GPS-Netz auf dem Bildschirm. Müllerhuber stand auf und sah ihm über die Schulter.

Ein paar Sekunden später sagten sie wie aus einem Mund: «Der Seilergraben!»

Kein Zweifel, die Koordinaten beschrieben eine Stelle am Fuße des Seilergrabens.

«Aber eins ist komisch», sagte Müllerhuber.

«Und mir ist aa scho ganz komisch», sagte Holzhammer. «Lass uns essen gehen.»

Sie fuhren hinunter zum Bräustüberl. Die urigen Räume boten die richtige Umgebung für ausgiebiges Nachdenken, vor allem jetzt, in der Vorsaison, war es angenehm leer. Selbst der Kellner ließ sich kaum blicken.

«Was ich meinte», nahm Müllerhuber den Faden wieder auf, «es ist seltsam, den Ort eines vergrabenen Schatzes zu bezeichnen, bevor man den Schatz überhaupt vergraben hat.»

«Altbauer war jedenfalls ned mehr in der Lage, die Koordinaten nachträglich einzutragen», sagte Holzhammer. «Andererseits hat der ja weit im Voraus geplant. Vielleicht hat er die Stelle schon vor dem Winter zu Fuß ausgeguckt?»

«Hm. Du meinst, der hat sich schon vor dem Schnee

einen passenden Felsen gesucht und sich die Daten aufgeschrieben?»

Holzhammer nickte. «Das wär eine Erklärung.»

Müllerhuber schüttelte den Kopf. «Nein, das macht keinen Sinn. Da wären ein paar Fotos viel sinnvoller.»

«Wieso?», fragte Holzhammer. Er selbst hatte noch nie in seinem Leben GPS-Daten benötigt. Schließlich wusste er immer genau, wo er sich befand.

«Die Koordinaten wären viel zu ungenau, um einen einzelnen Felsen wiederzufinden», erklärte Müllerhuber. «Gerade dort. Das ist doch ein ganz enges Tal. Der Seilergraben ist grob geschätzt die zweitschlechteste Stelle für GPS-Empfang, gleich nach dem Führerbunker am Obersalzberg.»

In diesem Punkt musste Holzhammer sich auf Müllerhubers Angaben verlassen. Nur gut, dass ihm seit einigen Jahren der junge Kollege zur Seite stand. Auch die Faszination dieses neuen Hobbys namens Geocaching, von dem ihm sein Sohn Andi vorgeschwärmt hatte, konnte er nicht nachvollziehen.

Sie versanken in Schweigen und konzentrierten sich auf ihr Bier. Dann brachte der Kellner Ochsenfetzen für Müllerhuber und Schweinsbraten für Holzhammer.

«Eins ist jedenfalls klar», sagte Holzhammer schließlich zwischen zwei Bissen. «Wir müssen uns die ganze Bande da unten am See noch amal vornehmen. Die Monika, den Biski und den Hirsinger. Vielleicht auch noch den Waldi. Natürlich einzeln. Und mir müssen verhindern, dass sie sich absprechen.»

«Wie wär das», sagte Müllerhuber, «ich fahr zum See und rede mit dem Hirsinger, derweil bestellst du den Biski auf die Wache. Dann kommst du mit dem Biski zusammen zum See, ich übernehm ihn dann von dir, während du mit der Monika redest. Dann kann keiner von den dreien zum andern Kontakt aufnehmen, ohne dass mir was mitkriegen.»

«Erinnert mich an des Rätsel mit dem Fluss, den Schafen und den Wölfen», sagte Holzhammer.

«Ja, bloß dass es bei uns ein See ist», sagte Müllerhuber.

Sie zahlten und fuhren zurück zur Wache. Hier schnappte sich Holzhammer das Telefon und Müllerhuber den Dienstwagen.

Eine halbe Stunde später betrat ein mürrischer Holger Biski Holzhammers Büro.

«Musste das jetzt sein? Ich hab schon genug am Hals», pflaumte er gleich los.

«Hinsetzen», sagte Holzhammer nur.

Biski ließ sich demonstrativ unwillig auf den Besucherstuhl sacken. Aber was der konnte, konnte Holzhammer schon lange. Umgehend legte er die genau entgegengesetzte Attitüde an den Tag. Geruhsam stemmte er sich aus seinem eigenen Stuhl hoch und stellte sich mit dem Rücken zu Biski ans Fenster, als hätte er alle Zeit der Welt. Der Blick aus seinem Büro ging nach Osten, zum neuen Parkplatz für das Haus der Berge. Mit anderen Worten, es gab überhaupt nichts zu sehen.

«Was soll jetzt der Scheiß, warum bin ich hier, ich hab nichts getan, und ich weiß auch nichts», moserte Biski weiter.

«Siagst des, und beides glaub ich dir ned», sagte Holzhammer und drehte sich provozierend langsam wieder um. «Warum hast du Hirsingers Stofftiere angesteckt?»

«Hab ich nicht, das sagte ich schon.»

«Ja, aber da hast du gelogen.»

Holzhammer öffnete eine Schublade, nahm den durchsichtigen Beutel mit der leeren Benzinflasche heraus und legte ihn auf den Tisch.

Ein kurzer Schreck zog über Biskis Gesicht. Doch gleich hatte er sich wieder unter Kontrolle.

«Warum hast den Verschluss da abgesäbelt?», fragte Holzhammer.

Jetzt wurde Biski merkbar unsicher. Als er nicht gleich antwortete, setzte Holzhammer nach: «Du hast ihn obigefutzelt, damit du des Benzin schneller ausgießen kannst. Und zwar auf dem Hirsinger seine Teddybären. So schaut's aus.»

«Nein, der war kaputt, deshalb hab ich ihn abgemacht.»

«Das werden mir ja sehen, wenn sich die Spurensicherung drüber hermacht.»

«Sie können mir überhaupt nichts beweisen.»

«Warten wir's ab.»

Als Nächstes langte Holzhammer ins unterste Regal hinter dem Schreibtisch und förderte schwungvoll einen Schneeschuh zutage. Auch den knallte er vor Biski auf den Schreibtisch. Die Zacken an der Unterseite verursachten tiefe Kratzer im Resopal, was aber angesichts der zahlreichen bereits vorhandenen Macken, Dellen, Wellen und Flecken zu keiner wesentliche Verschlechterung des Gesamteindrucks führte.

«Sind das deine?»

Auch hier wieder die gleiche Reaktion: Biski zuckte kurz, dann fing er sich wieder. «Ja, und?»

«Warst du mit denen vor zwei Wochen im Seilergraben?»

«Nein, und selbst wenn, ist das vielleicht verboten?»

Holzhammer versuchte es mit Starren, aber der Saupreiß hielt seinem Blick stand. Wahrscheinlich war er gestählt durch den Kontakt mit Gästen, denen irgendwas am Essen nicht passte. Also holte er seine letzten Trümpfe hervor: die ausgedruckten Mails aus der Schweiz.

«Was? Mein Chef und Geld? Der konnte doch nicht mal mein mickriges Gehalt pünktlich zahlen», stieß Biski hervor, etwas zu schnell, denn jeder Unwissende hätte eine Weile gebraucht, um die Bedeutung der Blätter zu verstehen.

Jetzt oder nie. Holzhammer legte die Hände an die Tischkante und beugte sich bedeutungsvoll vor. Jedenfalls hoffte er, dass es bedeutungsvoll aussah. Dann setzte er nach: «Du hast von Altbauers Schwarzgeld gewusst und wolltest an die Kohle.»

Nun starrte ihn Biski nur noch an und sagte nichts mehr.

Holzhammer stemmte sich hoch und lehnte sich noch weiter vor. «Weißt du, was ein Indizienbeweis ist? Die Menge macht's. Verstehst du? Ein Teil für sich braucht da überhaupts ned wasserdicht zu sein. Und Müllerhuber ist grad unten am See. Ich bin mir sicher, der findet auch noch was. Es wär wirklich besser, du redst jetzt gleich.»

Leider schien Biski anderer Meinung zu sein. Kein Wort kam über seine Lippen. Also packte Holzhammer seinen Zeugen ins Auto, fuhr mit ihm zum See und übergab ihn dort an Müllerhuber, der vor Hirsingers Geschäft stand. Fragend sah er den jungen Kollegen an, doch der schüttelte nur den Kopf. Er hatte aus Hirsinger also nichts herausbekommen.

Holzhammer betrat den immer noch leicht nach Unterwasserräucherkammer müffelnden Laden und versuchte es selbst noch einmal. Doch auch ihm gegenüber machte der Inhaber weiterhin auf Stockfisch. Also ging er hinüber ins Hotel, wo Müllerhuber zwischen Biski und Monika stand.

«Und, wie geht's?», fragte Holzhammer.

«Schlecht, wenn ihr mir weiterhin die Gäste vertreibt», sagte Monika.

Holzhammer versuchte einen Umweg. «Warum war eigentlich dein Bruder ned auf der Beerdigung?»

«Weil es von Thailand ein ziemlich teurer und ziemlich langer Flug ist. Und weil er sich mit unserem Vater sowieso nie besonders verstanden hat.»

«Ach so?» Tauchte da etwa gerade ein weiteres Mordmotiv am Horizont auf?

In diesem Moment machte Müllerhuber ein komisches Geräusch, und als Holzhammer zu ihm hersah, verdrehte er demonstrativ die Augen. Vermutlich sollte das heißen, diese Schiene würde zu nichts führen. Aber woher wollte er das eigentlich wissen? Egal. Wahrscheinlich hatte er recht. Aber da war ja noch ein anderer Mann in Monikas Leben. Einer mit höchst unklarem Beziehungsstatus zu ihr.

15

Christine saß in ihrem pompösen Büro und sprach mit einem Patienten. Der Mann hatte keine OP hinter sich, sondern lediglich eine Rückenprellung auszukurieren. Laut Akte hatte er sich bei einem Sturz auf der Skipiste verletzt.

«Dann waren die Ski bestimmt auch hin», sagte Christine mitfühlend. Inzwischen wusste sie, wo die Prioritäten ihrer einheimischen Patienten lagen.

«Des waren keine Ski, des war a gusseiserne Badewanne.»

Der Patient sagte es ganz sachlich und erwischte Christine kalt. Nur langjährigem Training mit Berchtesgadener Patienten war es zu verdanken, dass sie nicht laut losprustete. Jetzt galt es, mit ebenso ernster Miene zu kontern.

Christine nahm die Krankenakte und einen Stift zur Hand und tat, als würde sie sich die einzutragenden Worte vorsagen: «Also kein – Eisenmangel.»

Kurz darauf entließ sie den jungen Mann mit einigen Ermahnungen, in Zukunft besser auf sich aufzupassen. Garantiert zwecklos, natürlich.

Da klingelte das Telefon.

«Servus, i bin's», sagte eine leise, fast schüchterne Männerstimme.

Christine brauchte einen Moment, um darauf zu kommen. Der Schwarzmarkierer! Woher zum Geier hatte der ihre Telefonnummer? Sie hatten sich nicht einmal vorgestellt. Das Einzige, was sie von sich erzählt hatte, war ihr Abenteuer vom letzten Sommer, als sie die Bergwacht rufen musste. Das musste es sein. Bestimmt kannte der Alte jeden Bergwachtler der letzten vierzig Jahre. Da hatte er nur nach der Norddeutschen zu fragen brauchen, die sich letztes Jahr im Klausbachtal verstiegen hatte. So lief das im Talkessel.

«Ich hätt was bei der Polizei zum Melden, zwengs dem Lawinentoten. Kannst du des für mich übernehmen? Ich möchte ned unbedingt selbst ...»

«Klar mach ich das. Schieß los.» Noch ein anonymer Zeuge. Sie konnte sich vorstellen, was Holzhammer dazu sagen würde. Aber wenn die Information wichtig war, musste er es erfahren, anonym oder nicht.

Offenbar hatte Sepp lange mit sich gerungen, weil niemand auf seine Spur kommen sollte. Das schien neuerdings eine allgemeine Neurose zu sein, sowohl diesseits als auch jenseits des Steinernen Meeres. Und nicht einmal jetzt wollte er einfach so am Telefon damit herausrücken. Der Schwarzmarkierer wollte sie persönlich treffen.

«Ich zeig dir auch an oiden Steig», lockte er. «Da können mir beim Gehen reden.»

Gar nicht weit sollte es sein. Startpunkt Königssee. Christine konnte sich nicht vorstellen, wo so nah am Parkplatz noch Geheimnisse zu entdecken sein sollten. Und lange dauern sollte es auch nicht, eine kleine Halbtagestour. Sie überlegte. Ja, für den Nachmittag konnte sie sich notfalls freimachen. So oft, wie sie für Kollegen einsprang, konnte ihr auch mal jemand einen Gefallen tun.

Und so trafen sie sich schon eine Stunde später konspirativ am großen Felsen beim Busparkplatz. Und eine weitere Stunde später balancierte Christine hoch über dem Königssee. Uralte Stufen waren in den Stein gehauen, teils ausgebrochen, teils moosüberwuchert. Das musste der Weg sein, den schon Ludwig Ganghofer in der «Martinsklause» erwähnte: der steile und gefährliche Steig zu Wazes Haus, hoch über der Felswand. Nie hätte Christine gedacht, dass hier wirklich ein Steig entlangführte.

Ein dünnes, durchgerostetes Stahlseil lag am Boden. Christine fragte sich, wer das wohl gespannt hatte – und wann. Vermutlich war das schon vor fünfzig oder sogar vor achtzig Jahren gewesen? Die Steinstufen waren jedenfalls viele Jahrhunderte alt. Gut möglich, dass sie tatsächlich auf die allerersten Anfänge der Almwirtschaft zurückgingen. So lange waren die Almhirten hier ganz ohne Handlauf ausgekommen. Unwillkürlich überlegte Christine, welcher Zustand nun der echte war, der erhaltenswerte. Sollte man den Steig in dem jetzigen maroden Zustand belassen oder ihn sorgsam ausbessern? Nur das Seil erneuern? Oder im Gegenteil die Seilreste entfernen? In Österreich gab es militante Kletterer, die Bohrhaken in alten, klassischen Routen einfach abfrästen.

Ihr Wandergefährte redete nicht viel, und Christine drängte ihn auch nicht dazu. Es gab nun mal unterschiedliche Wandertypen. Die einen quasselten die ganze Zeit wie beim Shopping mit der Freundin, die anderen genossen es, lieber still nebeneinander herzulaufen. Manchmal waren die Stillen aber auch nur die mit der schwächsten Kondition und gaben bloß deshalb kein Wort von sich, weil sie schlicht keine Luft für Gespräche hatten.

Sie waren bereits an den ersten Altschneeflecken vorbei, und Christines Freund hatte sein Geheimnis immer noch nicht preisgegeben. Nun ging es ein schmales Felsband entlang. Ein etwas zu schmales Felsband, für Christines Geschmack. Aber sie wollte sich keine Blöße geben. Ein paar Meter weiter, hinter einer Biegung, tauchte plötzlich ein kleiner Sitzplatz auf, mit herrlicher Aussicht über den See. Zwei Leute mussten eng zusammenrücken und einander vertrauen, wenn sie hier zusammen Platz nehmen wollten. Direkt vor ihren Füßen ging es senkrecht in die Tiefe.

Ausgerechnet dieses luftige Plätzchen hatte der Schwarzmarkierer für einen kleinen Umtrunk ausersehen. Er setzte seinen Rucksack ab und stellte das rechte Bein in den rechten Armgurt, um ihn zu sichern. Anschließend förderte er einen Flachmann und zwei original Enziangläser zutage. Er drückte Christine beide Gläser in die Hand, schenkte ein und steckte die Flasche wieder weg. Dann nahm er Christine das zweite Glas ab und stieß mit ihr an. Christine sah auf den See. Ein weißes Elektroboot hatte unterhalb der Echowand angehalten. Seine Trompetenklänge inklusive Echo drangen zu ihnen herauf. Nach der musikalischen Einlage würde der Trompeter Trinkgeld einsammeln, und dann ging es weiter zur Halbinsel St. Bartholomä, wo die Insassen die weißrote Kapelle bestaunen konnten. Kurz vor dem Anlegen würde der Bootsführer noch durchsagen, wann der Auslöser zu drücken wäre, um sowohl Kapelle als auch Watzmann optimal aufs Digitalbild zu bekommen.

«So schee», sagte der Alte neben ihr.

Dann leerte er mit einem entschlossenen Schluck sein Schnapsglas. Christine tat es ihm nach und gab ihm das Glas zurück. So hatte sie wenigstens wieder beide Hände zum Festhalten frei. Ihr Spezi trocknete beide Gläser mit einem gebrauchten Stofftaschentuch und stopfte sie zurück in den Rucksack.

Und schließlich hub er an zu erzählen: «Was ich dir sagen wollt ...»

Christine musste öfters nachfragen, weil ihr neuer Freund mit jedem Satz tiefer im Dialekt versank. Auch einige Ortsangaben, die er verwendete, hatte sie noch nie gehört.

Doch schließlich hatte sie die Geschichte beisammen. Er war natürlich mal wieder auf Markiertour gewesen, diesmal zwischen Brandhorn und Neuhütter. Die Route führte über Rücken und Grate, sodass man dort als Wanderer von allen Seiten weithin sichtbar war. Deshalb hatte er für die Aktion die einsame Zeit zwischen den Saisonen gewählt. Er war schon ziemlich weit gekommen und hatte an einem geschützten Platz in der Mauerscharte Brotzeit gemacht, da war ihm ein einsamer Skifahrer aufgefallen. Er kam von Süden aus Richtung des Wildalmkircherls und hielt genau auf das Steinhütterl zu.

Das Steinhütterl! Genau einen Tag vor dieser Beobachtung hatte Christine selbst mit ihren Begleitern diese einsame Stelle im Steinernen Meer passiert. Sie schloss die Augen und versuchte, sich die Szenerie ins Gedächtnis zu rufen. Kurz vor dem Steinhütterl machte die Große Reibn einen Rechtsknick, man ging oberhalb vorbei. Die kleine Hütte, die sich ostseitig an einen Felsen duckte, bekam man normalerweise auf dieser Tour gar nicht zu Gesicht. Man musste wissen, dass es sie gab, und an der richtigen Stelle einen kleinen Abstecher machen. Vom östlich gelegenen Bergkamm hingegen war die Hütte frei sichtbar.

«Und des Seltsamste war, da hat a Zwoater auf eam g'wart», unterbrach Christines Informant ihre Gedanken.

«Was?»

«Ja. Dieser andere hat seine Ski an die Hüttn g'lehnt und war grad dabei, des Türl freizuschaufeln. Und als sein Spezi aufgetaucht ist, gab's erst Palaver, dann ham s' z'amm fertig gegraben, und dann san s' in die Hüttn eini. Ich bin dann weiter, weil ich musst ja fertig werden.»

«Wahnsinn, das ist sehr wichtig. Vielen Dank, dass du es gesagt hast.»

«Passt scho. Aber mich lasst aussi, gell.»

«Klar – ich meine ‹freilich›.»

Von ihrem luftigen Pausenplatz brachte Christines neuer Freund sie zur Kühroint-Alm. Dort verabschiedete er sich überraschend, er wolle noch in die Kapelle für die Bergtoten schauen. Die schlichte Kapelle im Angesicht des Watzmanns war erst vor wenigen Jahren errichtet worden, aber vom ersten Tag an hatte sie sich eingefügt, als wäre sie schon immer da gewesen. Drinnen befand sich ein metallenes Buch mit eingehämmerten Namen von allen Menschen, die in den Berchtesgadener Bergen ums Leben gekommen waren. Sicher hatte der Alte viele der dort Eingetragenen persönlich gekannt.

Christine ließ den Schwarzmarkierer bei seinen toten

Freunden und machte sich über breite Wanderwege auf den Rückweg zum See. Die ganze Zeit überlegte sie, wie sie Holzhammer die Geschichte verkaufen sollte. Konnte sie den Schwarzmarkierer wirklich heraushalten? Seine Beobachtung schien überaus wichtig zu sein. Andererseits, wenn sich beim Steinhütterl etwas Interessantes fand, war es egal, wie die Polizei darauf aufmerksam geworden war. Sie rief sich den Moment ins Gedächtnis, als sie auf ihrer großen Tour dort vorbeigekommen waren. Hatte nicht Müllerhuber kurz darauf gemeint, die Spur sei nun deutlicher?

16

Holzhammer war immer noch unten am See. Er war noch einmal zu Hirsinger hinübergegangen, in der schwachen Hoffnung, ihn doch noch weichzuklopfen. Aber nein, Hirsinger wollte weder Biski im Seilergraben gesehen haben noch irgendwas von Schwarzgeld wissen. Und wer seine Plüschbären angesteckt hatte, wusste er angeblich auch nicht.

«Wie wär's denn mit Biski?», fragte Holzhammer.

«Wieso denn ausgerechnet der?», fragte Hirsinger zurück.

Es war zum Auswachsen. Und das Motiv für den Anschlag auf die Stoffbärenkompanie kannte Holzhammer ja leider auch nicht. Nur dass es Biski gewesen war, daran hatte er nicht den geringsten Zweifel.

Er war gerade wieder in die Frühlingssonne hinausgetreten, als Christines Anruf ihn erreichte. Wie sich herausstellte, rief sie vom großen Parkplatz an, nur zweihundert Meter entfernt. Also verabredeten sie sich auf der Terrasse vom Seekaser. Als sie ankamen, lag die Terrasse schon im Schatten, aber Holzhammer fror sowieso nur selten. Und Christine war offenbar unterwegs gewesen, sie trug Wanderschuhe und holte eine dicke Jacke aus ihrem Rucksack.

Sie bestellten Glühwein und sahen zum Grünstein hinüber, der schon fast schneefrei war. Es war klar, dass Christine etwas loswerden wollte, aber sie druckste zunächst ein bisschen herum. Irgendwie niedlich von ihr.

Schließlich rückte sie mit der Information heraus – allerdings nicht, ohne vorher mindestens dreimal auf ihre ärztliche Schweigeplicht hingewiesen zu haben.

«Ärztliche Schweigepflicht?», frotzelte Holzhammer. «Dein geheimer Tippgeber war doch garantiert so gesund wie eine Forelle im Königssee.»

«Weiß nicht, was du meinst.» Seine norddeutsche Freundin machte ein unschuldiges Gesicht.

«Auf jeden Fall ist es höchst interessant. Wenn tatsächlich zwei Hanseln am Steinhütterl herumgegraben haben, passt des wie die Faust aufs Auge zu der Schwarzgeldtheorie von Matthias.»

«Das hab ich mir auch schon gedacht. Noch dazu, wo der eine offenbar aus Österreich herübergekommen ist.»

«Eben. Auch von der Zeit her passt des perfekt zu dem andern Tipp, den ich aus Österreich bekommen hab. Und dass dein großer Unbekannter die beiden ned erkannt hat, ist halb so wichtig, weil mein großer Unbekannter den Altbauer ja anhand des Fotos im Zeller Lokalbladl eindeutig identifiziert hat. Nur blöd, dass keiner von beiden zu einer gerichtsverwertbaren Aussage bereit ist. Sehr blöd.»

«Wenn du das Geld tatsächlich dort findest, hast du doch alles, was du brauchst, oder?», fragte Christine. «Dann brauchst du doch gar keinen Zeugen mehr. Oder?»

Tatsächlich brauchte es für den Schlachtplan, der sich bereits in Holzhammers Hinterkopf formte, den Augenzeugen überhaupt nicht. Entscheidend war, dass er jetzt wusste, wo man nach dem Geld suchen musste. Aber er würde Christine noch ein bisschen zappeln lassen, nur so aus Spaß.

Also wiegte er ernst den Kopf hin und her und machte «hmhm».

«Also, was wirst du unternehmen?», fragte Christine nach und nippte nervös an ihrem Glühwein.

«Was glaubst du denn? Auffi muass i», sagte Holzhammer trocken.

In Gedanken stellte er bereits Team und Ausrüstung zusammen. Dabei fragte er sich, ob er überhaupt selber mitmusste. Die Aussicht, mit einer Lawinenschaufel im gefrorenen Schnee zu schuften, war nicht sehr erbaulich. Vielleicht war es besser, nur Rolf Berg und einen Polizeibergführer hinaufzuschicken und vielleicht noch einen Hiwi zum Graben. Oder brauchten sie erst einmal einen Spürhund? Dann wären sowieso zwei Flüge notwendig, denn den Hund gab's nur im Doppelpack mit seinem Hundeführer. Der nächste Drogenhund wohnte in Traunstein, aber hier war ja ein Geldspürhund gefragt. Vielleicht könnte er am Salzburger Flughafen nachfragen?

Schließlich versprach Holzhammer seiner Lieblingsärztin, dass er ihren anonymen Freund heraushalten würde. «Des wird mir zwar ein bisschen Ärger einbringen, aber damit werd ich schon fertig.»

Inzwischen war es fast dunkel. Sie tranken zügig ihren Glühwein aus, der bereits kurz davor war, sich in Eiswein zu verwandeln. Dann brachen sie auf.

Was lag da in 2000 Metern Höhe unter dem nackten Boden des Steinhütterls vergraben? Die Frage umschwebte Holzhammer wie ein hartnäckiger Mückenschwarm und würde sich nicht vertreiben lassen, bis er es herausgefunden hatte. Aber heute war es zu spät, um noch etwas zu unternehmen. Im Dunkeln konnte kein Hubschrauber fliegen, zumindest keiner, den Holzhammer auf die Schnelle in Marsch hätte setzen können. Vorher galt es sowieso noch, das «bisschen Ärger» zu überwinden, das er Christine gegenüber angedeutet hatte. Der Ärger hatte einen Namen. Er hieß Dr. Klaus Fischer. Der würde garantiert Theater machen, wenn Holzhammer aufgrund eines anonymen Hinweises aus zweiter Hand einen teuren Hubschraubereinsatz forderte. Und diesen anonymen Hinweis mit einem zweiten anonymen Hinweis aus Österreich zu untermauern, würde die Sache kaum besser machen. Da blieben mal wieder nur drei Möglichkeiten: Erpressung, dreistes Lügen oder Privatinitiative.

Das hübsche Druckmittel, das Holzhammer gegen seinen Chef in der Tasche hatte, sparte er sich bereits seit einem Jahr für eine wirklich wichtige Gelegenheit auf. Er wollte es nur im äußersten Notfall einsetzen. Und lügen war eigentlich nicht seine Sache. Blieb nur noch die Privatinitiative übrig. Mal wieder.

Also rief er den Standortkommandanten der Gebirgsjägerkaserne in der Strub an, mit dem er seit vielen Jahren gelegentlich Schach spielte. Noch vor kurzem hatte man um den Standort gezittert. Dass er die letzte Bundeswehrreform glorreich überlebt hatte, war vermutlich drei Gründen zu verdanken. Zum einen waren die Gebirgsjäger bei den Wehrwilligen sehr beliebt. Sie erhielten viel mehr Bewerbungen, als sie benötigten, und dienten somit als eine Art Lockvogelangebot der Bundeswehr. Zum anderen waren sie die einzige Einheit, die auch als Touristenattraktion diente. Ihre Maultiere und Haflinger waren der Hit bei jedem Stadtfest zwischen Königssee und Reichenhall. Und schließlich, dies war die offizielle Begründung, waren die geländegängigen Gebirgsjäger in besonderer Weise geeignet, die demokratische Grundordnung am unwegsamen Hindukusch zu verteidigen. Was sie auch regelmäßig taten.

Holzhammer erwischte den Kommandanten beim Abendessen und schilderte sein Problem. «Des heißt also, ich bräucht morgen an Hubschrauber, wenn's geht.»

«Kein Problem, wir haben eh momentan Flüge zur Reiteralm. Sogar eine Sikorsky wär da, falls du noch ein paar Sklaven zum Graben mitnehmen willst.»

Soweit Holzhammer sich erinnerte, war die Sikorsky ein Transporthubschrauber für über dreißig Mann. Das war vielleicht doch ein bisschen übertrieben. «Dank dir schön, aber die untere Mittelklasse tut's auch.»

«Dann stell ich dir eine Bell hin, gewaschen und vollgetankt.»

«Perfekt, dank dir.»

Zefix, auch die Bell hatte Platz für immerhin sechs Passagiere. Da gab es nun keine Ausrede mehr, um selbst daheimbleiben zu können. Der Hauptwachtmeister zog es vor, mit beiden Beinen am Boden zu stehen. Seine Bodenständigkeit war quasi wörtlich zu nehmen. Aber von dieser kleinen Schwäche wusste nur Marie, und so sollte es möglichst auch bleiben.

Er fuhr seinen Computer herunter und machte sich auf

den Heimweg. Wenigstens standen dort die Möbel wieder an ihrem Platz, Marie schien sich halbwegs ausgetobt zu haben. So konnte er nach dem Abendessen an seinem zweitliebsten Platz einrasten: im Liegesessel mit Blick in den Garten. Dort draußen stand die Gartenhütte mit der kleinen Veranda, seinem allerliebsten Platz.

Per Handy ordnete Holzhammer seine Truppen. Müllerhuber sollte natürlich mit, schon zur Belohnung. Außerdem sollte er das Protokoll übernehmen. Des Weiteren konnten sie wohl tatsächlich ein oder zwei Schaufelsklaven gebrauchen. Das Erdreich da oben würde ja noch gefroren sein. Dann sollte natürlich noch Rolf Berg mit, zwecks professioneller Spurensicherung.

Also rief er in Traunstein an und kam gleich forsch zur Sache: «Servus, da ist der Franz. Dein Typ wird morgen früh um zehn in der Strub verlangt.»

«Was, du spinnst wohl», war Rolf Bergs freundliche Antwort.

Holzhammer hatte nichts anderes erwartet. Sein alter Freund ließ sich gern ein bisschen bitten. Aber am Ende war er noch immer da gewesen, wenn man ihn brauchte. Als Berg erfuhr, dass irgendwelche Verdächtigen sich im Steinernen Meer herumgetrieben hatten, war er ganz Ohr und bot sogar an, die Strecke per Ski abzugehen.

«Das könnt dir so passen, Skiurlaub auf Staatskosten», sagte Holzhammer.

«Aber zumindest bis zum Steinhütterl könnt ich doch per Ski kommen», quengelte Berg.

«Nix da. Mir brauchen dich pünktlich. Aber wenn du magst, bring halt deine Ski mit, der Hubschrauber ist groß genug. Wenn mir oben fertig san, kannst du von mir aus abfahren, wohin du willst.»

«Super, Heli-Skiing in den Berchtesgadenern», frohlockte nun Rolf Berg und war plötzlich sehr motiviert. Ging doch.

17

Am nächsten Morgen um zehn fanden sich alle pünktlich auf dem Hubschrauberlandeplatz ein.

Martin Müllerhuber hatte eine Digicam und eine Lawinenschaufel dabei. Rolf Bergs Assistent schleppte zwei Taschen mit Ausrüstung. Berg selbst fischte gerade Ski, Stöcke und einen Tourenrucksack aus seinem Wagen. Die Skischuhe hatte er schon angezogen. Holzhammer selbst trug, außer der Verantwortung, einen Rucksack mit zwanzig Leberkassemmeln von seinem Lieblingsmetzger und ein Funkgerät. Außerdem hatte er einen Bereitschaftspolizisten mit kräftigen Oberarmen im Schlepptau.

Ein paar weitere Gegenstände hatte sein Schachfreund beigesteuert und bereits im Hubschrauber verstauen lassen, darunter Spitzhacken, Biwaksäcke und weitere Überlebensausrüstung. Der Hubschrauber konnte nämlich nicht die ganze Zeit bei ihnen bleiben, und man wusste schließlich nie.

Bei bestem Wetter hoben sie ab und flogen über die Schönau hinweg in Richtung Königssee. Holzhammer, der neben dem Piloten saß, versuchte sich abzulenken, indem er einzelne Häuser identifizierte. Irgendwo rechts, am Fuß des Grünsteins, musste das Haus von Matthias liegen. Über das Hotel Altbauer flogen sie geradewegs hinweg. Sogar von hier oben sah man, dass die Anbauten auf der Rückseite nur noch zum Abriss taugten. Dann kam der langgezogene See, der an drei Seiten fjordartig von steilen Bergen eingerahmt wurde.

Während sie den See überquerten, stieg der Hubschrauber kontinuierlich höher. Holzhammer ertappte sich bei dem Gedanken, was wäre, wenn sie nicht rechtzeitig hoch genug kamen. Es gefiel ihm überhaupt nicht, wie die steile Felswand am Ende des Sees auf ihn zukam. Er befahl sich, kein Idiot zu sein, aber dann musste er doch heimlich kurz die Augen schließen. Als er sie wieder öffnete, flogen sie gerade über die Halbinsel von St. Bartholomä hinweg, und rechts öffnete sich der Blick auf die Watzmann-Ostwand. Das Traumziel so vieler Bergsteiger lag in der klaren Frühlingssonne zum Greifen nah. Der Hubschrauber flog auf halber Höhe dieser höchsten Wand der Ostalpen, sodass sie eine perfekte Sicht auf die berühmten Bänder und Rinnen genossen. Soeben donnerte eine gewaltige Lawine vom Gipfel herab, und sie konnten verfolgen, wie die Schneemassen über die verschiedenen Abbrüche flossen und sich schließlich am Wandfuß bei der Eiskapelle auftürmten.

Der Anblick war so gewaltig, dass Holzhammer sogar seine Flugangst vergaß. Selbst das kontinuierliche Klicken irgendwo hinter ihm drang erst nach und nach in sein Bewusstsein. Schließlich drehte er sich doch um. Doch es war bloß Müllerhuber mit der Digicam im Anschlag.

Dann ließ sich Rolf Berg vernehmen. Zuerst gab er ein

sehnsuchtsvolles Seufzen von sich. Das war angesichts der herrlichen Wand noch zu verstehen. Aber dann folgte unvermutet ein herzhaftes «Du Sauhund!».

«Was ist denn jetzt los?», fragte Holzhammer verwirrt.

«Weißt du noch vor zwei Jahren? Da hast du Sauhund mich aus der Ostwand geholt, nur damit ich unter einem Traktor für dich im Dreck wühle.»

Es stimmte. Damals hatte er unter rätselhaften Umständen einen Toten gefunden und sich nicht anders zu helfen gewusst, als den Spurensicherer, der einen Urlaubstag zum Klettern nutzte, direkt aus der Ostwand zum Tatort fliegen zu lassen. «Das trägst du mir immer noch nach?»

«Allerdings. Es war ein Traumtag im September, und ich war gerade dabei, meinen eigenen Rekord zu brechen.»

«Mei, dafür bring ich dich heut zum Heli-Skiing.» Mitleidslos drehte Holzhammer sich wieder nach vorn. Sie überquerten nun in einer leichten Linkskurve den Obersee, der vor tausend Jahren durch einen Felssturz vom Königssee getrennt worden war. Über die Wände am Talschluss rauschten die beiden höchsten Wasserfälle Deutschlands, rechts der Röthbachfall und links der weniger bekannte Landtalfall.

Der Hubschrauber hatte jetzt die Schneegrenze erreicht. Unter ihnen in 1400 Metern Seehöhe lag einsam und weiß die Wasseralm. Weder aus der DAV-Hütte noch aus der Forsthütte drang Rauch empor. Der Hubschrauber folgte nun dem Steig, der von der Wasseralm aufs Plateau des Steinernen Meeres hinaufführte. Von dem Weg war natürlich nichts zu sehen. Immer niedriger schwebten sie über Grund, immer mehr Schnee wirbelte auf.

«Abdrehen, Depp», rief Rolf Berg dem Piloten zu. «Genau wegen der Spuren sind wir doch da!»

Also landete der Hubschrauber ein Stück vom Steinhütterl entfernt, auf einer kleinen Kuppe. Die beiden Spurensicherer luden ihre Ausrüstung aus.

Holzhammer probierte noch geschwind, ob sein Funkgerät funktionierte. Mit Handyempfang war es hier nämlich mal wieder Essig, und er wollte sicherstellen, dass die Kommunikation mit dem Hubschrauber funktionierte. Nach dem Austausch einiger «Roger», «Copy» und «Over» winkte er dem Piloten, dass er starten konnte.

Nun waren sie allein, und Holzhammer ging kurz durch den Kopf, dass er auch unten in der Polizeiwache ziemlich einsam und schutzlos vor seinem Chef stehen würde, wenn sie hier nichts Verwertbares finden würden.

Rolf Berg übernahm sogleich das Kommando. Er hieß die anderen zurückbleiben. «Vor allem du, Holzhammer, du alter Spurenvernichter.»

Jaja, schon recht. Es zeigte sich sowieso, dass Bergs Ski ausgesprochen sinnvoll waren. In der Nacht war der Schnee nämlich nicht mehr durchgefroren, und ohne die Skispur hätten sie sich zum Hütteneingang durchgraben oder bis zum Hintern durch tiefen, feuchten Schnee waten müssen.

Berg und sein Assistent suchten zunächst die unmittelbare Umgebung ab. Die Spur, die Müllerhuber und seine Mitstreiter vor zwei Wochen hinterlassen hatten, war nur noch vage auszumachen. Inzwischen war sie nicht mehr vertieft, sondern erhöht. Im Gegensatz zur unberührten Fläche rund herum hatte der komprimierte Schnee dem Wind standgehalten.

Berg machte eine Kehre und marschierte oberhalb der Hütte südwärts, bis er auf die Wildalm schauen konnte. Mit einem Fernglas spähte er hinab. «Tatsächlich, da ist eine einsame Spur. Die könnte auch zwei Wochen alt sein.»

Nachdem das geklärt war, drangen sie zum Hütteneingang vor. Hier hatte es eindeutig Aktivitäten gegeben. Der Eingang musste tatsächlich vor kurzer Zeit freigeräumt worden sein. Nur etwas Triebschnee war frisch angeweht. Vier längliche Löcher an der Hüttenwand zeugten davon, dass hier zwei Paar Ski abgestellt worden waren.

Sie öffneten die alte, roh zusammengezimmerte Tür. Eine Bettstatt aus ungehobelten Holzbohlen nahm die gesamte Rückwand ein. Davor gab es nur nackten, steinigen Erdboden. Um aus dem Weg zu sein, setzte Holzhammer sich auf die staubige und mit Mäuseköteln garnierte Bettstatt. Trotzdem passten nicht alle Expeditionsteilnehmer in die kleine Hütte hinein. Müllerhuber und der Polizist von der Bereitschaft mussten draußen bleiben. Rolf Berg nahm neben Holzhammer Platz, sein Assistent stand im Türrahmen und verdunkelte dadurch den Innenraum. Berg winkte ihn weg.

Sie ließen ihre Blicke über den Boden schweifen. Ja, da war etwas. Aber man musste genau hinsehen. Ihre Vorgänger hatten wirklich ganze Arbeit geleistet. Auf den ersten Blick sah der Boden überall gleich aus. Festgestampfte graue Erde, durchsetzt mit Steinen und vermutlich gemischt mit hundertjährigen Ascheresten. Aber die kreisrunde Stelle ganz rechts in der Ecke – hatte die nicht eine etwas andere Farbe?

Holzhammer deutete mit dem Finger darauf. «Was ist das, ein zugestopftes Mankeiloch?»

Um das Zustopfen ihrer Eingänge kümmerten sich die Murmeltiere normalerweise selbst, bevor sie im Herbst für sechs Monate schlafen gingen. Doch manche fanden Wetterschutz über dem Eingang auch im Sommer praktisch und gruben sich daher in passende Almhütten durch.

Rolf Berg kniete schon auf dem Boden und stocherte mit einem kleinen Spaten im Boden herum. «Wenn das ein Mankei war, dann eins mit Klappspaten», sagte er schließlich.

Volltreffer! Fast wäre Franz Holzhammer jubelnd aufgesprungen, wie früher, wenn sein Sohn ein Tor für den FC Bischofswiesen geschossen hatte.

«Jetzt red ned lang rum, mach schon weiter», drängte er.

Berg orderte von draußen einen kleinen Pickel und eine Unterlage zum Draufknien, damit er sich die teure Tourenhose nicht verdarb. Dann pickelte er einige Minuten vor sich hin und schob Steine und Erde in kleinen Portionen nach hinten weg.

Helfen konnte Holzhammer ihm in der beengten Situation nicht, also beschränkte er sich aufs Kommentieren: «Wie ein Knacki, der sich mit dem Alulöffel nach draußen gräbt.»

Berg reagierte nicht und arbeitete weiter.

Einige Minuten später legte er eine Pause ein, wischte sich übers Gesicht und sagte: «Falls dich meine fachliche Meinung interessiert: Die äußeren Wände sind schon Mankeiarbeit. Das ist nicht nur ein Loch, das ist eine meterlange Röhre. Aber deine Verdächtigen haben sie benutzt und erweitert. Und so gründlich zugestopft, als wär's ein Atomendlager.»

Es kam öfter vor, dass Murmeltiere sich in verlassene Berghütten durchgruben. Ein geschützter, überdachter Eingang zum Bau hatte viel für sich. Und Altbauer und sein Kumpel hatten offenbar das vorhandene Loch genutzt, um sich Arbeit zu sparen. Das von Menschenhand dicht gestopfte Füllmaterial reichte fast einen halben Meter weit. Endlich stieß Rolf Berg durch. Er legte den Pickel weg, und sein rechter Arm verschwand bis zur Schulter im Boden.

Holzhammer hielt es nun endgültig nicht mehr auf seinem spartanischen Sitz. Er stellte sich hinter den Spurensicherer und beugte sich gespannt vor. In diesem Moment richtete Rolf Berg sich auf, und sein Kopf traf Holzhammer am Kinn. Der sah erst Sterne und dann haufenweise Papierfetzen.

Nach und nach förderte Berg mehrere Hände voller blasslila Konfetti zutage, das in einem früheren Leben wohl zu diversen 500-Euro-Scheinen gehört hatte. Er musste sich so tief runterbeugen, dass seine Softshelljacke bald bis über die Schulter mit Erde beschmiert war.

«Mehr bekomme ich nicht zu fassen», sagte er schließlich.

Kein Wunder. Der Großteil des Schatzes war von einem unsanft geweckten und daher äußerst verärgerten Murmeltier erst zerfetzt und dann tief unter die Oberfläche verschleppt worden. Dort diente es jetzt wohl als Polster für das Kindbett seiner Gattin.

Rolf Berg legte eine Plane auf das Bett und breitete die Schnipsel drauf aus. Diejenigen, auf denen eine Geldscheinnummer sichtbar war, bekamen einen Extraplatz. «Auf den ersten Blick würde ich sagen, das sind ungefähr sechzig verschiedene Scheine.»

«Also dreißigtausend Euro? Dann ist das gewiss nur ein kleiner Teil», sagte Holzhammer, mehr zu sich selbst.

Berg fasste die Bemerkung als Arbeitsauftrag auf. «Der Rest kann bis zu fünf Meter unter der Erde liegen», gab er zu bedenken. «Wenn wir da ranwollen, brauchen wir schweres Gerät.»

«Na, lass gut sein», bremste ihn Holzhammer. «Mir lassen die neureichen Mankei schön weiterschlafen. Des Wichtige wissen mir ja jetzt: dass es nämlich bei der ganzen Geschicht tatsächlich um Geld ging. Die Fetzen hier reichen als Beweis.»

«Schon spaßig», sagte Berg. «Kaum haben die Menschen gelernt, dass man sein Geld nicht unter der Matratze aufbewahren soll, fangen die Mankei damit an.»

Er fegte das Euro-Konfetti in eine Plastiktüte. «Ich fürchte nur, dass mit Fingerabdrücken nicht viel sein wird», beugte er falschen Erwartungen vor. «Da werd ich höchstens noch Krallenabdrücke finden.»

«Jaja, des seh ich selbst», sagte Holzhammer. «Aber jag sie ruhig durch den Polizeicomputer. Vielleicht ist unser Mankei schon anderswo auffällig geworden.»

«Werd ich machen. Einbruch in Almhütten hatten wir ja schon öfter.»

Somit stand es beim Antreiben 1:1.

Als sie die Hütte verließen, zeigten sich ihre Hiwis enttäuscht, dass sie gar nicht zum Einsatz gekommen waren. Besonders Müllerhuber hüpfte vor dem Hütteneingang herum, als würde er am liebsten im Alleingang den Murmeltierbau ausgraben.

«Lass gut sein, du bekommst schon noch genug zu tun»,

beschied Holzhammer. Er wusste zwar noch nicht, was, aber immerhin fehlte ja noch ein wichtiges Glied in der Beweiskette.

Dann rief er per Funk den Hubschrauber und verteilte die Leberkassemmeln aus seinem Rucksack. Tee zum Runterspülen hatte jeder selbst dabei. Nur Rolf Berg konnte es gar nicht erwarten, in die Ski zu kommen.

«Und, wo fährst jetzt ab?», fragte Holzhammer ihn. Nicht nur, um Konversation zu machen, sondern auch, weil er den Chef der Spurensicherung nicht unbedingt verlieren wollte.

«Ich geh erst einmal zum Tauern auffi, und dann schau ich, wie's ausschaut. Pfüat enk.» Damit wendete er schwungvoll seine Ski und stapfte mit langen Schritten davon.

Bevor Holzhammer seine zweite Semmel verdrückt hatte, war der Chef der Spurensicherung bereits um die nächste Ecke verschwunden. Nur seine Spur war noch zu sehen. Die Spur des Spurensuchers. Solche Titel trugen die Bücher auf Maries Nachttisch.

Auf dem Rückflug schärfte Holzhammer allen ein, absolutes Stillschweigen über ihren Fund zu bewahren. Er wollte erst in Ruhe überlegen, wie er dieses Wissen am besten einsetzen könnte, um endlich hinter die Geschehnisse am Seilergraben zu kommen.

Vorher holte er sich noch sein Lob ab. Bereits der Fund der Kontoauszüge hatte Fischer ein anerkennendes Nicken entlockt. Als Holzhammer ihm jetzt die Euro-Reste auf den Schreibtisch häufelte, klatschte Fischer in die Hände und rief wahrhaftig: «Bravo!»

Holzhammer kam sich vor wie bei den Salzburger Festspielen. Fast hätte er sich verbeugt, doch stattdessen machte er sich lieber daran, die Euro-Schnipsel wieder einzusammeln. Er wollte jetzt nur möglichst schnell hier verschwinden. Aber Fischer war noch nicht fertig mit ihm. Als höchste Form der Anerkennung bestellte er spontan zwei Tassen Earl Grey bei seiner Sekretärin und bedeutete Holzhammer, in der Besucherecke Platz zu nehmen.

Holzhammer hasste Tee in jeglicher Form. Aber was tat man nicht alles. Er hatte einen Fall zu klären und würde möglicherweise schon bald wieder irgendwelche genehmigungspflichtigen Ressourcen benötigen. Also nippte er mit abgespreiztem Finger an der braunen Brühe und kam sich dabei fast vor wie die Königin von England.

Sobald es ging, ohne unhöflich zu erscheinen, verließ Holzhammer seinen Chef. Er hatte nicht vor, das weitere Vorgehen mit ihm zu besprechen, sondern wollte vielmehr seinen privaten, kleinen Thinktank zu Rate ziehen.

Leider fiel das Thinktank-Mitglied Müllerhuber aus, er hatte angeblich etwas Wichtiges zu erledigen. Aber Christine und Matthias sagten zu. Die Tagung erfolgte in bewährter Weise am Tresen von Manus Nachtcafé. Die Schönauer erschienen diesmal ohne ihren Hausgast, auch der hatte angeblich etwas anderes vor.

Holzhammer erklärte ganz offen, dass er ein bisschen mit ihnen «spinnen» wollte, und brachte sie auf den neuesten Stand: Es war nun klar, dass es bei der geheimnisvollen Skitour um den Transport von Schwarzgeld aus der Schweiz ging. Mit den Kontoauszügen auf Altbauers Computer ließ sich das praktisch beweisen. Jetzt musste aber noch geklärt werden, wer davon wusste. Und wer der Schneeschuhgeher war. Und welche Rolle Hirsinger in dem ganzen Dilemma spielte.

«Dann lasst uns doch mal zusammentragen, was wir schon über die geheimnisvolle Skitour wissen», sagte Christine.

«Mir wissen, dass Altbauer von Hinterthal aufgestiegen ist und durch die Wildalm zum Steinhütterl abgefahren ist», sagte Holzhammer. «Oder genauer gesagt, mir glauben des zu wissen, weil zwei anonyme Hanseln es behaupten. Einer direkt bei mir am Telefon und der andere bei Christine, weil er sich als ihr heimlicher Freund bei ihr einschmeicheln will.» Dabei schaute er bedeutungsvoll zu Matthias hinüber.

Aber der hatte offenbar keine Lust, auf die eher schwache Frotzelei einzugehen, sondern ergänzte nur: «Und Altbauer hatte sehr wahrscheinlich einen Haufen Bargeld dabei.»

«Außerdem wissen wir, dass er beim Steinhütterl einen zweiten Mann getroffen hat, und zwar nehmen wir an, dass es der Hirsinger war», sagte Christine.

«So, nehmen mir des an?», fragte Holzhammer gespielt mokant.

«Ja, das nehmen wir jetzt erst mal an», gab Christine erwartungsgemäß zurück.

«Aber die Frage ist doch, warum das Geld ausgerechnet im Steinernen Meer vergraben werden musste. Warum hat Altbauer es nicht ganz einfach mit dem Auto über die Grenze gebracht?», fragte Matthias.

«Mei, die Grenzer san zurzeit ziemlich scharf, schon wegen der vielen Schleuser», sagte Holzhammer.

«Vielleicht hat der Altbauer ja gemerkt, dass jemand an seinem Computer war. Dann musste er befürchten, dass derjenige den Grenzern einen Tipp gibt», überlegte Christine.

«Ja freilich! Des wird es sein!», rief Holzhammer. «Deshalb musste des Geld auf so komplizierte Art transportiert werden.»

«Also gut. Dann kann dieser Mitwisser eigentlich nur der Biski gewesen sein, oder? Außer dem Seniorchef selbst dürften nur Monika und Biski Zutritt zu dem kleinen Büro gehabt haben», sagte Christine.

«Aber warum sollte der seinen Chef anzeigen und dafür sorgen, dass das Geld konfisziert wird? Ich hätte jedenfalls lieber gewartet, bis es im Hotel ist, und es dann geklaut», sagte Matthias.

Hätte er natürlich nicht, Holzhammer wusste das. Matthias parkte noch nicht einmal im Halteverbot. Nicht einmal mit seinem Motorrad. Aber an der Überlegung war was dran. «Vielleicht wollt er des ja. Aber der Altbauer konnt halt ned wissen, was von beidem sein famoser Angestellter vorhatte.»

«Vielleicht sah Biski keine Möglichkeit, an das Geld zu kommen, wenn es erst einmal im Hotel war. Er wird ja keinen Schlüssel zum Safe gehabt haben», sagte Christine.

«Genau, vielleicht hat er den Altbauer auch erpresst, anstatt ihn zu beklauen. Schon bevor der das Geld überhaupt geholt hatte.»

«Ned schlecht», sagte Holzhammer. Erpressung, das war tatsächlich eine Möglichkeit. Und das bedeutete …

«Und wenn der Biski nun der Mitwisser war und der Hirsinger der Feind?», fragte Matthias in seine Gedanken.

«Biski kann ned Ski fahren. Dann wär des Treffen am Steinhütterl ned möglich gewesen», tat Holzhammer diese Variante ab.

«Lassen wir doch mal das Steinhütterl», sagte Christine. «Was ist mit dieser seltsamen Dreierkonstellation am Seilergraben? Da hat schließlich alles geendet. Wir müssen uns fragen, wer am Seilergraben gewesen sein könnte. Und warum.»

«Eins ist sicher. Der Altbauer hatte da jedenfalls was vor. Sonst hätt er die GPS-Daten ja ned aufgehoben», sagte Holzhammer.

«Vielleicht wollte er ursprünglich dort sein Geld verstecken. Ist ja auch viel besser zu erreichen als das Steinhütterl. Also hat er sich bereits vor dem Winter ein hübsches Plätzchen ausgeguckt und die Koordinaten gespeichert», sagte Christine.

«Das erinnert mich an meine letzte Motorradtour rund ums Steinerne Meer», sagte Matthias.

Was wollte der denn jetzt? «Ist dein Bier schlecht oder was?», fragte Holzhammer.

«Nein, kapier doch, das hätte nicht hingehauen. Ich bin natürlich Landstraße gefahren, und da ist mir aufgefallen, dass der GPS-Empfang in der engen Schlucht unterm Pass Lueg komplett weg war. Und der Seilergraben ist am unteren Ende mindestens genauso eng. Selbst wenn man da Empfang kriegt, sind die Daten garantiert viel zu ungenau.»

Die Daten waren da also völlig nutzlos, und wer so ein Gerät benutzte, müsste das eigentlich wissen. Holzhammer tippte mit dem Zeigefinger auf den Tresen, als wolle er einen Punkt auf einer Landkarte markieren, und sagte versonnen: «Dann hätt ich jetzt a Idee.»

Zwei gespannte Gesichter sahen ihn an. Den Gefallen, neugierig nachzufragen, taten die beiden ihm allerdings nicht.

Also fuhr er unaufgefordert fort: «Wie wär's denn, wenn die Daten gar ned für den Altbauer selbst waren? Vielleicht hat der mitbekommen, dass ihm jemand auf die Schliche gekommen ist. Sagen mir, er hat gesehen, dass jemand an seinem Computer war. Oder er hat versehentlich die ausgedruckte Mail von seinem Banker herumliegen lassen, und später lag die andersherum. Etwas in der Art.»

«Du meinst, mit den GPS-Daten wollte er jemand auf eine falsche Fährte locken?», fragte Christine. «Klar, dann hätte es gereicht, die einfach aus der Karte abzulesen und dann absichtlich herumliegen zu lassen.»

«Aber warum ausgerechnet der Seilergraben?», fragte Matthias. «Wenn Altbauer dort kein Geld verstecken wollte, was denn dann?»

«Mei, warum lockt man einen zum gefährlichsten Lawinenhang weit und breit?», gab Holzhammer zurück.

Wenn es darum ging, Bösartigkeit zu erkennen, hatte sein buddhistischer Freund schon immer Schwierigkeiten gehabt.

«Du meinst, die Lawine wurde absichtlich ausgelöst? Wie soll das denn gehen, bitte schön?», fragte Christine.

«Das ist gar nicht so schwer», sagte Matthias. «Wir haben das früher manchmal zum Spaß gemacht.»

Holzhammer ergänzte: «Du weißt ja sicher, dass viele Lawinenopfer die tödliche Lahn selbst ausgelöst haben. Und genau des kann man halt auch absichtlich machen. Man sollt halt nur schauen, dass man oberhalb der Anrissstelle bleibt.»

«Puh», machte Christine. «Also mal angenommen, Altbauer hätte den Schneeschuhgeher als Opfer auserkoren. Dann kann das nur jemand gewesen sein, der Zugang zum Büro hatte. Und Monika fällt ja wohl raus. Er wollte wohl kaum seine eigene Tochter umbringen.»

«Richtig. Es muss also Biski gewesen sein», sagte Holzhammer leise. Instinktiv waren sie während des Gesprächs immer näher zusammengerückt. Inzwischen steckten sie regelrecht die Köpfe zusammen. Das Gespräch war eindeutig zu konspirativ für die Ohren von Barfrau Manu.

«Und was ist mit Hirsinger? Vielleicht war der auch mal im Büro, vielleicht für eine Geheimbesprechung der beiden? An der Stelle ist ja auch irgendwas im Busch. Vielleicht war er es, der Altbauer erpresst hat und ihn daraufhin um die Ecke bringen wollte. Und der hat dann was gerochen und darauf bestanden, das Geld bereits am Steinhütterl zu vergraben.» Christine war wirklich schnell darin, irgendwelche Theorien aus dem Hut zu zaubern.

«Möglich wär's natürlich. Aber dann wäre der Schneeschuhgeher ja aus reinem Zufall dort herumgewandert. Mir müssten halt wem nachweisen können, dass er dort war. Dann würd er uns auch sagen, was er dort gesehen hat.»

«Wie wär's denn mit einer Falle?», sagte Christine. «Wir müssten ihn irgendwie dazu bringen, sich selbst zu verraten.»

Das war eine Idee nach Holzhammers Geschmack, pfiffig

und frech. «Gefällt mir gut, aber wie sollen mir des anstellen?»

«Man müsste ihm eine passende Möhre hinwerfen», sagte Christine. «Also wenn der Biski so geldgierig ist, wie wir vermuten …»

Alle drei nahmen einen Schluck von ihrem jeweiligen Getränk und verfielen in Nachdenken.

Holzhammer war der Erste, der darauf kam: «Ich hab's! Altbauers Rucksack ist ja abgängig.»

Christine schaltete sofort. «Du kündigst an, dass du danach suchen lassen willst!», rief sie, schlug sich gleich darauf auf den Mund und sah sich nach Barfrau Manu um. Aber die war damit beschäftigt, an einem der Tische Bestellungen aufzunehmen.

Nur Matthias war nicht so schnell dabei. Christine erklärte es ihm: «Wenn Biski glaubt, das Geld sollte bis zum Seilergraben transportiert werden, muss er annehmen, dass es sich nach wie vor in Altbauers Rucksack befindet. Der Rucksack ist der Hauptpreis, ein Sechser im Lotto.»

«Exakt. Also wird Biski versuchen, ihn vor der Polizei zu finden», ergänzte Holzhammer.

Dann spendierte er, quasi zur Belohnung, eine Runde Enzian. Sein kleiner Thinktank hatte mal wieder bestens funktioniert.

Es war angenehm, zur Abwechslung mal den Chef auf seiner Seite zu haben. Als Holzhammer am nächsten Morgen Dr. Fischer erklärte, er wolle eine getürkte Meldung in den

Anzeiger setzen lassen und brauche außer Müllerhuber noch zwei weitere geländegängige Kollegen für mehrere Tage, sagte der nur: «Ist gut.»

Der Rest war schnell beieinander. Holzhammer rief den Chefredakteur des *Berchtesgadener Anzeiger* an und ersuchte um Mithilfe. Er gab eine Phantasiebeschreibung von Altbauers Rucksack und bat die werte Bevölkerung, diesen «im Falle der Auffindung unverzüglich und ungeöffnet bei der Polizei Berchtesgaden abzuliefern». Um die Sache für den eigentlich einzig wichtigen Leser noch dringlicher zu machen, kündigte er außerdem an, dass die Polizei selbst nach dem Rucksack suchen würde, falls dieser nicht innerhalb der nächsten Tage abgegeben würde. Eine Meldung, die niemand hinter dem Ofen hervorlocken würde. Niemand außer demjenigen, der in dem Rucksack einen Haufen Bargeld vermutete.

Die Druckpressen des *Anzeigers* mahlten bekanntlich langsam. Erst am folgenden Dienstag würde die Meldung erscheinen. Holzhammer war es recht. Bis dahin konnte er seinen Schlachtplan vervollkommnen. Dazu gehörte, dass er bereits am Wochenende Martin Müllerhuber in den Seilergraben schickte, um ein geeignetes polizeiliches Versteck auszuspähen und unauffällig zu markieren.

In der Nacht vor dem Erscheinen des Aufrufs durften seine Mannen noch daheim schlafen. Den Abonnenten wurde der *Anzeiger* nämlich mit der Post zugestellt, und die erreichte das Hotel Altbauer frühestens um zehn.

Am Dienstagmorgen gegen sechs brachen sie von der Polizeiwache auf. Es war bereits hell, aber die Sonne würde noch mehrere Stunden brauchen, bis sie in das sechzehn

Kilometer lange Wimbachgries hineinscheinen konnte. Da war der Watzmann vor. Das erste Stück fuhren sie mit dem Allrad, aber beim Wimbachschloss mussten sie ihn zurücklassen. Weiter oben gab es keine Möglichkeit mehr, das Fahrzeug zu verstecken, und auch die frischen Reifenspuren würden im weichen Kies auffallen. Sie fuhren den Wagen also hinter das Haus und deckten ihn mit einer Plane ab.

Holzhammer war aufgeregt, was nicht oft vorkam. Aber es war schließlich seine Idee gewesen. Seine Idee, seine Falle, seine Verantwortung. Wenigstens half ihm das Adrenalin, halbwegs mit seinen Leuten Schritt zu halten. Kurz hinter dem Wimbachschloss ließ er Martin Müllerhuber als Vorposten zurück. Er sollte sich melden, sobald Biski – oder wer auch immer – vorbeikam.

Bald darauf mussten die restlichen drei Polizisten den bequemen Wanderweg nach rechts verlassen. Nun ging es direkt auf dem kiesigen Griesstrom weiter. Dort, wo das Gries eine weite Linkskurve machte, ließ Holzhammer seinen zweiten Posten zurück. Er sollte zwischen den Latschen am Rand des Kiesbetts Deckung suchen. Der Mann trottete verschlafen davon. Holzhammer beschloss, ihn regelmäßig mit dem Funkgerät anzupiepen. Sonst verschlief der noch die ganze Aktion.

Gemeinsam mit dem letzten jungen Kollegen schnaufte er weiter und immer weiter. Der Anstieg war zwar flach, aber durch den weichen Untergrund reichlich anstrengend. Nur weil er den jüngeren Kollegen mit der kompletten Ausrüstung bepackt hatte, konnte Holzhammer halbwegs Schritt halten.

Schließlich erreichten sie den Seilergraben und fanden

auch gleich Müllerhubers Markierung, ein kleines Steinhäufchen auf der rechten Seite des Grabens, kurz hinter einer markanten Engstelle. Hier bildeten mehrere brusthohe Blöcke eine Art Schanze, hinter der sie perfekt in Deckung gehen konnten. Der Plan war, Biski ganz in den Seilergraben hineinzulassen und ihm dann in aller Ruhe den Rückweg abzuschneiden. Er sollte nicht sagen können, er habe woanders hingewollt.

Nun konnte man nur noch hoffen, dass der Verdächtige wirklich schon am ersten Tag auftauchte. Eine Übernachtung im Kiesbett hätte Holzhammer gern vermieden.

18

Christine war neugierig, und sie stand dazu. Schon beim Fund am Steinhütterl hatte sie nicht dabei sein können und das, obwohl der Tipp doch von ihr stammte – oder zumindest von ihr übermittelt wurde. Das neue Spektakel wollte sie sich jedenfalls nicht entgehen lassen.

Deshalb hatte sie Holzhammer listig entlockt, an welchem Tag der Artikel über die Suche im Seilergraben erscheinen sollte und wann er am fraglichen Morgen mit seinem Trüppchen loszufahren beabsichtigte. Also sahen die Steinschafe beim Wollstadel, kurz nachdem der polizeiliche Allrad vorbeigerattert war, eine einzelne Frauenperson bergan eilen.

Die Wimbachklamm war vom Hauptweg aus nicht zu sehen, aber ihr gewaltiges Rauschen begleitete Christine kilometerweit. Kein Wunder, war doch die Schneeschmelze in den Hochlagen erst jetzt in vollem Gange. Es war bereits hell, aber noch eisig kalt. Um diese Jahreszeit schien der Sonnenaufgang nie so richtig mit der Temperatur zusammenzupassen. In der Nacht hatte es sogar gefroren, die Eismäntel der Grashalme neben dem Forstweg zeugten davon.

Doch sobald die Sonne hoch genug stand, würde der nasskalte Nebel sich auflösen wie Schwarzgeld im Mankeibau.

Christine hatte eine Sitzunterlage, eine Thermosflasche mit Tee und reichlich Brotzeit dabei, außerdem ein neues Buch über die Fauna der Alpen. So ausgerüstet, würde ihr weder langweilig noch kalt werden. Selbst wenn überhaupt nichts passierte, würde sie einen schönen Tag haben. Gut möglich, dass sie sogar einen Adler zu sehen bekam.

Nach rund vierzig Minuten erreichte sie das Wimbachschloss, das um diese frühe Stunde noch in tiefem Schlaf lag. Aufmerksam registrierte sie die frischen Fahrspuren, die unterhalb des Hauses vom Fahrweg abbogen. Am Ende der Spur war etwas Eckiges unter einer grünen Plane versteckt. Das musste der polizeiliche SUV sein.

Wenige Meter weiter erschallte von links plötzlich ein Ruf: «Mei Christine, was machst du denn hier, willst du uns alles vermasseln?»

Auf einem erhöhten Platz abseits des Weges saß Martin Müllerhuber. Sicher war er von Holzhammer als vorgeschobener Beobachtungsposten zurückgelassen worden.

Christine ging zu ihm hinüber. «Ich wünsche dir auch einen schönen guten Morgen», sagte sie. «Jetzt lass gefälligst nicht den Bullen raushängen. Ich werd euch schon nicht in die Quere kommen. Wurstsemmel?»

Ohne Umstände breitete sie ihr Sitzkissen aus, ließ sich nieder und reichte Martin Müllerhuber eine Friedenssemmel. Er nahm sie und biss herzhaft hinein.

Christine erklärte, was sie sich gedacht hatte: «Nach Adam Riese taucht Biski doch frühestens in zwei oder drei Stunden auf. Selbst wenn er die Frühstücksgäste im Stich lassen und einfach wegrennen würde, die Zeitung wird er ja bestimmt nicht vor dem Aufstehen lesen.»

Müllerhuber nickte kauend. «Stimmt schon. Das sieht auch Holzhammer so. Wir sind nur deshalb so früh los, weil er genug Zeit haben wollte, sich im Seilergraben einzurichten und notfalls noch seine Spuren zu verwischen. Wenn der Sand feucht ist, sieht man ja jeden Vogelfuß.»

«… von Holzhammer'schen Tretern ganz zu schweigen», sagte Christine grinsend.

In Müllerhubers Jackentasche knarzte und röchelte es. Er förderte ein Funkgerät zutage, drückte irgendwo, hielt es ans Ohr und sagte: «Hier Topper Harley. Bist du das, Fischauge?»

«Ich geb dir gleich Fischauge», kam Holzhammers Stimme aus dem Gerät.

Christine stieß Müllerhuber an und legte den Finger auf den Mund, damit er Holzhammer nicht verriet, dass sie hier herumstrolchte.

Müllerhuber nickte ihr zu und sagte in das Gerät: «Hier ist alles bestens. Bloß etwas kalt. Wie steht's bei euch?»

«So weit alles okay. Das Versteck passt optimal. Mir haben's auch gleich gefunden, hast du optimal markiert. Nur der Junior hier nervt etwas. Der markiert nämlich auch dauernd.»

«Was?»

«Der hat was mit der Blase oder so. Rennt dauernd zum Pieseln. Grad ist er schon wieder weg.»

Christine wandte sich ab und hielt die Hand vor den Mund, damit Holzhammer sie nicht im Hintergrund kichern hörte.

«Gib ihm halt ned so viel Tee», riet Müllerhuber seinem Chef. «Ich melde mich, sobald hier was vorbeikommt», versprach er noch.

Als die Verbindung beendet war, konnte Christine endlich frei herauskichern. «Ein Jammer, dass beim Einstellungstest für den Polizeidienst nicht die Blase geprüft wird», japste sie.

«Ja, sollte man direkt vorschlagen», sagte Müllerhuber. «Dabei wollen die sonst doch alles wissen. In den Kopf möchten sie am liebsten mit der Taschenlampe einileuchten. Damit sie jeden, der ein bisschen anders ist, direkt erkennen können.»

Kaum hatte Müllerhuber den letzten Satz ausgesprochen, blickte er verlegen zu Boden, als wäre ihm das unbeabsichtigt herausgerutscht. Christine sah zu, wie die Sonnenstrahlen an den westlichen Berghängen herabwanderten und den Tag ins Tal brachten. Ihr war bewusst, worauf Müllerhubers Bemerkung abgezielt hatte, und zu gern hätte sie etwas Ermutigendes gesagt. Auf der anderen Seite konnte es ihn noch mehr verunsichern, wenn sie zugab, dass sie schon lange etwas ahnte. Ein seltsames Schweigen breitete sich aus.

Schließlich sprach Martin Müllerhuber selbst: «Du weißt es, oder?»

«Ich hab's mir zumindest gedacht.»

«Du bist ja auch Profi.»

«Na ja …» Normalerweise widersprach Christine, wenn die Leute meinten, sie könne aufgrund ihres Berufs den Menschen quasi in die Köpfe blicken. Aber in dieser Situation war es besser, das durchgehen zu lassen.

«Aber du sagst nichts, gell? Die Leute hier sind einfach noch nicht so weit.»

«Keine Sorge, ich halte dicht. Aber meinst du nicht, dass du die Leute unterschätzt?»

«Sie würden reden.»

«Klar. Weil sie über alles reden. Aber nicht aus Bosheit, sondern einfach, weil sie es interessant finden. So wie neulich die Sache mit dem Dings in der Disko.»

Jetzt musste sogar Müllerhuber grinsen. Jeder kannte die Story. Es gab da einen Nachwuchspolitiker, der offenbar seine Hormone genauso wenig unter Kontrolle hatte wie ein balzender Auerhahn. Vor ein paar Wochen hatte er sich ausgerechnet die Sitzecke einer gut besuchten Diskothek ausgesucht, um zu testen, wie die neue Wahlhelferin sich unter ihm so machte. Die Fotos hatten es zwar nicht bis in den *Anzeiger* geschafft, aber sie hatten die Runde gemacht, und sobald sie beim amtierenden Parteichef angekommen waren, hatte der das Büro seines designierten Nachfolgers gestürmt. Das Gebrüll war noch drei Häuser weiter zu hören gewesen, daher wusste nun auch der Letzte Bescheid. Die Geschichte hatte einige Tage lang zur allgemeinen Unterhaltung beigetragen, aber geschadet hatte sie dem Betreffenden letzten Endes nicht.

Müllerhuber wurde wieder ernst. «Mei, das ist irgendwie was anderes. Schon einige sind weggezogen, weil sie sich nicht verstecken wollten. Der Stefan ja auch.»

«Aber für Food-Fotografen gibt's auch nicht viel zu tun im Landkreis.»

«Er hätte hierbleiben und Landschaften fotografieren können.»

Christine wusste, dass Müllerhuber recht hatte. Natürlich war Stefan nicht weggegangen, weil er unbedingt Fertiggerichte fotografieren wollte. So sagte sie nur: «Jedenfalls schön, dass ihr euch so gut versteht.»

«Ja, aber bitte halt den Mund, ja? Was meinst du, was Holzhammer dazu sagen würde.»

«Martin, du unterschätzt deinen Chef gewaltig. Ich bin absolut sicher, dass es ihm vollkommen wurst wäre. Außerdem würde ich fast wetten, dass er es längst weiß.»

«Was, wieso das denn?», japste der junge Polizist erschrocken.

«Du musst doch mittlerweile gemerkt haben, was für eine gute Intuition der Franz hat.»

«Ja schon, der liegt fast immer richtig mit seinen Einschätzungen.»

«Eben. Und spätestens die Schwingungen zwischen dir und Stefan hat er garantiert mitgekriegt.»

Über Müllerhubers Stirn rollte ein Schweißtropfen. «Puh. Ich hoffe nicht.»

Der Arme. Spontan umarmte sie den jungen Ordnungshüter und klopfte ihm beruhigend auf den Rücken. «Ist ja gut. Holzhammer mag dich, das weiß ich genau. Er sieht in dir seinen Nachfolger.»

«Keine Ahnung, kann sein. Aber bitte, bitte, halte dicht.»

Zum dritten Mal versprach es Christine. Hoch und heilig. Martin Müllerhuber beruhigte sich wieder, und plötzlich grinste er: «Stell dir vor, Stefan und ich würden händchenhaltend in Berchtesgaden durch die Fußgängerzone gehen. Was meinst du, was da los wäre.»

Christine lachte. «Ja genau. Und du dann am besten noch in Uniform.»

«Stefan gefällt die Uniform», gab Müllerhuber zurück und grinste.

Christine packte ihr Sitzkissen wieder ein. Sie hatte sich genau überlegt, von wo sie selbst das Geschehen beobachten wollte: «Ich hab vor, das Kaunradl ein Stück hochzugehen. Von da hab ich alles im Blick, bis fast zum Seilergraben.»

«Na gut, das kannst du machen», erklärte Müllerhuber sich einverstanden. «Da bist du weit genug weg vom Schuss. Aber bleib bloß in Deckung, sonst kommen wir beide in Teufels Küche.»

Christine versprach es und machte sich wieder auf den Weg. Da Biski die Zeitung noch nicht gelesen haben konnte, hatte sie noch genug Zeit. Nach einer Viertelstunde kam sie an die Stelle, an der der Wanderweg das Gries überquerte. Oberhalb dieses Punktes wurde der Kiesstrom von einer bewaldeten Insel in zwei Hauptarme geteilt. Christine wandte sich nach rechts. Noch vor ein paar Wochen hatte hier eine dicke Schneedecke gelegen, aber inzwischen hatte die Sonne ganze Arbeit geleistet.

Nach einem weiteren Kilometer bog sie nochmals rechts ab. Auf dem kaum sichtbaren Steig, der sich in nichts von den vielen hundert Gamswechseln unterschied, die kreuz und quer durch die Bergflanken führten, stieg sie zwischen Latschen empor. Nach ein paar Minuten erreichte sie ihren auserkorenen Aussichtspunkt. Die Sonne hatte den Platz schon erreicht, aber die Feuchtigkeit noch nicht vertrieben. Christine legte ihr Sitzkissen zurecht. So ließ es sich aushalten.

Die fast ebene Fläche unter ihr lag menschenleer und wirkte doch lebendig. Jeder kräftige Regen veränderte die Läufe aus Sand, Kies und Steinen. Das flache Tal war an dieser Stelle über einen Kilometer breit. Auf der gegenüberliegenden Seite erhob sich der Watzmann, quasi seine Rückseite, die es im Gegensatz zur berühmten Ostwand nie auf irgendwelche Bildkalender schaffte.

Von Müllerhuber hatte Christine erfahren, dass etwas weiter taleinwärts noch irgendwo ein Polizist stecken musste, aber entdecken konnte sie ihn nicht. Auf jeden Fall war es gut, dass sie unterwegs nur Müllerhuber getroffen hatte und nicht Holzhammer. Der hätte sie entweder direkt unter seine Fittiche genommen oder umgehend heimgeschickt. Schon deshalb, weil er sonst Ärger mit dem stets um sie besorgten Matthias bekommen hätte.

Es war absolut still. Kein Zivilisationsgeräusch drang in das lange Tal hinein. Kein Laub raschelte, denn was an Blättern herumlag, war feucht und auf halbem Wege zu Humus.

Plötzlich hörte sie das charakteristische Kollern: «Gluckgluckgluckgluckgluckgluck – Plopp», und dann wieder von vorn. Ein Auerhahn! Entweder ein Spätaufsteher oder ein Zukurzgekommener, der es aus lauter Verzweiflung am helllichten Tag versuchte. Das Geräusch kam von der waldigen Insel im Gries. Schnell kramte Christine das kleine Fernglas hervor, das Matthias ihr zu Weihnachten geschenkt hatte.

Holzhammer saß, zusammen mit einem jungen Kollegen, in dem von Müllerhuber ausbaldowerten Versteck. In der

Nähe des Wimbachschlosses wusste er Müllerhuber, und kurz vor dem Seilergraben steckte ein weiterer Kollege. Bis jetzt hatten sie keine besonderen Vorkommnisse gemeldet. Zum Glück, denn der lange Marsch auf dem weichen Untergrund hatte Holzhammer fast an seine Grenzen gebracht. Er war froh, sich jetzt eine Weile ausruhen zu können.

Holzhammer goss gerade Tee in den Deckel seiner Thermosflasche, als das Funkgerät knarzte.

Es war Müllerhuber: «Gerade ist der Biski vorbei. Und zwar reichlich eilig.»

«Dank dir. Geh ihm vorsichtig hinterher. Aber nur, wenn du sicher bist, dass er dich ned sieht.»

Holzhammer instruierte noch einmal den jungen Polizeiobermeister an seiner Seite: «Denk dran, mir bleiben in Deckung, bis der Kerl hier vorbei ist.»

Doch zunächst musste Biski eigentlich an dem zweiten Vorposten vorbeikommen. Tat er aber nicht. Nach einer halben Stunde noch immer nichts. Aber Holzhammer wollte es nicht riskieren, von sich aus den Funkkontakt herzustellen, weil die Gefahr bestand, dass Biski genau in diesem Moment am Versteck des Postens vorbeikam und das Knarzen hörte.

Er konnte nur spekulieren, was schiefgelaufen war. Am wahrscheinlichsten hatte Biski aus Vorsicht einen Umweg genommen. Der Hauptwachtmeister versuchte zu überschlagen, wann ungefähr Biski den Seilergraben auf diesem Umweg erreichen würde, doch das war nicht ganz einfach. Von da an zogen sich die Minuten. Er und Polizeiobermeister Miniblase hockten wie auf Kohlen hinter den Felsen. Sie würden Biski erst sehen können, wenn er den Felsvorsprung knapp vor ihrem Versteck passierte.

Je länger sie warteten, desto öfter musste Miniblase austreten – ob nun vor Aufregung oder vor Kälte, denn die Kohlen, auf denen sie hockten, waren in Wirklichkeit eisige Felsen. Und so kam es, wie es kommen musste.

Genau als Biski seine Nase ums Eck steckte, richtete Miniblase sich zum Pieseln auf. Kaum erschien die Polizeimütze über dem Rand des Felsens, da machte er auch schon auf dem Absatz kehrt und rannte wie ein Wahnsinniger das Kiesbett hinunter davon. Kollege Miniblase stolperte vor Schreck und fiel mit offenem Reißverschluss auf die Nase. Er stöhnte, offenbar hatte er sich jetzt auch noch den Fuß verstaucht.

Während Miniblase sich mühsam aufrappelte und verzweifelt versuchte, sich den Sand aus dem Reißverschluss zu schütteln, griff Holzhammer hastig zum Funkgerät, um den unterhalb postierten Kollegen zu alarmieren. Nichts. Von den vielen Fehlmeldungen hatte sein Funkgerät offenbar keinen Saft mehr.

Nur Müllerhuber hatte mitgehört. «Soll ich auffikommen?»

Schnell überlegte Holzhammer, was am meisten Sinn machte. «Ja, aber nur bis zum Ende vom Wanderweg. Vielleicht kannst du ihn dort überraschen. Im weiten Gries Fangermandl zu spielen, hat keinen Sinn, weil er von oben kommend auf jeden Fall schneller ist.»

Biski rannte schnurgerade bergab. Da das Gries eine Kurve machte, kam er auf diese Weise immer näher an den bewaldeten rechten Rand. Schon war er fast aus Holzhammers Sichtfeld verschwunden. Ja Zefixhimmelarschkruzinesennochamal! Hoffentlich kam er nicht auf die Idee, seine Sachen irgendwo ins Gebüsch zu schmeißen. Es war entscheidend, ihn inklusive seiner nicht plausibel erklärbaren Ausrüstung festzunehmen. Das war ja der Grund für den ganzen Aufstand: Er sollte seine Absicht nicht verleugnen können.

Holzhammer blieb nun nichts anderes mehr übrig, als höchstpersönlich die Verfolgung aufzunehmen.

Christine beobachtete immer noch fasziniert den unermüdlich balzenden Auerhahn. Inmitten einer Lichtung, auf einer kleinen Wiese mit hohem, verwelktem Gras, auf der einiges an Totholz herumlag, saß er auf einem querliegenden Ast. Seine schwarzblaugrüne Brust schimmerte metallisch in der Sonne, die Schwanzfedern mit den weißen Tupfen waren zum Rad geschlagen. Sie wusste, dass ein ausgewachsener Hahn so viel wog wie eine handelsübliche Weihnachtsgans.

Plötzlich stockte das Kollern, als wäre der Hahn von irgendetwas irritiert worden. Sein schwarzer Kopf zuckte in ihre Richtung. Die hellroten Rosetten über seinen Augen leuchteten.

Hatte er etwas gehört, das sie von ihrem Posten nicht hatte wahrnehmen können? Christine nahm das Glas von den Augen. Da sah sie den rennenden Mann im Gries. Es sah aus, als wollte er sich am gegenüberliegenden Rand in die Büsche schlagen. Tatsächlich, auf allen vieren kraxelte er ebenso hastig wie ungelenk die kleine Böschung hinauf. Er tauchte ins Dickicht ein und war zunächst verschwunden.

Christine war sich jetzt sicher, dass es sich um Holger

Biski handelte. Und da war er auch schon wieder. Er brach aus dem Gebüsch auf die Lichtung wie ein unbeholfenes Wildschwein. Ohne nach rechts oder links zu sehen, rannte er weiter, genau auf den Auerhahn zu. Er musste den Vogel eigentlich inzwischen gesehen haben, aber offenbar hatte er keine Ahnung, dass der größte lebende Raufußhahn während der Balz mit dem Hundertfachen seines normalen Testosteronspiegels gedopt war. Zu Risiken und Nebenwirkungen fragen Sie Ihren Ranger oder Forstarbeiter. Oder die Einwohner von Winkl.

Der sonst so scheue Waldbewohner wich keinen Zentimeter. Im Gegenteil, er breitete seine kurzen Schwingen aus und hüpfte mit angriffslustig ruckendem Schnabel auf und ab.

Als Biski nur noch acht oder zehn Schritte entfernt war, wandte er sich etwas nach rechts, um den Ast des Auerhahns zu umgehen. Diesen Moment nutzte der wütende Vogel. Halb springend, halb flatternd, erhob er sich in die Luft. Die unterdimensionierten Flügel knatterten wie ein Modellhubschrauber.

Dann erfolgte die Punktlandung auf Biskis Rucksack. Der Mann fiel vor Schreck bäuchlings nach vorn. Doch der Auerhahn dachte gar nicht daran, nun von ihm abzulassen. Er krallte sich mit seinen handtellergroßen Füßen am oberen Teil des Rucksacks fest und machte sich daran, dem Eindringling mit seinem kräftigen Schnabel einen neuen Scheitel zu verpassen. Schreiend versuchte Biski sich loszureißen. Doch die Raufußvogelkampfmaschine hing so fest an ihm wie ein Jagdterrier. Dem Angegriffenen blieb nur noch, die Arme über den Kopf zu nehmen und auf Hilfe zu hoffen.

Aus Richtung des Seilergrabens sah Christine nun eine bekannte Gestalt den Griesstrom hinunterrollen. Schnell verließ sie ihren Aussichtspunkt, um Holzhammer den Weg zu weisen.

Als Holzhammer die Lichtung erreichte, fand er Biski am Boden liegend, mit einem sichtlich verärgerten Auerhahn auf dem Rücken, der unverdrossen auf seinen Hinterkopf einhackte. Zum Glück hatte Christine ihm den richtigen Abbieger vom Gries auf die Grüninsel gezeigt.

Während er noch zwischen Lachen und professionellen Überlegungen schwankte, raschelte es abermals, und Martin Müllerhuber erschien auf der Bildfläche. Als er sah, was los war, zückte er seine Dienstpistole.

Schnell rief Holzhammer: «Runter mit der Waffe! Was meinst du, was des für an Papierkrieg gibt, wenn mir im Nationalpark an Auerhahn daschiaßen.»

Das würde wahrscheinlich aufwendiger zu erklären sein, als wenn sie den Biski erlegten. Außerdem hatte der gefiederte Freund ihnen schließlich geholfen. Und dafür sollte er belobigt werden, und nicht erschossen.

Erst als der Kollege mit dem kaputten Funkgerät eintraf, bekamen sie den Vogel in den Griff. Müllerhuber packte todesmutig den Kopf mit dem massiven Schnabel, und der andere Polizist pflückte mühsam die krallenbewehrten Füße aus dem Rucksack. Aus dem Corpus Delicti. Endlich konnte der blutende Biski sich ächzend hochrappeln. Holzhammer ließ ihn nicht aus den Augen.

«Kannst du allein laufen?», fragte Holzhammer, während er den Rucksack an sich nahm.

Biski nickte.

«Also. Abmarsch.»

Er winkte Biski, voranzugehen. Da inzwischen drei Leute den gleichen Weg durchs Dickicht genommen hatten, war eine kleine Schneise entstanden, durch die man halbwegs aufrecht hindurchkam.

Die beiden, die den Vogel festhielten, warteten noch einen Moment, damit dieser sich nach seiner Freilassung nicht sofort wieder auf den angezählten Biski stürzte.

«Ich hoffe nur, dass er uns die Freiheitsberaubung nicht nachträgt», sagte Müllerhuber. Womit er den Auerhahn meinte, und nicht Biski.

«Ach was, setzt ihn halt wieder auf seinen Ast, das wird er schon verstehen», sagte Holzhammer, obwohl er davon keineswegs überzeugt war. Aber man musste seine Truppen ja motivieren und ermutigen.

Am Ast angekommen, ließen sie den Hahn los und traten dann schnell zurück. Tatsächlich schlossen sich seine Krallen um das Holz, anstatt sich in eine Polizeiuniform zu bohren.

«Ich wünsch dann noch eine schöne Balz», sagte Müllerhuber zu dem Vogel und lief den anderen nach.

Der Auerhahn schlug mit den kurzen Flügeln und gluckste. Aber er blieb auf seinem Ast. Wahrscheinlich würde er noch seinen Enkeln davon erzählen, wie er seinen Balzplatz einst gegen fünf Zweibeiner verteidigt hatte.

Erst, als sie alle wieder im Griesstrom standen, sah Holzhammer sich Biskis Rucksack genauer an. Aus dem Hauptfach lugte ein Schaufelstiel.

Sie legten Biski keine Handschellen an. Der Auerhahn hatte ihm sowieso den ganzen Schneid abgekauft. Er saß stumm auf dem Rücksitz und drückte sich ein Taschentuch an den immer noch leicht blutenden Hinterkopf.

Müllerhuber fuhr. Holzhammer saß auf dem Beifahrersitz und drückte liebevoll Biskis Rucksack an sich. Wie der Gollum den Ring, dachte er. Holzhammer hatte seinen Tolkien gelesen.

Eine halbe Stunde später saßen sie zu dritt im hauptwachtmeisterlichen Büro, das damit bereits seine Kapazitätsgrenze erreicht hatte. Holzhammer nickte dem Kollegen zu, er solle mit der Befragung beginnen.

«Jetzt erzähl uns doch einmal, warum du eine Lawinenschaufel dabeihattest», sagte Müllerhuber zu Biski.

Der Schnee hatte sich seit dem Unglück so weit zurückgezogen, dass es keinen Grund gab, im Wimbachgries noch eine Lawinenschaufel mit sich herumzutragen. Es sei denn, man brauchte sie zu einem ganz bestimmten Zweck.

Biski sah von Müllerhuber zu Holzhammer und dann auf den Schreibtisch. «Ist das vielleicht verboten?»

War es natürlich nicht. Außer Schusswaffen durfte man fast alles in der Gegend herumtragen, viele Sachen waren sogar gesellschaftlich erwünscht. Zum Beispiel Organspenderausweise und schwarze Plastikbeutel mit Hundehäufchen.

Ohne Biskis Bemerkung einer Antwort zu würdigen, legte Holzhammer nun den Rucksack auf den Schreibtisch. Es handelte sich um ein günstiges Exemplar für Tagestouristen. «Kennst du des schöne Spiel ‹Kofferpacken›? Mir spielen des heut umgekehrt.»

Im Hauptfach fanden sich neben der Lawinenschaufel

nur noch eine Flasche Wasser und eine schweißfeuchte Winterjacke. Doch da gab es ja noch die beiden im Bauchgurt eingearbeiteten Taschen.

Holzhammer zog den linken Reißverschluss auf und förderte eine Packung Tempotaschentücher und ein Smartphone zutage. Ein GPS-Gerät wäre ihm zwar lieber gewesen, aber gut. Er nahm das Handy heraus und schaltete es ein. Kein Passwort hielt ihn auf.

«GPS ist aktiviert», konstatierte er befriedigt. Und in besserwisserischem Ton fügte er zu Biski gewandt hinzu: «Das verbraucht mächtig Saft, weißt du.»

Holzhammer schaute sich die geladenen Apps an. Eine spezielle GPS-App fand er nicht. Nichts, wo man einen Wegpunkt hätte speichern können. Also nahm er sich die letzte Tasche vor. Sie enthielt eine Geldbörse. Holzhammer leerte alle Fächer aus und legte die Sachen nebeneinander auf den Tisch. Im Kleingeldfach war Kleingeld und in den Kartenfächern seine Karten. Eine Gesundheitskarte der AOK, eine Einkaufskarte von der Metro und eine Eurocard von der Sparkasse Bottrop. In den Scheinfächern fanden sich fünfundzwanzig Euro. Im Fensterfach befanden sich sein Personalausweis und Führerschein.

Zum Schluss griff er in den seitlichen Schlitz, der sich unter dem Kleingeldfach befand. Ein zerknitterter Zettel steckte darin. Und darauf waren zwei Ziffernreihen notiert.

Holzhammer strich den Zettel glatt, legte ihn auf den Tisch und drehte ihn demonstrativ zu Biski um. «Und?»

Biski versuchte es mit Achselzucken. Und zwar zum allerletzten Mal. Holzhammer reichte es jetzt. Er hatte gewonnen, und der andere sollte das endlich anerkennen.

Kein vorsichtiges Abtasten mehr, keine Spielchen, kein Leugnen.

Ohne Vorwarnung brüllte er plötzlich los: «Für wie blöd hältst du uns eigentlich? Du aufgstäider Mausdregg, du Loamsiada, du bascherda Dachbod'ngrattler du!»

Dass Holzhammer so einfach explodierte, kam selten vor. Und als er sah, wie sogar Müllerhuber erschrocken zusammenfuhr, versuchte er sich gleich wieder einzukriegen. Mit nur noch leicht erhobener Stimme fuhr er fort: «Gib endlich zu, dass du an dem Altbauer seine Kohle wolltest! Mir ham die Beweise, verstehst du. Mit am Geständnis kannst du deine Lage nur noch verbessern.»

Endlich knickte Biski ein und erzählte die ganze Geschichte. Das erste Kapitel hatte sich genau so zugetragen, wie Holzhammer vermutet hatte: Eines Tages, als Biski ins Büro gekommen war, um einen Beleg abzuheften, hatte er den verborgenen Computerordner offen gefunden und die Mails zwischen Altbauer und seinem Banker gelesen. Er hatte begriffen, dass Altbauer demnächst eine größere Menge Bargeld heranschaffen wollte. Von da an hatte er gezielt spioniert, um das Wo und Wie zu erfahren.

Neu war das zweite Kapitel: Biski hatte versucht, doppelt abzukassieren. In dem festen Glauben, dass der Ladenbesitzer Hirsinger sich freuen würde, etwas gegen seinen Erzfeind in die Hand zu bekommen, hatte er ihm sein Wissen angeboten. Gegen Bares, versteht sich.

«So, und was hat der Hirsinger dazu gesagt?», fragte Holzhammer.

«Zuerst hat er interessiert getan. Aber zahlen wollte er nicht», antwortete Biski frustriert.

«Und deswegen hast du ihm die Bude angesteckt?», fragte Holzhammer weiter.

«Nein. Damit hab ich nichts zu tun.»

«Darauf kommen mir noch zurück. Und weiter?»

«Einige Wochen, nachdem ich die Mails gefunden hatte, ist der Altbauer dann mit dem Auto weggefahren. Und wieder hat er den Computer offen gelassen. Da war eine Mail von seiner Bank, die seinen Termin bestätigte. Mir war klar, dass er da sein Geld holen wollte. Und im Kalender hatte er eingetragen, wann er wieder da ist. Und dann waren da plötzlich diese Zahlen. Ich konnte zuerst gar nichts damit anfangen, aber schließlich hab ich begriffen, dass es GPS-Koordinaten waren. Jetzt wusste ich nicht nur das Datum, sondern auch den Ort. Da hab ich mir die Schneeschuhe gekauft.»

Von da an hatte Biski nur noch ein Ziel gehabt: das Geld an sich zu nehmen. Er informierte sich über GPS-Koordinaten, und ihm wurde klar, dass sie zu ungenau waren. Nur wenn er direkt beobachtete, wo Altbauer das Geld versteckte, konnte er sicher sein, es im Schnee auch zu finden.

Er hockte bereits seit Stunden hinter einem Felsen, als die beiden Skifahrer endlich hoch über ihm auftauchten. Ihm war inzwischen eiskalt, und nur der Gedanke an das Geld hielt ihn an seinem Platz. Er war überrascht, dass zwei Skifahrer auftauchten, aber er konnte den zweiten nicht identifizieren. Er kannte Hirsinger natürlich vom Sehen, aber seine Skiausrüstung kannte er nicht, und das sonnenbebrillte Gesicht war auf die Entfernung nicht zuzuordnen. So vermutete er einfach, dass Altbauer unterwegs jemanden getroffen hatte, den er nicht elegant abschütteln konnte.

Als die beiden oben anhielten, dachte Biski, dass Altbauer

dem anderen den Vortritt lassen wollte, um anschließend ungestört das Geld verstecken zu können. Doch der andere rührte sich nicht von der Stelle. Als Altbauer dann noch ein Fernglas an die Augen hob, wurde ihm langsam mulmig. Aber da war es zu spät. Plötzlich begannen die beiden, wie verrückt auf dem Schnee am oberen Ende des Steilstücks herumzuhüpfen.

Einige Sekunden später ging die Grundlawine ab. Schockstarr sah Biski zu, wie der schwere Nassschnee sich vom Anriss her zusammenschob und auf einer Breite von fünfzehn Metern die darunterliegenden Felsen freilegte. Altbauer mittendrin. Dann wurde auch der andere Mann mitgerissen.

Biski sah dies alles wie in Zeitlupe, aber in Wirklichkeit waren es wohl nur wenige Sekunden, bis er reagierte. Instinktiv presste er sich seitlich stehend so dicht wie möglich an seinen Felsen. Schon rollte der mit Steinen und Erde durchsetzte Schnee heran. Wie ein zäher Kuchenteig, der von einem riesenhaften Schneepflug angeschoben wurde, bahnte die schmutziggraue Masse sich ihren Weg. Der Lawinenausläufer war an dieser Stelle immer noch mannshoch, aber zum Glück hielt Biskis Felsen stand. Die Lawine floss links und rechts vorbei und erst einen halben Meter weiter wieder zusammen.

Als alles zum Stillstand gekommen war, spähte Biski vorsichtig herum. Von Altbauer war nichts mehr zu sehen. Der andere hingegen steckte nur zur Hälfte im Schnee und war dabei, sich mühsam und stöhnend frei zu graben. Dabei blickte er immer wieder wild in der Gegend herum, sodass Biski sich schnell duckte. Als der Unbekannte sich schließlich befreit hatte, humpelte er talwärts davon.

Holzhammer nickte vor sich hin. Biskis Aussage deckte sich perfekt mit den gesicherten Spuren. «Und du, äh, hast natürlich keinen Sinn darin gesehen, nach dem Altbauer zu graben?», fragte er sarkastisch.

«Ich hatte ja gar keine Ausrüstung dabei», redete Biski sich heraus.

«Könnte es vielleicht auch damit zusammenhängen, dass dir klar geworden ist, was sie dir antun wollten?», fragte Holzhammer.

«Das habe ich doch erst zwei Tage später überhaupt begriffen. Als rauskam, dass es sich bei dem zweiten Skifahrer um den blöden Hirsinger handelte.»

«Da hast du also gemerkt, dass du mit deiner Geschichte zum Falschen gegangen bist und dass Hirsinger und Altbauer unter einer Decke steckten», sagte Holzhammer.

Biski nickte.

«Und als du drauf gekommen bist, dass Hirsinger und Altbauer gemeinsam vorhatten, dich zu ermorden, hast du dem Hirsinger spontan den Laden angesteckt», folgerte Holzhammer. Das war keine Frage mehr, sondern eine Feststellung.

«Nun ja», antwortete Biski sparsam.

So ein Leimsieder. Dass er fast als Mordopfer geendet hätte, war keine Entschuldigung. Er hätte sich halt an die Polizei wenden müssen. Und ganz abgesehen von der Brandstiftung hatte er mit seiner Lügerei auch die Ermittlungen behindert. Die heutige Aussage hatten sie ihm mühsam abringen müssen. Zudem hatte er, Franz Holzhammer, persönlich im Gries umeinander rennen müssen.

Er wandte sich an Müllerhuber, der still mitgeschrieben

hatte. «Also dann. Nimm den Kerl mit nach vorn und mach ein hübsches Protokoll.»

Die beiden zogen ab. Keine Frage, die Fallenstellerei hatte sich gelohnt. Biskis Geständnis hatte ihn einen großen Schritt weitergebracht. Zefix aber auch. Was zunächst nur nach unterlassener Hilfeleistung ausgesehen hatte, war tatsächlich ein ausgewachsener Mordversuch gewesen.

Als Biski zu Hirsinger kam, um ihm Altbauers Schwarzgeldgeheimnis zu verkaufen, hatte der es offenbar schon längst gewusst. Steckte er wirklich mit Altbauer unter einer Decke, oder hatte er seinen Intimfeind womöglich selbst ausspioniert? Nein. Hirsinger musste der zweite Mann sein. Derjenige, der Altbauer nach Österreich gefahren hatte. Derjenige, der mit ihm am Steinhütterl gegraben hatte. Wer sollte es sonst gewesen sein, der verlorene Sohn vielleicht? Aber das war unwahrscheinlich, schließlich war Hirsinger derjenige, der sich gemeinsam mit Altbauer an seine allerletzte Abfahrt gemacht hatte. Und niemand anderes.

Vielleicht hatte der Ladenbesitzer gar zwei Fliegen mit einer Lawine schlagen wollen und das Geld komplett für sich behalten? Aber nein, dagegen sprach sein Verhalten auf der Beerdigung. Schon die öffentlichkeitswirksame Keilerei damals war Holzhammer ja irgendwie komisch vorgekommen. Ob die beiden ihre Feindschaft wirklich die ganze Zeit nur gespielt hatten? Aber warum? Vielleicht hatte sich Hirsinger auch erst in die Sache hineingedrängt, nachdem Biski bei ihm gewesen war? Möglicherweise hatte er herausgefunden, welches Geheimnis Biski ihm verkaufen wollte, und daraufhin Altbauer erpresst?

So ein Mist. Holzhammer wusste inzwischen so viel, aber

trotzdem nicht genug. Er wusste, wer wann wo gewesen war, er wusste, dass das Zusammentreffen dieser drei Personen am Seilergraben kein Zufall gewesen war, und er wusste, dass auch die Lawine nicht zufällig abgegangen war, sondern bewusst ausgelöst wurde, um Biski zu töten. Aber es gab zwei Probleme: Erstens waren die beiden anonymen Aussagen vor Gericht wertlos und damit der Hergang der Skitour bis zum Eintreffen am Seilergraben nicht zu belegen. Und zweitens fehlte ein handfester Anhaltspunkt für Hirsingers Beziehung zu Altbauer.

Klar war Biskis Aussage interessant, dass nach seinem Besuch bei Hirsinger plötzlich diese GPS-Daten dagelegen hatten. Aber ohne Beweis für ihr gemeinsames Vorgehen war Hirsingers Behauptung, er habe Altbauer rein zufällig am oberen Ende des Seilergrabens getroffen, nicht zu widerlegen. Biski hatte zwar ausgesagt, dass beide gemeinsam auf dem Schnee herumgesprungen wären, um die Lawine auszulösen. Aber Holzhammer konnte sich schon den Anwalt vorstellen, der vor Gericht Biskis Sehkraft anzweifelte. Hatte er überhaupt auf die Entfernung unterscheiden können, wer da wie hüpfte? Und dann würde für Hirsinger allenfalls der unterlassene Notruf übrig bleiben. Und mit Hinweis auf die Folgenlosigkeit dieser Unterlassung – das Lawinenopfer war sowieso gleich tot gewesen – würde Hirsinger mit einer minimalen Geldstrafe davonkommen.

Nein. So durfte es nicht enden.

Erst als er wieder allein war, merkte der Hauptwachtmeister, dass ihm schon fast ein ganzer Tag in den Knochen steckte. Er war seit fünf Uhr auf den Beinen, und das war sogar wörtlich zu nehmen.

Er sackte an seinem Schreibtisch zusammen und fiel in eine Art Sekundenschlaf, der sich in einen Albtraum verwandelte. Er wurde herumgewirbelt, es wurde dunkel um ihn herum, Knochen brachen. Und dann lag er still, mit verrenkten Gliedern, und wartete auf den Tod. Er atmete das bisschen Luft vor seiner Nase, das immer stickiger wurde, und er fror. Würde er erst ersticken oder erst erfrieren? Warum nur war er nicht gleich zu Beginn mit dem Kopf gegen einen Felsen geschlagen?

Holzhammer schüttelte sich. Er ging zum Fenster und drehte die Heizung auf. Dann machte er zwei interne Anrufe. Eine halbe Stunde später überstellten ihm zwei Kollegen in Uniform den Ladenbesitzer Beppo Hirsinger. Die überraschende Abholung hatte bei Hirsinger ihre Wirkung hinterlassen. In erster Linie wirkte Hirsinger sauer, aber auch ein bisschen eingeschüchtert. Sonst würde er vermutlich lauthals protestieren, dass man ihn mitten am Tag aus seinem Laden weggeholt hatte. Gut so.

«Danke, Kollegen. Habt ihr die Fingerabdrücke abgenommen?»

Die beiden nickten.

«Gut, dann übernehm ich jetzt.»

Holzhammer bedeutete Hirsinger, Platz zu nehmen. Anschließend nahm er das Telefon ab und rief mit möglichst bedeutungsvoller Stimme Müllerhuber dazu. «Komm bitt schön herüber, es ist wichtig.»

Bis zu Müllerhubers Eintreffen stützte er die Ellenbogen auf den Schreibtisch, legte das Kinn auf die Hände und betrachtete abwechselnd den Delinquenten und die Tischplatte. Er tat das nicht nur, um die Spannung zu erhöhen, sondern auch, um sich zu sammeln. Er musste seine Karten unbedingt in der richtigen Reihenfolge ausspielen.

Müllerhuber kam herein und ließ sich wortlos mit einem Notizblock auf der Fensterbank nieder. Holzhammer richtete den Blick fest auf Hirsinger und sagte: «Der Hirsinger ein Mörder. Wer hätt das vermutet.»

«Was?» Hirsinger starrte ihn entgeistert an.

«Du hast die Lawine ausgelöst, um Altbauer zu töten.» Das war der erste Teil von Holzhammers kleiner Strategie. Die maximale Anschuldigung sollte den Verdächtigen zermürben.

«Nein, warum sollte ich denn das tun!»

«Um Altbauers Schwarzgeld für dich allein zu behalten.» Das hatte gesessen. Hirsinger umklammerte nun die Stuhllehne. Gut, dass sie ihn nicht schon vorher mit Altbauers Schwarzgeldkonto konfrontiert hatten.

«Was denn für Geld, ich weiß nichts von Geld. Altbauer hatte doch kein Geld», stieß der Ladenbesitzer hervor.

Holzhammer legte die Kontoauszüge auf den Tisch. «Des Geld, des der Altbauer in der Schweiz gebunkert hatte. Hier.»

Hirsinger warf nur einen kurzen Blick auf die Papiere. Er ließ die Stuhllehne los und sagte, nun wieder ruhiger: «Na und? Davon weiß ich nichts.»

Auf genau dieses Wechselbad hatte Holzhammer spekuliert. Hirsinger ließ in seiner Wachsamkeit nach, weil er dachte, das sei schon alles, was die Polizei vorzuweisen hätte. Falsch gedacht.

«Genauer gesagt …», Holzhammer zog die unterste Schreibtischschublade auf und förderte den durchsichtigen Asservatenbeutel mit den zerrissenen, zerkauten Geldscheinen zutage. Er ließ den Beutel auf den Tisch plumpsen. «… von diesem Geld red ich. Ihr habt es zusammen beim Steinhütterl vergraben, und dann hast du den Altbauer mit der Lawine ermordet, um es für dich allein zu behalten.»

Hirsinger wurde im Sitzen zehn Zentimeter kleiner. Man konnte fast hören, wie es in seinem Kopf ratterte. Wieso wusste der dicke Polizist, wo sie das Geld vergraben hatten? Was wusste er noch alles?

«Ich weiß nicht, wo das herkommt. Ich hab kein Geld ned vergraben.» Hirsingers Stimme war nun eine Septime höher.

Es fehlte nicht mehr viel. Holzhammer konnte es sehen. Er hatte das Spiel fast gewonnen. Es war an der Zeit, den Trumpf auszuspielen, den er sich vor dem Spiel in den Ärmel gesteckt hatte. Beziehungsweise in die Schublade.

Unauffällig drückte er eine Taste an seinem Telefon. Zwei Sekunden später begann es zu läuten. Er hob ab und tat so, als würde er lauschen. «Stimmt also überein. Dank dir.»

Er öffnete abermals die Schublade seines Schreibtisches und fischte einen zweiten, kleineren Plastikbeutel hervor. Darin befanden sich zwei einzelne Geldschnipsel, die er vorher wahllos hineingesteckt hatte. «Leugnen ist zwecklos. Auf diesen haben wir deine Fingerabdrücke gefunden.»

Hirsinger öffnete den Mund, aber nichts kam heraus.

«Mord aus Habgier», setzte Holzhammer mit Grabesstimme nach. «Des san niedere Beweggründe. Und des heißt lebenslänglich.»

«Aber der Roman war doch mein Freund, ich hätte ihm nie etwas angetan», rief Hirsinger.

«Blödsinn. Jeder weiß doch, wie ihr euch beharkt habt», widersprach Holzhammer, obwohl er genau darauf hinausgewollt hatte. Aber er brauchte noch mehr Details.

«Unsere Feindschaft war doch die ganze Zeit nur gespielt!»

19

Christine hatte eigentlich schon vor fünf Minuten aus dem Haus gehen wollen. Ungeduldig klapperte sie mit den Schuhen auf dem Parkett. Matthias und sie waren ausgehfertig, sie warteten nur noch auf Stefan.

«Jetzt beruhig dich, er wird schon gleich kommen», sagte Matthias. «Du und dein Brauchtumsfetisch, das ist ja nicht zum Aushalten. Hätte nur noch gefehlt, dass du in Tracht aufläufst.»

Es stimmte, die einheimischen Bräuche faszinierten Christine. Aber an diesem ersten Mai ging es ihr nicht nur ums Maibaumaufstellen. Sie würden dort auch ihren Lieblingspolizisten treffen und hoffentlich endlich die Wahrheit über die Lawinengeschichte erfahren.

«Ich im Dirndl? Das wirst du nie erleben. Ich würde ja auch keinen afrikanischen Stammestanz im Baströckchen besuchen.»

«Siehst eh fesch genug aus.»

Christine warf Matthias gespielt graziös eine Kusshand zu. Sie wusste, dass ihm ihre enge schwarze Jeans gut gefiel. Dazu trug sie flache Schuhe, weil das Spektakel auf einer

Wiese stattfand, und eine grün gemusterte Bluse, die zu ihrem Haar passte. Nur der helle Walkjanker war eindeutig bayerischer Provenienz. Matthias trug Jeans und T-Shirt und darüber eine schwarze Motorradjacke. So kannte man ihn.

Als Stefan endlich aus dem Gästezimmer kam, wären sie beide fast in Ohnmacht gefallen. Er hatte seine schwarzen Designerklamotten gegen eine kurze Trachtenlederhose eingetauscht, komplett mit Hosenträgern, Wadenstrümpfen und Haferlschuhen. Allerdings hatte er kaum Waden. Zwischen den grobgestrickten Strümpfen und der Hirschledernen leuchteten blasse, dünne Großstädterbeine. Christine trat zu Matthias und zwickte ihn in die Seite. Jetzt hieß es ernst bleiben.

Aber Matthias dachte gar nicht daran. «Wie ein Mehlwurm auf Stelzen», sagte er zu seinem Bruder.

«Stimmt gar nicht, du siehst gut aus», beschwichtigte Christine.

Sie machten sich auf den Weg und kamen gerade rechtzeitig, um den Maibaum auf die Festwiese einbiegen zu sehen. Der flache Wagen wurde von zwei riesigen, schwarzen Pferden gezogen. Die Kaltblüter gehörten dem Hofbrauhaus Berchtesgaden und waren erfahrene Volksfestbesucher. Quasi volksfestfest.

Auf dem schnurgeraden Stamm saß eine komplette Blaskapelle und blies, was die Backen hergaben. Dann musste die Einfahrt in die Wiese gemeistert werden. Die Freiwillige Feuerwehr sperrte den Verkehr, und kein anderer als Hauptwachtmeister Holzhammer hatte die Oberaufsicht.

Nachdem die Basis des Stammes so hinbugsiert war, dass

er beim Aufrichten automatisch in das vorbereitete Loch rutschen würde, nahmen zwanzig Burschen mit unterschiedlich langen Holzstangen links und rechts am Stamm entlang Aufstellung. Auf Kommando hoben alle gemeinsam an.

Der Stamm hob sich ein paar Grad in die Schräge, und die Kapelle spielte ein Trinklied. So würde es die nächsten zwei Stunden weitergehen. Mit ausgiebigen Pausen, denn bis der Baum senkrecht stand, sollte jeder Zuschauer mindestens zwei Maß getrunken haben. Auch die Stangenträger mussten während der Arbeit nicht dürsten, sondern wurden von hübschen Mädchen in Tracht mit Bierkrügen versorgt.

Mit einem frischen Bier in der Hand gesellte sich Holzhammer zu ihnen. Offenbar rechnete er nicht damit, dass sein Eingreifen heute noch erforderlich sein würde.

«Und? Jetzt erzähl schon», sagte Christine.

Der Hauptwachtmeister ließ sich nicht lange bitten, aber er machte es spannend und holte weit aus: «Also, der Altbauer hat die Aktion tatsächlich schon seit dem Herbst geplant, nämlich als die Bürgerinitiative so viel Zulauf bekam. Von da an hat er befürchtet, dass die Verhindererfraktion gewinnt.»

«Von da an sah er also in seinem Schwarzgeld die letzte Chance», fiel Christine ihm ungeduldig ins Wort. «Und wie kam nun Hirsinger ins Spiel?»

«Altbauer und Hirsinger san halt zusammen aufgewachsen. Auch wenn Altbauer a paar Jahr älter war.»

«Na schön, sie kannten sich gut. Aber Hirsinger war doch gegen die Hotelbaupläne.»

«Eben ned. Die ganze Feindschaft war inszeniert, inklusive dieser Keilerei damals. In Wirklichkeit stand Hirsinger die ganze Zeit auf Altbauers Seite. In die Bürgerinitiative ist er nur gegangen, um die Querulanten auszuspionieren.»

«Dann hat er dem Altbauer auch aus reiner Freundschaft geholfen, das Geld zu vergraben?»

«Ned nur», antwortete Holzhammer. «Die zwei Spezis haben ein Abkommen gehabt. Mit dem Hotelbetrieb allein hätte Altbauer des Geld nämlich ned schnell genug gewaschen bekommen. Also sollte Hirsinger ihm dabei helfen. Er sollte einen Teil als Umsatz von seinem Laden ausgeben und es dann ganz offiziell dem Altbauer leihen. Dafür hat der Altbauer ihm nagelneue Geschäftsräume in bester Seelage versprochen, in dem feschen Anbau, den er mit dem Schwarzgeld finanzieren wollte. Die Pläne dafür san sogar schon fertig, Hirsinger hat sie uns gezeigt.»

«Genau, und deshalb hat Hirsinger dem Altbauer brühwarm erzählt, dass Biski zu ihm gekommen ist und von dem Schwarzgeld wusste», ergänzte Martin Müllerhuber, der soeben zu ihnen getreten war.

Amüsiert registrierte Christine, dass auch Müllerhuber in Tracht war. Allerdings passten seine braunen, sehnigen Waden viel besser zu den Kniehosen als die blassen Spargel von Stefan.

«Genau, mach du weiter», sagte Holzhammer zu seiner rechten Hand.

Müllerhuber übernahm: «Altbauer fürchtete nun, dass Biski ihn an die Polizei verpfeifen würde. Deshalb hat er sich auch nicht mehr getraut, mit dem Geld über die normale Grenze zu gehen. Und so entstand die Idee mit der Skitour. Wer von beiden dann als Erster darauf kam, bei der Gelegenheit gleich den Biski zu erledigen, wird sich vermutlich nicht mehr klären lassen. Hirsinger schiebt natürlich jetzt möglichst viel auf den Toten. Das ist eh klar.»

«Ist aber auch wurscht, Hirsinger hat mitgemacht», warf Holzhammer ein.

Müllerhuber fuhr fort: «Jedenfalls hat Altbauer vor seinem Aufbruch die passenden Hinweise platziert, damit Biski sie findet. Dann fährt er das Geld holen, und zurück geht's zum Dürrnberg. Dort steigt er inklusive dem ganzen Bargeld zu Hirsinger um, und der fährt ihn nach Hinterthal. Altbauer geht unter falschem Namen in eine kleine Pension und macht sich am nächsten Morgen ganz in der Früh an den Aufstieg. Hirsinger fährt heim, bestellt seinen Neffen als Aushilfe für Mittwoch und Donnerstag und steigt am Morgen von der anderen Seite auf.»

«Aber wieso hat er nicht Hirsinger das Geld mitgegeben, dann hätten sie sich wenigstens die Graberei gespart», fragte Christine.

«Angeblich fürchtete Altbauer, der Biski könnte ihre Connection mitbekommen haben. Aber wahrscheinlich hat er dem Hirsinger auch ned komplett vertraut», sagte Holzhammer. «Und umgekehrt wollt der Hirsinger wohl, wenn er schon bei einem Mord hilft, wenigstens sicher sein, dass es das Geld tatsächlich gab. Deshalb hat er drauf bestanden, beim Vergraben dabei zu sein.»

«Dann war er also derjenige, der frühmorgens im Wimbachschloss vorbeikam», sagte Christine.

Müllerhuber nickte. «Ja genau. Der kürzeste Weg wär zwar durch die Saugasse gewesen, aber da hätte er bis zum ersten Boot warten müssen. Und der Stegwart hätte ihn natürlich erkannt. Deshalb ist er durchs Wimbachtal gegangen. Am

Steinhütterl trafen sie sich und vergruben gemeinsam den Schatz. Dann schliefen sie gemütlich im Winterraum vom Kärlingerhaus.»

«Um am nächsten Tag gemütlich den Biski zu erledigen», ergänzte Holzhammer finster.

«Aber wie konnten sie sicher sein, dass Biski pünktlich erscheinen würde?», fragte Christine.

«Sie haben halt auf Biskis Gier gebaut. Sie haben ihm Zeit und Ort geliefert, wobei die GPS-Daten natürlich zu ungenau waren, um damit irgendwo in den Felsen ein Geldpackerl zu finden. Sie waren sich sicher, dass das auch dem Biski auffallen würde. Also würde er versuchen, Altbauer dabei zu beobachten, wie er das Geld versteckte. Und um nicht von ihm gesehen zu werden, musste er sich selbst verstecken. Und das hat er getan, genau im Lawinenstrich.»

«Tja, den Biski haben sie richtig eingeschätzt», sagte Christine.

«Nur die Lawine nicht», sagte Stefan.

«Dann ist Hirsinger also wegen Mordversuch dran?», fragte Christine.

«Freilich, da kimmt er nimmer aussi», sagte der Hauptwachtmeister. «Er tut zwar möglichst viel auf den Toten schieben, aber er hat selbst ausgesagt, dass sie unter einer Decke gesteckt haben.»

An dieser Stelle entkam dem Hauptwachtmeister unverständlicherweise ein verschmitztes Pfeifen. Auch Müllerhuber schien zu feixen.

«Jedenfalls unglaublich, wozu die beiden sich haben hinreißen lassen», sagte Christine.

Alle nickten.

Endlich stand der Maibaum senkrecht im vorbereiteten Loch. Die Tannenkränze an seiner Spitze hingen frei, und ihre weißblauen Bänder flatterten im Frühlingswind. Der Maibaummeister hämmerte rund um den Stamm einige stabile Holzkeile fest, und alle, die sich für kompetent hielten, sahen ihm dabei genauestens auf die Finger. Schließlich trat der Mann mit dem Hammer zurück, und die umstehenden Schreiner, Holzknechte und Gemeinderatsmitglieder nickten zufrieden. Die Kapelle spielte einen Tusch, und wieder einmal wurden die Bierkrüge erhoben.

Jetzt konnte das Maibaumkraxeln beginnen. Bei diesem gefährlichen Sport galt es, eines der auf den Kränzen befestigten Papierfähnchen zu ergattern. Üblicherweise wurde es dann der Liebsten überreicht. Vorher wurden um den Stamm herum noch einige Strohballen ausgebreitet, die allerdings einen Sturz aus zwanzig Metern Höhe kaum bremsen würden.

Die ersten Kraxler scheiterten schon in Kopfhöhe der lachenden Zuschauer. Dann trat ein junger Mann an, der aussah wie eine dreißig Jahre jüngere und fünfzig Kilo leichtere Ausgabe von Franz Holzhammer. Und genau das war er auch: Holzhammers Sohn Andi. Er legte seine kräftigen Zimmererhände seitlich an den Stamm und klammerte sich mit den Knien fest wie auf einem bockenden Pferd. Ein Schub aus den Knien, ein Zug der Arme, so arbeitete er sich kontinuierlich und scheinbar mühelos in die Höhe.

Stolz sah Holzhammer seinem Ältesten zu.

«Wie geht das bloß?», fragte Christine.

«Die Handflächen san mit Harz pickert g'macht», erklärte Holzhammer. «Der Rest ist Schmalz.»

Schmalz – also Muskelkraft. Ja, das konnte man sehen. Außerdem war Andi bekanntlich nicht nur Kletterer, sondern auch Zimmermann und somit wohl prädestiniert, Hölzer jeglicher Art zu bezwingen.

Bereits nach einigen Minuten erreichte Holzhammers Filius die Tannenringe mit den Bändern. Er pflückte ein Papierfähnchen vom zweituntersten Ring und steckte es sich in den Gürtel. Halb kletternd und halb rutschend erreichte er wieder den Boden, wo bereits seine Freundin wartete. Grinsend, aber ohne eine große Sache daraus zu machen, überreichte er ihr das leicht lädierte Fähnchen.

Die drei wandten sich wieder ihrem Gespräch zu.

«Und was passiert jetzt mit Biski, bekommt der auch eine Anzeige?», fragte Christine. «Eigentlich ist er ja das Opfer.»

«Mei, es ist zwar menschlich verständlich, dass er wenig motiviert war, seinen versuchten Mörder auszugraben», sagte Holzhammer. «Aber da er nun einmal zugegeben hat, an Ort und Stelle gewesen zu sein, bekommt auch er a Anzeige wegen unterlassener Hilfeleistung.»

«Schon verrückt», sagte Christine. «Da haben die so einen Riesenaufwand getrieben und an alles gedacht. Außer an die Unwägbarkeit der Naturgewalten.»

«Das hast du jetzt schön gesagt», sagte Matthias.

«Also. Will noch jemand Bier?», fragte Müllerhuber. Alle außer Christine nickten.

«Ich geh mit», sagte Stefan.

Christine sah den beiden nach. Als sie in der Schlange am Bierfass standen, schien zwischen ihnen irgendeine Diskussion zu entbrennen, allerdings im Flüsterton.

Während sie so herüberschaute, erspähte Christine unter den Leuten in der Bierschlange plötzlich den Schwarzmarkierer. Er hatte sie auch gesehen und hob unauffällig die Hand. Christine versuchte, ebenso unauffällig zurückzugrüßen.

Als sie sich wieder dem Tisch zuwandte, warf Holzhammer ihr einen komischen Blick zu. Hatte er ihre kleine Interaktion beobachtet? Und was machte er jetzt? Wie zufällig stippte er den rechten Zeigefinger in seinen Maßkrug. Matthias sah zum Maibaum hinüber, und die anderen beiden waren noch beim Bierholen. Nur sie sah, wie Holzhammer mit der benetzten Fingerspitze einen Kreis auf den Biertisch malte. Einen Kreis in der Größe gewisser roter Punkte, wie man sie zum Beispiel im hinteren Klausbachtal finden konnte.

Christine hätte nicht verblüffter sein können, wenn der Hauptwachtmeister sich vor ihren Augen in einen Wolpertinger verwandelt hätte. Er hatte die ganze Zeit gewusst, wer der Schwarzmarkierer war!

Als die beiden mit dem Bier zurückkamen, unterhielt man sich noch ein bisschen über die Situation an der Seestraße. Gerade gestern war herausgekommen, dass die Bürgerinitiative gesiegt hatte. Die Schweizer Investoren hatten sich frustriert zurückgezogen. Eine moderne Wellnessresidenz am Königssee würde es auf absehbare Zeit nicht geben. Stattdessen hatte der Altbürgermeister, kurz vor seinem letzten Tag im Amt, etwas anderes eingefädelt: Weiter drinnen im Ort würde schon im nächsten Jahr ein günstiges Hotel für Wanderer eröffnen.

«War alles andere womöglich nur Ablenkung, damit da

jetzt keiner was dagegen sagt?», fragte Christine in die Runde.

«Zuzutrauen wär's ihm», sagte Matthias.

«Und die Königsseer dürfen weitere zehn Jahre mit ihrem verlotterten Hinterhof leben», sagte Stefan.

«Kasperltheater», fasste Holzhammer zusammen.

Kurz darauf bemerkte Christine, dass Müllerhubers Platz leer war. Sie drehte sich zum Maibaum um.

Müllerhubers Klettertechnik war etwas anders als die von Andi. Er kreuzte die Füße nicht um den Stamm, sondern presste die Unterschenkel seitlich ans Holz. Dafür schlang er die Arme komplett um den Baum. Das Ergebnis konnte sich jedenfalls sehenlassen. Fast so schnell wie Andi arbeitete er sich empor.

Auch die anderen schauten jetzt zu.

«Siag eam o», sagte Holzhammer anerkennend. Vielleicht schwang auch Stolz mit, immerhin handelte es sich ja um seine rechte Hand. Erst sein Sohn und jetzt sein Schüler, da konnte man schon stolz sein.

Der junge Polizist erreichte die Spitze und zupfte, wie Andi vor ihm, ein weißblaues Papierfähnchen aus dem schwingenden Tannenkranz. Wie Andi steckte er es in seinen Gürtel, um die Hände zum Abklettern frei zu haben. Christine wartete gespannt. Was würde er damit anstellen, wenn er wieder am Boden war?

Martin Müllerhuber machte keine große Show draus. Bevor er sich wieder auf seinen Platz neben Holzhammer setzte, nahm er das Fähnchen aus dem Gürtel. Und als er saß, schob er es über den Biertisch zu Stefan, der ihm gegenüber zwischen Christine und Matthias saß. Christine konnte fühlen, wie Stefan sich anspannte. Dann deutete er eine kleine Verneigung an, die wohl ironisch wirken sollte. Ganz offensichtlich versuchte er, nicht gerührt zu wirken. Vergeblich. Woraufhin Martin leicht errötete.

Und Franz Holzhammer? Der sah stillvergnügt von einem zum andern. Wer ihn nicht so gut kannte wie Christine, hätte nicht sagen können, ob er überhaupt etwas mitbekommen hatte. Nach einer kleinen Pause hob Holzhammer seinen Maßkrug und sagte: «Stoß ma an.»

Alle Gläser trafen sich in der Mitte des Tisches.

Christine hätte gern etwas Anerkennendes zu Martin gesagt, aber das ging jetzt schlecht. Stattdessen fragte sie ihn: «Was war jetzt eigentlich mit Monikas Bruder, Altbauers Sohn? Woher wusstest du, dass der nicht kommen würde?»

«Na ja, ich hab ihn ein paarmal getroffen, in einem Club in Salzburg. In Wirklichkeit ist er nämlich gar nicht im Hotelgewerbe. Aber seine Familie soll das nicht wissen.»

«Wieso, was macht er denn?»

«Also, im Service ist er schon. Aber nicht im Hotel, sondern bei Air Austria. Er arbeitet als Saftschubse und hat manchmal in Salzburg Zwischenlandung.»

«Was, als Steward? Das ist doch nicht schlecht.»

«Ist es auch nicht. Nur ... » Martin Müllerhuber ließ den Satz in der Luft hängen.

War das also auch geklärt. Dann hatte es vermutlich sogar gestimmt, dass Altbauers Sohn in Indien arbeitete. Allerdings immer nur ein paar Stunden, bis sein Flugzeug den indischen Luftraum wieder verließ.

«Und was wird mit dem Hotel?», fragte Christine schnell

weiter. «Das Bargeld ist ja wohl gefressen oder beschlagnahmt.»

«Richtig», sagte Martin. «Ein Teil thront sogar in Gießharz auf Fischers Schreibtisch.»

«Was?»

«Ja, und jeder Besucher fragt natürlich, was das ist. Dann kann er erzählen, wie er den größten Schwarzgeldfall im Talkessel ganz allein aufgeklärt hat.»

«Aber mit dem Hotel ist auch was im Gange», wusste Holzhammer. «Marie hat was läuten gehört. Bei der halben Million Tagesgäste im vorigen Jahr war wohl ein japanischer Immobilienmogul dabei.»

«Also gibt's da demnächst Sushi?», fragte Christine, nur halb ironisch.

«Blödsinn. Des wird a perfektes, bayerisches Kleinod mit Kalbshaxe und saurem Züngerl in Sternequalität.»

Hier stockte das Gespräch, weil allen das Wasser im Mund zusammenlief.

Als Anfang Juni die Hauptsaison begann, fand sich für die Sonntagsöffnung an der Seestraße endlich eine bayerische Lösung. Die genaue Begründung, warum die Geschäfte jetzt wieder öffnen durften, blieb das Geheimnis des Landratsamts.

Dann waren endlich auch die Hochlagen wieder schneefrei, und Christines erste größere Wanderung führte ins Steinerne Meer. Am Steinhütterl machte sie Rast. Während sie Wasser aus der spärlichen Quelle schöpfte, bemerkte sie zwischen den Steinen zwei spielende Murmeltierkinder. Sie hatten ein rundes Ding gefunden, das sie sich gegenseitig abjagten wie beim Fußball. Der Ball bestand aus zerkautem, zerfetztem Papier und war blasslila.